나이가 하는 일이 있다

나이가 하는 일

조 희 선

나이가 하는 일

| 지은이 | 조 희 선 |
| 초판발행 | 2024년 9월 27일 |

펴낸이	배용하
책임편집	배용하
편집부	윤찬란 최지우 박민서
사진	배꽃나래, 정민호(프로필사진)

등록	제2021-000004호
펴낸곳	**도서출판 비공**
	https://bigong.org ┃ 페이스북:평화책마을비공
등록한곳	충남 논산시 매죽헌로 1176번길 8-54
편집부	전화 041-742-1424 전송 0303-0959-1424
분류	에세이 ┃ 인생오후 ┃ 독서
ISBN	979-11-93272-15-2 03810

값 18,000원

목차

"왜 책을 썼어요?" 어느 날 한 청년이 내게 물었다. 나는 책을 쓰면 삶의 이론이 만들어진다고 했다. 얼떨결에 한 답이었는데 두고두고 생각해도 맞는 것 같다.

논문을 쓴 적이 있다. 공부하며 얼마 되지는 않지만, 지식을 쌓아 올렸다. 그렇게 생긴, 실은 '불확실'하거나, 서로 '충돌'하거나, '서로 상관없는' 지식을 동원해 논문을 쓰기 시작했다. '불확실'했던 게 명료해지고, '충돌'하거나 무관하게 보였던 것들이 생각지도 못했던 사실 하나를 발견하면서 연결되었다. 그 역도 있었다, 분명하다 여긴 것의 오류, 한 통으로 알았던 것들의 모순이 드러나면서 기어코 써먹으려던 내용을 아까워하며 버려야만 했다. 그렇게 논문 한 편을 겨우 써낼 수 있었고 내 전공 분야에서 하나의 이론을 세울 수 있었다.

여러 글을 엮어 하나의 책으로 만드는 과정이 논문을 쓰는 과정과 같았다. 글을 쓰는 일은 삶을 해석하는 일이다. 그래서 글을 쓰는 일이 좋다. 그런데 그런 글을 모아 한 권의 책이 되는 과정에서 '나'라는 사람의 모순, 다시 말해 내가 해온 생각해석들이 서로 충돌하고 있음을 보게 된다. 어쩌면 나만이 아닌 '사람'이라는 존재가 피할 수 없는 한계일지 모른다. 사람이 다 다르고 같은 사람도 만나는 때에 따라 달리 보인다. 다양한 글, 영화, 사건을 마주할 때마다 몰랐던 것을 알게 된다. 그때마다 생각은 더 깊어지거나 새로워진다. 폐기 처분해야 하는 생각도 있다. 썼던 글도 조정하거나 버려야 한다. 지금 쓰는 글도, 이미 책이 되어 나온 글도 예외가 아니다. 그런 과정을 거치며 내 눈과 마음이 일관되게 향하는 곳을 알게 된다. 논문을 쓰며 전공 분야에서 하나의 이론을 세울 수 있었다면, 글을 묶어 책이 될 원고를 쓰며 삶의 이론이 만들어진다. 여기엔 분명 나이가 일조했다.

확실히 나이가 하는 일이 있다. 혼자서는 생명을 부지할 수 없는, 타인에게 절대 의존해야 하는 영아가 마침내 노년에 이르기까지 모든 단계마다 반드시 수행해야 하는 과제가 있다. 한결같이 쉽지 않은 무거운 일이다. 무너질 수 있는 긴긴 시간 잘 살아내고, 마침내 자신의 삶을 긍정하며 편히 삶을 마감할 수 있다면 얼마나 좋을까! 그러나 세상은 호락호락하지 않다. 개인의 환경이 한결같지 않고, 세상이 예측할 수 없이 변한다. 운이 좋아 무탈하게 노년?을 맞았다.

나이에 민감하지 않았다. 원고청탁을 받았던 그즈음까지는. 원고

청탁자는 '나이 듦'이 내 전공인 것 같다며 그 주제로 글을 써달라고 했다. 이전에도 나이를 생각하지 않은 건 아니지만, 그건 순전히 이론적으로만 알 뿐이었다. 처음으로 '나이 듦'에 대해 '진지하게' 생각하며 글을 썼다. 글을 쓰고 난 다음에야 내가 진짜로 나이가 들었다고 생각했다. 책 제목, "나이가 하는 일"은 단순히 나이age가 하는 일이 아니다. '나이 듦aging' 혹은 '노화'가 하는 일을 생각하며 쓴 것이다.

"나이가 하는 일에 어떤 게 있을까?" 분명 육신은 어린아이로 돌아간다. 눈이 잘 보이지 않는다. 치과 치료를 해도 이가 불편하다. 잠에서 깨어나면 개운한 게 아니라 도리어 활동하는 시간보다 아프다. 피부에서부터 내장의 근육까지 늘어진다. 결국은 혼자 걸을 수 없게 될 것이다. 아기 때 그랬던 것처럼 기저귀를 차게 될지도 모른다. 그런데 이상하게 나는 다시 젊은 시절로 되돌아가고 싶지 않다. 나이가 하는, 생각하지 못했던 좋은 일이 있다. 나는 그게 좋다. 모두에게 가능한 일은 아니겠지만 시간이 넉넉하다. 그만큼 뭔가에 쫓기는 일이 줄었다. 책 읽을 시간이, 사색할 시간이 넉넉하다. 과거는 아픔이나 아쉬움이었는데, 이제는 지금의 삶을 만들어준 지나간 그때의 삶에 감사한다. '그때 그런 일이 없었다면 나는 얼마나 교만해졌을까?', '그때의 어려움이 나를 단단하게, 조금은 풍성하게 만들었어!' 고백하곤 한다. '나이 듦'에 대한 생각도 그렇다. 내게 '나이 듦'이란 단순히 노화가 아니다. 새로운 세상에 들어서는 일, 계속 성숙하며 삶을 완성해가는 길이다, '어른'이 되어가는 길이다.

　　나이는 시간을 쌓는다. 시간은 경험을 만들고, 경험은 연륜을 낳는다. 시간과 경험 연륜을 어디에 어떻게 활용하는가에 따라 어른다운 어른이 될 수 있고, 모양만 어른이 될 수도 있다. 어디까지나 개인의 선택에 달려있다. 세상은 권력을 목적으로 한 언론, 정치, 교육, 종교 등의 편파적인 가르침, 서로 충돌하는 가치를 분별하고 경험과 지식을 모두에게 유익한 방향으로 일반화하는 능력을 갖춘 어른, 어른 다운 어른을 필요로 한다.

　　『나는 글을 쓸 때만 정의롭다』창비에서 조형근이 말하는 지식인의 개념을 빌려와 어른에 대해 말하려 한다. 누군가는 그런 정의가 너무 거창하다고 생각할지 모르겠다. 그러나 한 사람의 완성으로 '어른'이 되는 것만큼 중요한 일도 드물다.

　　정확히는 기억이 나지 않는 어느 책에서 사르트르의 지식인에 대한 개념을 읽은 적이 있다. 그는 그 책에서 참지식인과 어용 지식인을 구별했다. 그에 의하면 참 지식인은 지적 능력에 관계되는 일로 명성을 얻게 된다. 그러나 자신의 학문적 지식을 다만 학문의 영역에 머물게 하지 않고 인류라는 보편적인 개념을 위해 일반화시킨다. 반면 어용 지식인은 그 지식과 명성을 자신의 권력을 위해, 혹은 다른 권력자의 요구에 부응해 사용한다. 조형근이 하는 말이 이와 다르지 않다. 그는 참지식인과 어용 지식인 대신, 지식인과 학자로 구별해 설명한다. 조형근에 의하면 핵무기 제조를 위해 핵분열을 연구하는 이들은 학자일 뿐이다. 이 학자들이 핵무기의 가공할만한 위력에 놀란 나머지 핵폭탄의 사용을 억제하는 여론을 조성할 목적으로 회합하고 선언문에 서명한다면, 그때 그들은 비로소 지식인이 된다. 그들은 폭탄을 연구하고 제조한다는 자신들의 임무와 권한을 넘어서 폭탄의 용도를 판단한다. 그들은 사람들이 인정해주는 그들의 명성 또는 권한을 이용해서 여론에 압력을 가한다. 그들은 인간의 생명을 최상의 기준으로 취하는 가치체계를 명분으로 폭탄의 사용을 반대한다. 지식인은 기본적으로 고독하다. 지식인은 지위고, 스스로 짊어지는 책무다. 지식인은 다른 사람들이 함께 해방되지 않으면 그 자신도 해방될 수 없는 존재다.

"실제로 세계 여러 곳에서 지식인은 반전과 평화, 노동자와 인민의 권리와 해방을 외쳤다. 지식인은 자신의 고유한 목표, 그러니까 지식의 보편성과 사유의 자유, 즉 진리를 위해 싸웠다. 그 목

표가 노동계급과 인민의 해방이라는 목표와 일치한다고 믿었
다. 그들은 쓰고 서명하고 토론하고 행진했다. 그리고 죽었다."

조형근, 『나는 글을 쓸 때만 정의롭다』

우리나라에서는 65라는 나이에 이르면 어르신이란 직위_{일종의 권}
력?를 준다. 나이를 존중하며 부여하는 일종의 특권이다. 나도 어르신
이 되었고, 무임전철 승차, 기차와 공공장소 요금 할인 등 그로 인한 혜
택을 누린다. 그런가 하면 한편 "라때는 말이야"라는 신조어로 조롱받
고, '꼰대'라고 손가락질을 받는다. 어른답지 못한 어른을 향한 비난이
다. 그러나 우리는 안다. '라때는 말이야~!'가 아니라 다른 말을 할 수
있고, '꼰대'라는 손가락질 대신 존중받을 수 있음을. 나이만큼 쌓인 경
험과 지식에서 오는 지혜가 있을 수 있고, 그에 더해 후대를 향한 사랑
이 있음을. 당장 주어지는 금전적 이익과 권력인 부귀영화보다 인류라
는 보편적인 개념을 명분으로 우리 나이 든 사람의 권력을_{분명 나이를}
_{들먹이며 많은 나이를 권력으로 여기는 분이 있다. 많다} 사용해야 한다는 사실
을. 어용 지식인 아닌, 참지식인처럼, 다만 학자가 아닌 지식인처럼, 모
양만 어른이 아닌, 어른다운 참 어른으로, 우리의 작은 경험을 넘어, 나
와 식구를 넘어서는 큰 집단, 인류라는 보편적 개념을 위해, 혹은 생명
이라는 세계를 생각하며 나이가 주는 권리를 사용해야 함을. 한 사람

을 사랑함으로 많은 사람과 생명 전체를 사랑할 수 있음을. 역으로 모든 걸 사랑하는 일이 곧 내 가장 가까운 사랑하는 이를 안전하게 지키는 일임을. 그 둘이 충돌하지 않는 사랑의 길을 가야 함을. 그렇게 참 어른이 될 수 있음을.

이 글은 일기를 다듬은 에세이다. 그런 만큼 글은 온전히 나 개인의 일상에서 시작한다. 내가 읽은 책, 내가 본 영화와 드라마, 하루하루 일상에서 접하는 사람들과 사건에서 시작한다. 그러나 나이가 하는, 나이가 해야 하는 마땅한 일을 생각하며, 나의 지극히 개인적인 작고 좁은 경험을 일반화해보려고 노력했다. 글을 통해서나마 나와 식구를 넘어선 보다 큰 집단, 인류, 혹은 생명이라는 세계를 생각하며 그 경험을 해석하려고 애썼다. 그러나 나는 작고 좁은 사람이라 생각한 만큼 하지 못했다. 하지만 아직 내 삶은 끝나지 않았다. 장일호는 "쓰는 사람은 쓰지 못한 이야기 안을 헤매며 산다."고 한다. 『슬픔의 방문』 낮은산 나 역시 남은 삶에서 아직 알지 못해 제대로 쓰지 못한 이야기를 찾아 쓰게 될 것이다.

글의 힘을 안다. 글을 쓰다 보면, 내가 앞뒤가 맞지 않는 사람이라는 것을 알게 된다. 서로 충돌하는 가치를 붙잡고 있는 나를 마주한다.

그것들을 분별하고, 선택하며 내 삶을 통합해간다. 통합! 발달심리에서 '통합'은 노년의 과제다. 노년에 이르러서야 가능한, '나이가 할 수 있는' 일이다. 노년에 글을 써야 할 이유다.

이승우가 그의 산문집 『고요한 읽기』문학동네에서 이야기는 부모 없이 태어나지 않으며, 이미 있던 이야기의 속편이나 덧붙임, 혹은 변주 아닌 이야기가 없다고 했다. 이 글 중 어느 것 하나 남의 것을 가져오지 않은 게 없다. 게다가 대부분 장일호의 말처럼장일호와 가진 만남의 시간에서 그녀는 모든 글은 누군가의 것을 착취한 것이라고 했다 착취한 것이다. 일일이 누군가의 허락을 받지 않았는데, 출처를 기억할 수 없고, 이미 모두의 것이 되어있기 때문이다. 의도하지 않은 착취가 때로 누군가를 살릴 수 있다. 이 글 역시 혹 누군가를 살릴 수 있게 그런 식으로 착취당했으면 좋겠다.

나의 부족함이 원고를 의심했다. 원고가 사장될 수 있었다. 그런데 출판사 <비공非攻>힘은 있으나 공격하지 않는다 배용하 대표가 선뜻 출판해주겠다고 했다. 큰딸이 말했다. "엄마 책 잘 안 팔릴 텐데. 출판해주시는 분이 있네. 고마우신 분이네." 내가 배대표에게 말했다. "안 팔리면 어떻게 해요?", "어차피 일 년 내내 하는 걱정입니다."라는 답이 돌아와 조금 안심했다. 배용하 대표와 책이 되기까지 그 외 수고해주신 분들, 이야기를 만들어준 가족과 책 안에 나오는 분들, 이 글의 부모가 된 모든 이야기를 해주신 분들께 감사한다.

2016년

엄마

5월 19일. 엄마. 엄마. 엄마. 엄마. 엄마. 엄마. 엄마. 엄마. 엄마. 엄마. 엄마. 엄마. 엄마. 엄마. 엄마. 그저 엄마를 부른다.

우리 집에서 엄마가 구산동의 노인병원으로 거처를 옮긴 게 3개월 전이다. "내가 병원으로 가는 건 아무렇지도 않아. 너랑 떨어지는 게 너무 힘들어."라는 말거짓말이다. 엄마는 그곳에 갈 일이 두렵다과 밤새 눈물로 흥건히 적신 손수건을 남기고. 그런데 이틀 전 다시 강동구에 있는 노인병원으로 옮겼다. 오빠 집에서 가까운 곳. 우리 집에서는 아주 먼 곳이다.

결혼하기 전, 나는 늘 엄마와 함께였다. 엄마가 신문읽는 소리에 잠이 깼고, 엄마를 따라 시장에 갔고, 친척 집을 찾았다. 엄마가 저녁상을 차렸고, 나는 설거지를 했다. 명절에도 어디 갈 줄 모르는 나는 엄마와 함께 차례상에서 나온 그릇들을 설거지했다. 엄마가 떠준 옷을 입었다. 엄마가 늦게야 돌아오는 언니를 마중하러 버스정류장을 몇 번씩 들락날락할 때마다 같이 나갔다. 서울집을 전세 놓고 그 돈으로 경기도 소사에 집을 사고 남은 차액으로 언니 등록금을 마련한 일, 오빠를 결혼시키기 위해 2층 전세 금액을 올려받은 사연을 엄마와 나눴다. 딸들을 결혼시킬 때마다, 이웃집 아주머니들을 불러 함께 이불을 만드는 엄마의 환한 웃음이 내 안에 고스란히 있다. 나도 내 살림을 시작했다. 시간의 흐름에 따라 점점 내 안의 엄마 농도가 낮아졌다.

2007년 아버지가 죽었다. 엄마는 서 있는 것조차 힘들어 보였다. 언니가 부산으로 모시고 갔다. 몸이 아픈 내게 부산은 멀기만 했다. 가끔 서울로 올라오셨다. 그때 엄마를 한두 달 모시는 게 엄마를 보는 유일한 시간이었다. 2015년 부산에 계신 엄마를 모셔 왔다. 언니가 무릎 수술을 해야 했다. 내가 모시겠다고 했다. 성심을 다해 오랫동안 잘해 드리고 싶었다. 동시에 돌아가시기를 바랐다. 거동이 불편한 엄마가 편해지기를 바랐다. 아니다. 성치 않은 내 몸이 견디기 힘들어서였다. 엄마와 함께 있는 동안 아픈 몸과 마음이 더 아파졌다. 잘해드릴 수 없었다. 1년 1개월. 기막히게 슬픈, 가슴 시리게 행복한 시간을 남기고, 결국 엄마는 요양병원으로 떠났다. 그리고 이틀 전 더 먼 곳으로 갔다. 엄마와 함께한 가슴 시린 추억이 몸과 맘을 아프게 후빈다. 엄마의 농도가 내 안에서 최고조로 높아졌다.

미뤄온 수술을 한다

7월 23일. 20여 년 동안 나를 괴롭혀온 허리를 수술한다. 수술만 하고 나오면 통증 없이 살 수 있으리란 기대로 온 가족이 모였다. 지글지글 보글보글, 까르륵. 떠들썩하다.

2019년

2016년 7월 25일 수술을 받았다. 3년이 지났다. 기대와는 달리 여전히 내 몸은 자유롭지 않다. 엄마는 노인병원에서 요양원으로 옮겼다. 나이 듦. 인생. 이별. 내가 생각하는 것들이다.

엄마는 얼마 남지 않았다. 수술받은 딸과 나는 회복할 것이다

1월 29일. 딸이 장폐색으로 입원한 지 이미 2주다. 약물치료의 효과가 없었다. 오늘 수술실에 들어가 있을 때, 큰오빠 전화가 왔다. 예감이 불길했다. 엄마에게 다시 신우염이 찾아왔다. 세 번째다. 두 번의 신우염으로 종합병원에서 치료받았다. 더는 가망이 없어 노인병원으로 모신단다.

1월 30일. 딸은 수술 후 회복 중이다. 토요일이라 사위가 손주 해와 달을 병원에 데리고 갔나 보다. 제 엄마 옆에서 좋아라~ 웃는 해와 달 사진을 보내왔다. 나는 송파역 근방 조용한 주택가. 붉은 벽돌로 된 5층 병원. 정방형의 아주 작은 엘리베이터를 타고 4층에 내렸다. 아파트 거실 같은 곳에 예닐곱 되는 침대와 자그마한 소파가, 그 위에 눕거나 앉아있는 할아버지 할머니 몇 분이 있다. 엄마는 그곳에 없다. "안정

수 할머니 딸입니다." "네. 이 방에 계셔요." 거실 같은 큰 병실 한쪽, 또 다른 병실이 있다. 그곳에 들어서자 상한 소변에서 나는 냄새가 역겹다. 그곳에 엄마가 누워있다. 다른 침대가 둘 더 있다. 그 위의 환자 누구에게도 소변 주머니가 없다. 엄마만이 짙은 황갈색 소변이 담긴 소변 주머니를 매달고 있다. 역한 냄새는 엄마의 것이다. 한겨울의 미세먼지가 나쁘다. 병실 창문은 꼭 닫혀 있다. 누렇게 변색한 벽. 모든 게 답답하다. 얼마 전, '와~ 우리 막내 왔네!' 손뼉 치며 나를 반기던 엄마는 전혀 움직임이 없다. 깊은 잠 속에 있다. 잠에서 언제 빠져나올지, 과연 빠져나올 수 있을지 알 수 없다. 엄마의 등과 머리를 받친 침대와 베개가 미지근하다. 얼마나 불쾌할까!

4월 30일. 엄마가 노인병원에 입원한 지 3개월이다. 딸은 퇴원해서 제 식구들과 하하 호호 지내고, 나는 오늘 회전근개파열 봉합수술을 한다.

엄마가 죽었다

5월 31일. 엄마가 죽었다. 세상에 온 지 93년 7개월 26일. 엄마는 1925년 음력 10월 5일 태어났다. 세상에 나온 지 보름 후 아버지를 잃었다. 홀어머니 아래서 자랐다. 열아홉에 남편을 만나 스물에 아들을 낳았다. 그리고 딸을 낳고, 그리고 또 아들을 낳았다. 6.25가 터졌다. 인민군이 남편내 아버지을 끌어갔는데 돌아오지 않았다. 행방불명이다. 그 상태에서 피난길을 떠났다. 피난길에서 제일 먼저 친정엄마가 쓰러졌다. 그다음으로 시아버지, 그리고 둘째 아들을 연이어 잃었다. 차례대로 셋을 어딘지도 모르는 땅에 묻었다. 어느 집 개밥그릇에 담긴 음식을 먹었고, 논두렁 물도 마셨다. 목숨을 부지했다. 청주 피난민 수용소에 있는데, 어느 날 남편이 돌아왔다. 다시 아들과 두 딸을 낳았다. 내가 막내다. 작디작은 몸을 태우며 살았다. 내 할머니인 시어머니가 세상을 떠났다. 그리고 남편도 떠났다. 내 아버지다. 다시 11년 10개월이 지났다. 그리고 내 엄마가 오늘 죽었다. 기다렸다. 엄마가 죽기를. 엄마가 편해지기를. 아니다. 나 자신의 편안함을 원했다.

　아침에 병원에서 연락이 왔다. 오늘을 넘기지 못할 거라고. 병원으로 오고 예상과 달리 4개월을 버텼다. 항생제를 썼고, 알부민을 맞았다. 의식을 찾고 식사도 했다. 캐나다에서 나온 작은 아들 내외, 한데 모인 아들딸, 손주, 증손자들과 짧고 가벼운 대화와 미소를 주고받았다. 그러다 곡기를 끊었고, 욕창이 생겼다. 아파했다. 며칠 전부터 다리가 부었다. '그날이 왔구나' 하며 병원으로 갔다. 엄마는 너무 평온했다. 도무지 돌아가실 분 같지 않았다. "이상하다. 꼭 돌아가실 분 같았는데!" 요양보호사가 말했다. 언니도 나도 집으로 돌아가기로 했다. 집으로 가는 버스에서 다시 병원 전화를 받았다. 엄마가 죽었다. 손자가 갔을 때, 눈을 떴고, 그 손자를 바라보았고, 숨을 몰아쉬고 그대로 눈을 감았다. 그 한 시간을 참지 못했다. 몸이 아프다는 이유로 집으로 향했다. 죽는 그 순간 곁에 없었다. 얼마나 외로웠을까! 가슴에 절절한데, 엄마의 죽음이 실감 나지 않는다. 전혀.

8월 18일. 엄마가 죽었다. 엄마가 죽었다. 엄마가 죽었다. 엄마가 죽었다. 페이스북에 '엄마가 죽었다'고 외쳤다. 내 엄마가 '죽었다.' 엄마 생각이 나를 사로잡고 있다. 계속해서 엄마 이야기를 하고 싶다. 그럴 수밖에 없다. 엄마가 죽기 얼마 전 내게 전화했다. "희선아. 엄마가 너무 늙어서 도와주지 못해서 미안해." 그때 '엄마'가 통째로 내게 들어왔다. 아니 언제나 그렇게 있었는데 늦게야 깨달았다. 엄마는 언제나 내 안에, 나의 깊은 곳에 있었다. 앞으로도 그럴 것이다. 내 존재의 근원이다.

엄마는 아버지, 엄마 이상으로 우리를 아꼈던 할머니(엄마의 시어머니)와 함께 우리 5남매를 키웠다. 8식구 식사를 위해 매일 아버지와 노량진 새벽 장을 봤다. 5남매 등록금은 늘 모자랐다. 전세 비용을 올리고, 이사를 하고, 다음엔 아버지가 지방 이동을 신청했다. 관사에서 살면 살림이 필 수 있었다. 덕분에 나는 고등학교 2년과 대학 1년, 3년 동안 소사와 부천에서 서울로 통학했다. 엄마는 한결같이 새벽 4시가 되기 전 일어났다. 새 밥을 해 도시락을 쌌고 나를 깨워 밥상 앞에 앉힌 후, 꼭 같이 앉아 내가 밥 먹는 것을 지켜봤다. 내가 종로에 있는 입시 학원 새벽 단과반엘 다녔기 때문이다. 부천 관사에서 버스 정류장까지 빠른 걸음으로도 족히 15분은 걸어야 했다. 엄마는 아직은 캄캄한 길을 한 손은 내 손을 다른 한 손으로는 내 무거운 가방을 들고 걸었다. 내가 탄 버스가 움직이면 나와 같이 걸어왔던, 여전히 어둑한 길을 되돌아갔다. 통금이 있던 시절이다. 막차 시간이 되면 정류장에 나와 나를 기다렸다. 이번에는 혼자 걸어 나온 그 길을 또다시 내 손을 잡고, 내 가방을 든 채 나하고 집으로 되돌아갔다.

엄마는 내게 '나' 아닌 다른 사람이 되라고 요구하지 않았다. 내가 누구인지조차 모르겠고 존재 이유를 모르는 시간, 공허함으로 멍하게 지낼 때조차 과분하게 나를 믿어줬다. 그래서 나를 지탱할 수 있었다. 최선을 다해 있는 그대로를 격려해주는 엄마가 있어, 가닥 잡히지 않는 공상도 할 여유가 있었다. 그런 엄마가 있었기에 누군가를 배제하거나 혐오하지 않는 신을, 그의 사랑을 받아들이게 되었다. 그런 엄마가 죽었다는 걸, 엄마가 죽고 나서 3개월이 지나 실감하고 있다.

"엄마, 안녕!" "고마워! 그리고 미안해!"

작아서 서러운 것들

9월 18일. 추석이다. 큰딸과 사위가 사랑스러운 7살 해와 5살 달을 앞세우고 왔다. 한 달 전 결혼한 작은딸과 사위도 왔다. 서방님과 동서, 조카도. 외식으로 상차림을 대신했다. 명절 분위기는 역시나 상차림인데, 아직은 그럴 만큼 건강하지 않다. 아쉽다. 서방님 가족이 제집으로 갔다. 저녁 시간 두 딸 부부와 해와 달이 남았다. 해가 있고 달이 있으면 그저 즐겁고 통증도 줄어든다. 영락없는 손주 바보다. 윷놀이가 시작되었다. 5살배기 달은 밖에서 나는 소리에 아랑곳하지 않고 굳세게 잠을 잔다. 덕분에 해는 아무런 방해 받지 않고 윷놀이를 할 수 있다. "앗싸~ 나머지 하나다. 고지가 보인다." 내 말 3개가 이미 말판 밖에 나와 있다. 이제 '걸'만 나오면 내가 1등으로 경기를 끝낼 판이다. 해가 윷을 하면 나의 마지막 말을 잡을 수 있다. 그러나 윷이 그리 쉽게 나올 리 없다. "해야. 걸을 해. 걸이 얼마나 좋니? 그것도 쉬운 게 아니란다. 보통은 개가 제일 잘 나오는 법이지." "윷이다! 윷이야 윷! 내가 할머니를 잡았다고. 할머니를 내가 잡았어." 해가 나를 잡았다. 난리가 났다. 집이 들썩거렸다. 해가 이겼다. "내가 왕이야?" 크게 흥분한 해가 질러대는 소리가 컸다. 그 소리가 얼마나 큰지 곤하게 자던 달을 깨웠다. 다음 판이 벌어졌다. 윷만 나오면 무조건 좋아했고, 할머니나 이모 말을 잡기라도 하면 그렇게 좋단다. 얼굴에 함박꽃이 활짝 폈다. 도무지 오므라들지 않는다. "어머. 이게 웬일이야 두 윷이야. 어머나. 걸~ 잡아.

잡아. 또 해~." 앞서거니 뒤서거니 하며 신바람은 고조되었고 해는 순식간에 공중부양하기를 반복했다. "모~다. 모야." "어? 모?" 해가 던진 윷가락 네 개가 다 엎어져 있었다. "아니야. 도야. 도." "아니야. 모야. 모란 말이야." "아니야. 요만큼 뒤집혀있잖아. 도야 도." "아까도 요만큼 뒤집혔는데, 윷이라 했잖아. 지금은 요만큼 뒤집혔으니까. 도가 맞아." 엄마도 이모도 다 '도'라고 판정했다. 해가 보기에는 '모'였고, 내가 보기에도 '모'였다. '도라고?' 나도 해도 받아들일 수 없는데, 해의 엄마와 이모가 상황을 종료시켰다. 나는 언제나 딸에게 진다. 해도 엄마와 이모에게 졌다. "모란 말이야, 모야~." 해가 뒤로 벌렁 드러눕더니 제 엄마 옆으로 굴러가 서럽게 운다. 영 그치기 쉽지 않은가 보다. 한참을 운다. "너 그러면 못써. 도라니까. 아까 이모도 윷 하나가 요만큼 엎어져서 걸이 됐잖아. 계속 이러면 윷 안 한다." 이런 식의 말은 작은 아이에게는 협박이다. 결국, 작은 아이 해는 일어나 울음을 멈추고 윷을 다시 시작했고 다시 배시시 웃기 시작했다. "어? 윷이야? 또 윷이야?" 공중부양했다가 떨어지기를 반복하며 까르르 웃음꽃을 피웠다. 이번 판엔 할머니인 내가 이겼다. 그런데도 해는 마냥 즐겁기만 하다. "한 판만 더 하고 집에 가자." 또 한판을 내가 거뜬하게 이겼다. 누구도 손자 해가 이기게 해주고자 사랑의 술수는 쓰지 않았다. 작은 아이인데도. 할머니인 나조차도.

아이들에 제집으로 돌아간 늦은 밤, 나는 가슴이 아프다. 엉엉~ 울던 해의 울음소리, 닭똥 같은 눈물, 몸을 굴려 제 엄마에게 붙어있던 모습이 눈에 선하다. '얼마나 억울했을까?' 받아들일 수 없는 설움을 꿀꺽 삼켰을 것이다. 해가 꿀꺽 삼킨 설움이, 억울함이 내 가슴 안으로도 파고들었다. 해도 도, 개, 걸, 윷, 모가 한 칸, 두 칸, 세 칸, 네 칸, 다섯 칸을 갈 수 있음을 안다. 자기 말을 놓을 수 있다. 그런데 해가 제 말을 놓을 수 없었다. 엄마가 이모가 대신 말을 놓았다. 작은 아이라는 이유로. 이겨도 져도 제가 제 말을 놓게 해야 했다. 해가 부탁할 때만 도와주면 되었다. 할머니, 엄마, 이모는 작은 아이가 말을 놓을 기회, 고민과 쾌감을 빼앗았다. 작은 아이라는 이유로 져주는 사랑의 술수는 쓰지 않으면서. 작다는 건 수시로 무시로, 아프기 쉬운 법이다. 어차피 세상은 아프지 않은 곳, 아프지 않은 때가 없다.

작은 게 어린 것뿐만은 아니다. 엄마가 말했다. "너희 아버지가 돌아가시니까 내 인격이 이렇게 높은 곳에서 이렇게 낮게, 바닥으로 떨어진 것 같았어." 키도 몸도 맘도 졸아들었지만, 무엇보다도 스스로 자신의 몸을 돌볼 수 없게 된 엄마는 어쩌면 해와 달보다도 작았다. 너무 작아 서글펐다. 초라했다. 그래서 수시로 눈물을 보였다. 억울함을 토해내도 받아주지 않아서 차라리 주검으로 삶을 마무리해야 했던 사람들. 고공 크레인에라도 올라가 '함께 살자'라고 소리치지 않으면 아무도 귀 기울여 들어주지 않는 사람들이 있었다. 지금도 여전하다.

뉴스의 시대다. 가정, 식당, 미장원, 대중탕, 터미널, 은행…. 어딜 가나 TV에서 뉴스가 흘러넘친다. 24시간 모든 방송국이 중계방송한다. 같은 사건 사고, 한결같은 내용에 마음이라곤 느껴지지 않는다. 종일 반복되는 뉴스에 지루한 줄 모르고 매달려있는 시청자가 행여 마음을, 눈물을 잃을까, 두렵다.

2020년

어머니는 누구인가? 모든 노동자의 어머니다

5월 31일. 오늘 소설 한 권을 마무리했다. "달아나요, 할머니!" "바로 붙들릴 겁니다." "아이구, 정말 용감하신 분이군!" "꺼져! 해산!" 헌병들의 외침 소리가 점점 가깝게 들려왔다. 어머니 앞에 선 사람들이 서로 팔짱을 긴 채로 이리저리 흔들렸다. 사람들이 그녀를 둘러쌌다. 한참을 입안에서만 맴돌 뿐, 좀처럼 나오지 못하던 목소리가 떨리고 찢어지며 입 밖으로 새어 나왔다. "내 아들의 말은 노동하는 인간, 매수 당하지 않은 영혼의 깨끗한 말입니다. 용기 때문에 매수되지 않았음을 명심하시오!" 누군가 소년 같은 눈이 환희와 두려움이 반반인 그녀의 얼굴을 쳐다보고 있었다. 어머니는 마침내 가슴을 한 대 얻어맞고 비틀거리며 긴 의자에 털썩 주저앉았다. 사람들 머리 위로 보이던 헌병의 손들이 그녀 옷깃과 어깨를 움켜쥐고 몸뚱어리를 냅다 집어던졌다. 모자는 갈기갈기 찢어 멀리 내던졌다. 어머니는 눈앞이 캄캄해지고 빙글빙글 돌았지만, 지친 몸을 다시 일으켜 세우고 있는 힘을 다해 큰소리로 외쳤다. "여러분. 여러분의 힘을 하나로 모으시오!" "입 닥쳐!" "꺼져버려!" "아무것도 두려워 마시오. 여러분이 여태껏 살아오면서 당했

던 그 고통보다 더한 고통은 없습니다." "입 닥쳐, 이 쌍년아!" "되살아
난 영혼은 죽일 수 없는 법이니라!" "개 같은 년!" "이런 짐승만도 못한
년!"

소설 속 어머니는 눈이 휘둥그레지며 불꽃이 튀었고, 부르르 턱을
떨었고, 주먹에 맞아 검은 피를 흘린다. 목과 등이 떠밀리고 사방을 두
들겨 맞는다. 귀가 먹먹해지고 질식할 듯 숨이 콱콱 막혔다. 다리가 구
부러지며 부르르 떨렸고, 비칠거렸다. 그래도 눈을 감지 않고 외친다.
"피바다를 이룬대도 진리는 죽지 않을 것이다" "천벌을 받을 어리석은
놈들! 진리가 네놈들의 머리 위에 떨어질 날이 있을 게다!" 헌병이 그
녀의 목을 잡고 누른다. 어머니는 다시 말한다. "불쌍한 것들." 러시아
의 1907년을 그린 막심 고리끼의 소설, 『어머니』는 그렇게 끝난다.

막심 고리끼의 소설 『어머니』는 러시아 문학에서 노동계급에 관
한 진정한 의미에서의 최초의 소설이다. 막심 고리끼는 이 소설에서
노동자 우리 누구나 노동자다 와 어머니를 재탄생 시켰다. 소설에서 가혹
한 자본주의 희생자로 여겨지던 노동자는 인류에 의해 축적된 모든 물
질적·정신적 가치를 보전할 만한 능력을 갖춘 하나의 힘, 정의롭지 못
한 사회 안에서 능동적이고 당당한 인간, 당대 사회적 불의에 용감히
맞서 싸우는 역사의 주인공으로 탄생한다. 당시 공장촌에서 흔히 보

이던 노동자의 아내, 술 취한 남편에게 때도 없이 매를 맞으며 죽지 못해 살아오던 어머니 닐브로나는 모든 노동자의 어머니가 된다. 자신을 학대하던 남편이 죽고, 아들 빠벨이 노동자 촌의 일상적인 생활 방식을 파기하고 혁명가가 되자 아들을 따라 혁명에 가담한다. 다 잊은 줄 알았는데 글이 읽힌다. 위험한 책들을 읽고 깨어난다. 필요한 곳곳에 전달한다. 위험을 무릅쓰고 세상의 노동자들의 어머니로 되어가면서 가슴 벅차한다. 그렇게 재탄생한다.

1년 전 오늘 5월 31일. 엄마가 죽었는데 시간을 어떻게 채워야 할지 몰랐다. 페이스북에 올라온 글이 눈에 띄었다. '애도'란 눈물을 흘림으로써 대상을 향한 슬픈 감정을 씻어내는 게 아니라고, 대상을 기리는 것이라고 했다. 나는 엄마라는 존재를 객관적으로 들여다보고, 객관적으로 기리고 싶었다. '어머니'와 '죽음'을 키워드로 책들을 뒤졌다. 『나는 신들의 요양보호사입니다』이은주|헤르츠나인, 『나는 엄마가 먹여 살렸는데』김은화|딸세포, 『작별일기』최현숙|후마니타스, 『엄마의 죽음은 처음이니까』권혁란|한겨레출판, 『아빠의 아빠가 됐다』조기현|이매진, 『아름답게 떠날 권리』김종운|유리창 등등을 샀고, 고리끼의 소설 『어머니』열린책들를 샀다. 무려 616쪽이다. 어머니를 소재로 이리도 긴 소설이 있어 의아했다. 길어서 좋았다. 어쩌면 이 책에서 어머니란 존재를 제대로 들여다볼 수 있을 것 같았다. 습관적으로 여러 책을 병행해 읽으

며, 내 나름의 1주기를 보내는 방식을 결정했다. 엄마의 1주기 5월 31일에 맞춰 『어머니』를 다 읽는 것이다. 그대로 했다. 그리고 그동안 생각해왔던 어머니 이상의 어머니라는 존재, '모든 노동자의 어머니'를 마주했다.

엄마는 가녀렸지만 강했다. 새벽부터 밤까지 쉬지 않았다. 아버지 없는, 그리고 여자라는 제약으로 배우지 못해 품은 한이 있었다. 그 한으로 기어코 5남매를 다 대학에 보내기로 작정했다. 6.25 전쟁 이후 살기 위해 미용사 보조, 무면허 미장원 쥔장, 수예점 쥔장을 거쳐, 종이봉투를 붙이고, 조화를 만들고, 만둣가게 카운터에서 일했다. 한 편의 드라마 같은 삶이었다. 그런 와중에, 신문이건 뭐건 손에 잡히는 대로 글을 읽었다. 그러나 세상의 한계를 느끼기보다는 세상에 순응한 것 같다. 다른 세상을 꿈꾸지는 않았다. 우리 집에 와 있는 동안 성경과 함께 『최남선 평전』류시현|한겨레출판, 『안중근 평전』황재문|한겨레출판 등 눈에 보이는 대로 책을 붙잡았다. 어깨가 아프도록 책을 붙잡았다. 『금요일엔 돌아오렴』416세월호참사 작가기록단 엮음, 창비, 『전태일 평전』조영래, 전태일기념사업회, 『의자놀이』공지영, 휴머니스트를 읽었다. "뭐든 이쪽저쪽 이야기를 다 들어봐야 해." "옛날부터 똑똑한 사람들은 다 좌파였단다"라고 했다. 내가 소설 속 빠벨이었다면, 분명 내 엄마는 빠벨의 엄마 닐부로나와 같은 길을 걸었을 것이다. 1970년대 한국에서라면 그리고

내가 노동자였다면, 엄마는 이소선 여사와 같은 길을 걸었을 것이다. 그건 사랑이 하는 일이고 어머니란 사랑하는 존재니까.

마거릿 에트우드는 여성의 삶이 구체적으로 기록되지 않으면 역사에서 흔적도 없이 사라진다고 했다. 글 쓰는 사람이 바뀌면 역사도 달라진다고 했다. 며칠 전 장은영 작가의 『쓰고 싸우고 살아남다』_{민음사}를 읽으면서 알게 되었다. 책 안에는 제목대로 쓰고 싸우고 자신의 한계를 넘어 세상을 변화시킨, 이롭게 한 25인의 여자들 이야기가 있었다. 한계에 부딪힐 때마다 용기를 낸 엄마의 삶이 흔적 없이 사라지게 놔둘 수 없다. 엄마의 삶을 구체적으로 기록하기로 했다. 제대로 드러나지 못한 엄마를 세상에 남겨야겠다. 고리끼처럼 엄마를 재탄생시키고 싶다. 모든 노동자의 어머니까지는 아니더라도 모든 자식_{어떤 모양을 지녔든}의 어머니로. 나 역시 글을 쓰며 나의 역사가 혹은 역사의 어느 한 부분이 달라질 수 있을지 모른다. 나는 모든 이가 자신의 삶을 기록하면 좋겠다. 기록하다 보면 생각하지 못했던 힘이 생긴다.

『엄마의 일생』이 탄생했지만 사라질 것이다

7월 27일. 가족 외에는 알아줄 사람 없는 엄마가 한 달여 만에 여섯 장으로 된 소설 『엄마의 일생』으로 다시 살아났다. 소설에서는 혐오의 대상이 되곤 하는 성 소수자가 엄마의 아들이 되었다. 엄마는 우리 형제의 엄마만이 아닌 사회적 약자의 어머니가 되었다. 글을 쓴 나 역시 두 딸의 엄마로만 머물지 않고 사회적 약자의 형제가 되었다. 조금 더 많은 이의 엄마가 될 수 있을지 모른다. 그런 허영이 있었다. 그래서 소설이었다. 놀랄 정도로 글이 쉽게 빨리 써졌다.

9월 19일. 교우와 동기, 지인이 『엄마의 일생』원고를 읽어줬다. 격려가 있었고, 소설로는 부족하다는 의견이 있었다. "왜 독자 스스로 느낄 것을 엄마가 썼지?" 작은딸은 부분 부분에 매서운 칼질을 해줬고 이 말이 내가 글을 쓰는 데 중요한 지침이 되었다. 자전적 소설이 문제를 일으킨 경우를 알려줬다. 작은 오빠는 각색했음에도 어쩔 수 없이 드러나는 자신의 이야기가 맘에 들지 않는 눈치였고, 큰 언니는 내게 물었다. "나는 일찍 결혼해서 몰랐는데, 오빠가 동성애자였니?" 소설에 등장시킨 동성애자 이야기가 큰오빠 이야기인 줄 알았다. 자전적 소설이 갖는 윤리적 문제가 이런 것이었다. 『엄마의 일생』은 소설로는 턱없이 부족했다. 소설을 읽기만 했지, 소설을 어떻게 써야 하는지 전혀 몰랐다. 『엄마의 일생』은 사라질 것이다.

2021년

우정이 한 일, 행운에 대한 책임

1월 30일. 페이스북 메시지에 알림이 떴다. 『복음과 상황』 김다혜 기자다. "1월호 솔직담백한 글 기고해주셔서 감사했어요. 다름 아니라 홍성사에서 목사님을 필자로 청탁하고 싶다고 하네요! 메일 주소 알려주실 수 있으세요?" 꿈에서도 생각하지 못한 일이다. 이 일은 한 달 전인 작년 12월 24일 카톡 메시지로 시작되었다. "급한 마음에 청탁서 먼저 보냈습니다. 김 기자가 기획한 것이고, 필자 선정도 두 젊은 기자들이 주도했습니다. 믿어지지 않는다. 지지하는 말이었을 것이다 제 생각에도, 목사님 전공 분야(?) 같아서." 누구나 알만한, 신학자, 고전 문헌 연구가, 영화평론가의 글 옆에 그저 삶에서 경험하는 글 한 자락을 얹게 될 터. 무명의 은퇴 목사에 불과한 내게 이 메시지는 그야말로 깜짝 크리스마스 선물이다. 전공이란? '나이 듦'이다. '나이 듦'은 확실히 내 전공이었나 보다. '남은 반원을 그리는 삶'을 써 내려가는 게 어렵지 않았다. 인생이 원이라 생각했다. 나는 이제까지 그려온 원의 반을 넘어 원점으로 향하고 있다. 엄마가 그랬고 내가 그럴 테고 모두가 그리될 것이다. 그 의미를 생각하며 쓴 글을 보낼 때, 이런 일이 생길 줄 전혀 몰

랐다. "감사합니다"라는 짧은 메시지와 메일 주소를 보냈다. 담담한
척. 심장이 쿵쾅거렸다. 심하게, 오랫동안.

　　그동안의 인연이 파노라마처럼 스쳐 지나갔다. 2009년 처음으로
월간잡지 『복음과 상황』에 글을 실었다. 2012년 편집위원이 되었다.
이범진 편집장이 그때 나와 함께 편집위원이 되었다. 지금은 사라진
웹 잡지, "크로스_로"에 나를 소개해 계속해서 글을 쓸 수 있게 해준 사
람, 당시 내가 맡고 있던 학원복음화협의회의 『물 근원을 맑게』에 책
이야기를 글로 제공해준 사람이 이범진 편집장이다. 그런 인연이 10년
넘게 이어진다. 지금은 그곳 기자들과도 아는 사이다. 가끔 『복음과 상
황』에 글을 쓸 수 있었다. 나이의 벽을 넘어 변하지 않은 오랜 우정 덕
분이다. 그 우정이 이번엔 엄청난 선물을 보내왔다. 어쩌면 책을 내게
해줄지 모른다. 혹 연락이 오지 않을 수도 있다 홍성사에서 진짜 연락이 왔
다. 출판사가 운영하는 "양화진 책방"에서 잔뜩 긴장한 채 편집자를 만
났다. 전화를 준 분, 박혜란 대리가 들어왔다. 코로나 시기였다. 마스크
를 썼기에 떨리는 속을 숨길 수 있어 다행이었다. '인생 오후 에세이'를
기획하고 있었는데 『복음과 상황』에서 내가 쓴 글을 읽었고, 내 원고
가 거기에 딱 들어맞는 것 같다고 했다. 계약하기로 했다. 진짜 내가 책
을 쓰게 되었다. 믿어지지 않는다. 언제쯤 실감이 날까!

읽고 글을 쓰는 게 좋았다. 읽고 쓰면서 몰랐던 것이 내 것이 되는 게 좋았다. 쓰고 싶은 게 많았다. 그간의 삶에 아픔이 있었다. '운이 좋아' 그 자리에서 성장했다. 아픈 자리에서 일어날 수 없는 현실이 허다하다. 그러니 나는 운이 좋았다고 말할밖에. 아픔과 성장의 기록을 남기고 싶었다. 틈틈이 기록한 메모와 일기가 있고, 사라질 『엄마의 일생』이 있었다. 쓰고 싶은 것이 넘치고 넘쳤다. 그런데 출판제안이 왔다. 순전히 고마운 인연, 행운이 한 일이다. 행운에 대한 책임을 느낀다. 그 행운을 만나지 못해 일어서지 못하고 죽었거나 죽어가는 이들의 목소리가 되는 글을 쓸 수 있다면 좋겠다.

『이 정도면 충분한』

8월 28일. 내가 처음으로 쓴 책 『이 정도면 충분한』을 실물로 영접했다. 표지가 아름답다. 쓰고 싶은 게 차고 넘치던 나는 등기로 계약서를 받은 후, 한 달 보름 만에 초고를 출판사에 보냈다. 3부로 된 책의 2부에 엄마 이야기를 담았다. 나의 엄마 이상, 모든 자식의 어머니라는 존재는 기록하지 못했다.

"딱 그만큼" 좋은 세상

9월 10일. 출판사 '사자와어린양' 이현주 대표와 약속한 날이다. 출간계약을 하기로 했다. 나갈 준비를 하는데 전화벨이 울렸다. 무심하게 받았다. 린하다. 린하는 내게 딸같은 작은딸 친구다. 내게 엄마라 부른다. "엄마. 언니랑 통화가 안 돼서 엄마한테 전화했어. 식빵 씨^{작은} ^{사위 별명}가 교통사고를 당했는데 언니랑 연락이 안 된다고 회사^{린하는} ^{사위가 대표로 있는 회사에서 일한다}로 연락이 왔어. 서울대학병원 응급실로 실려 갔대." '얼마나 다친 걸까?' '살기는 할 건가? 별의별 생각들이 스쳤다. 집에서 나갈 때쯤에야 딸이 전화를 받았다. 조금 후 병원에 도착한 딸의 전화가 왔다. 뇌를 촬영하러 들어갔는데 크게 걱정하지 않아도 된단다. "전화를 받고 심장이 떨어질 것 같았어." "오만 가지 생각을 했지만, 이내 침착하기로 마음먹었어." "교통사고를 당해서 외상 센터로 들어가는 환자 중에서 심한 환자들의 이미지가 떠올랐어." "식빵이를 그 자리에 넣어보려 했지만 연상되지 않았어." 나중에 딸이 한 말들이다.

딸은 경찰의 목소리, 사용한 단어를 조합하며 아주 큰 부상은 아닐 거라 기대했다. 처음엔 너무 놀랐고 이내 약간 진정을 했지만, 막상 택시 안에서는 마음이 조급하고 눈물이 나오려 했고, 오만가지 생각을 했다. 무조건 얼굴을 직접 봐야만 했다. 얼굴을 살피면서도 긴장했다. 목 보호대, 왼쪽 귀 주변 열상, 피를 보았다. 초음파 촬영, MRI, X-Ray, CT 결과 이상이 없다는 말을 들었다.

사위는 자전거로 출근 중이었다. 자전거 위에서 모닝 자동차를 보고 급브레이크를 밟고 자전거에서 떨어졌다. 떨어지는 사람을 보고 모닝이 바로 멈추지 못했다. 가까워지는 자동차 바퀴를 눈앞에 보며 '이대로 죽는구나!' 생각했다. 머리 위에 모닝 앞부분이 올라와 얹혔다. 범퍼가 머리 위에 얹혔다. 왼쪽 귀 근처 뇌 부분에 줄로 남은 열상이 그로 인한 흔적이다. 미친 듯 소리를 지르고는 정신을 잃었다. 주변 사람 몇이 차를 들어 올렸고 사위를 빼냈다는 말을 나중에 들었다, 그분들은 119를 불러줬고 사위는 신속하게 응급센터로 이송될 수 있었다. 고마운 분들이다. 너무 놀란 운전자는 차에서 내려 사위를 안은 채, 계속 주기도문으로 기도했다고 한다. 사위는 어느 정도 치료를 받아야겠지만 무사하다. 몸에 통증이 있고, 미세 골절 가능성이 있을 수 있다. 턱이 벌어지지 않는다. 치과 의사는 왼쪽 턱에 피가 찬 게 원인일 거라고 했다. 자연적으로 피가 빠지겠지만 그렇지 않으면 피를 제거해야 한다고 했다. 그런데 입도 제대로 벌어지지 않는 사위가 말했다. "암소 갈비탕이 생각나." "배고파, 빨리 끝내고 집에 가는 길에 사 먹자." 안심할 수 없어 마음 졸이다 웃음이 터지고 말았다.

딸도 어린 나이에 사고를 당했다. 용인 에버랜드. 저녁 6시에 퍼레이드가 시작되었다. 작은딸이 퍼레이드를 가까이에서 보기 위해 힘차게 달려갔다. 밧줄로 된 울타리가 있었는데, 어두운 저녁 눈에 거의 보이지 않는 밧줄이었다. 울타리에 아이의 목이 걸렸고 뒤로 넘어졌다. 눈이 보이지 않았다. 아이를 등에 업은 남편은 한창 젊은 나이인데, 순간 할아버지로 변해있었다. 차를 타고 동네 상계백병원까지 오는 동안 아이는 토할 것 같다고 했다. CT 결과 당장 뇌를 다친 소견은 보이지 않는다. 그러나 아이를 학교에 보내지 말고 관찰하다가 이상이 생기면 바로 병원으로 오라고 했다. 그때 나는 만일을 대비해 아이가 정신적으로나 육체적으로 장애를 가지게 될 수 있다는 사실을 인정하고 마음을 준비했다. 다행스럽게 아이는 무사했고 지금 오늘 사고를 당한 남편과 지지고 볶으며 잘산다. 길고 긴 하루였다. 누구라도 언제라도 장애인이 될 수 있는 세상이다. 장애인에게 편한 세상이 언제라도 장애를 가질 수 있는 모두에게 좋은 세상이다. 장애인에게 좋은 '딱 그만큼.'

헤아릴 수 없다면 그 헤아릴 수 없는 것에 이롭게 움직여야만 한다

12월 15일. 언젠가 어떤 목사가 말했다. "나 참, 소에게 안수기도 하라고 하더라고요." 갸우뚱했다. '소에게 안수하는 게 왜?' 사람이 사람에게 하는 안수기도에 의미를 두지 않는다. 그러나 사람을 위한 안수기도에 의미가 있다면, 동물, 식물을 위한 그것이 왜 당연하지 않을까! 모든 존재가 신이 '보시기에 좋은' 생명이다.

　　명지고등학교에서 함께 근무했던 선생님을 만나러 가는 중이었
다. 길눈이 어둡다. 16년 만에 가는 길이다. 잘못 들어선 게 분명하다.
넓은 길이다. 뭔지 모를 점포 앞에 짐을 부리는 차들로 복잡하다. 문이
굳게 잠긴, 창도 없는 지저분한 어느 점포 문 아래쪽에 눈이 갔다. 정확
하게는 그곳을 두 발, 더 정확하게는 발톱으로 문을 박박 긁는 고양이.
누런 줄과 흰 줄이 교차하는 털 가진 고양이에게. 고양이가 저런 모습
을 할 수도 있나 싶을 정도로 남루한 고양이다. 삐죽삐죽 솟아있는 털
이 축축하게 젖어있고, 윤기라고는 전혀 없다. 만화영화에나 나온 고
양이 모습이다. 몸통과 사지가 다 제자리에 붙어있는 고양이는 어딘가
모르게 부자연스러웠다. 뻣뻣하게 경직되어있다. 덩치가 작지는 않지
만, 몹시 말랐고, 털 가진 어떤 동물들과도 달리 몹시 추워 보였다. 틀
림없이 떨고 있었다. 그런 고양이가 나를 의식하는지 힐끗거리며 제
앞의 점포, 지저분한 합판 문 아래쪽을 계속해서 박박 긁어댔고, 그럴
수록 고양이는 더 추워 보였다, 온몸과 발톱은 틀림없이 아플 것이다.
'배가 고파 먹을 것을 찾고 있나?' '늘 찾아오던 집인가?' '그 집에서 뭔
가 음식을 줬던 걸까?' '그렇다면 저렇게 거칠고 마르지는 않을 텐데.'
'저 정체를 알 수 없는 점포가 고양이의 집이었고 이제 주인이 사라진
걸까?' 나는 자리를 뜨지 못했다. 먹을만한 걸 줘야 할 것 같았다. 이미

10시를 한참 넘기고 11시가 되어가는 시간, 문을 연 상점도, 사람도 별로 없는 을씨년스러운 길. 주변에 편의점도 눈에 띄지 않는 이상한 길이다. 100여 미터를 더 걸어왔을 때 비로소 편의점 하나가 눈에 보였다. '참치캔을 살까?' 생각했지만 그만뒀다. 그곳에 돌아갔을 때 고양이가 여전히 있을 것 같지 않다는 핑계로 알량한 내 시간을 아꼈다. 좋은 일도 해봤던 놈이 한다. 습관이 되어야 한다. 나는 그런 일이 습관이 되어있지 않다.

약속한 장소에서 십수 년 만에 선생님을 반갑게 만났다. 단호박 리조또, 새우 아보카도 샐러드를 시켜 음식을 나누고 이야기꽃을 피웠는데, 그 음식 때문에 그냥 지나친 고양이의 몰골이 더 마음에서 떠나지 않았다. 잠자리에 들어서까지도. '왜 그동안 보아온 고양이들과는 달리 그 고양이는 그렇게 배가 고파 보였을까?' 생각했다. 그동안 생활 주변에 많은 변화가 있었다. 땅은 온통 시멘트로 덮였다. 딱히 잡아 먹을만한 쥐 같은 작은 동물들이 내 눈에도 잘 띄지 않는다. 인간으로 인해 삶의 터전이 바뀌었다. 산책길 오후 4시 어김없이 나타나 길고양이 밥을 주고 가는 노부부, 그 시간이면 어김없이 나타나는 길냥이가 떠올랐다. 길고양이, 유기된 고양이와 유기견을 돌보는 사람들의 마음을 비로소 알게 되었다.

며칠 전 사놓은 그림책 『오리국수』최남주, 펀폿 롯크러, 애나 나파스리 수완 나조트, 덩키북스에 나오는 개 누렁이에겐 오리국수 가게의 딱 아줌마가 있어서 다행이다. 쓰레기봉투를 뒤지다 도저히 먹을 수 없는 것들이 나와 구역질해야 했을 때, 딱 아줌마에게 오면 깊은 맛의 오리국수를 먹을 수 있었다. 동네에서 다른 개들과 싸움에서 밀려나 쫓겨나게 되었을 때는 아기를 딱 아줌마에게 맡겨놓을 수 있었다. 그렇더라도 아기를 두고 떠나는 누렁이의 마음은 얼마나 아팠을까. 생각은 러시아의 침공으로 시작된 전쟁으로, 고작 10살 남짓한 아이를 생면부지의 사람에게 맡겨 우크라이나를 떠나보내야 하는 부모와 아이의 심정으로 이어졌다. 고작 서너 살 된 아이를 살려보겠다고, 브로커들에게 부탁해 국경선 너머로 떨어뜨려야 하는 국경의 난민들 얼굴도 떠올랐다. 누가 그들을 헤아릴 수 있을까. 어느 책에서 읽은 글이 생각난다.

"헤아릴 수 없다면 그 헤아릴 수 없는 것에 이롭게 움직여야만 한다."

2022년

손주 바보의 손주 사랑, 손주 자랑

1월 8일. 한창 추운데, 검은 파카를 입은 해가 아파트 엘리베이터 앞에 서 있다. 노랑 파카를 챙겨입은 달이 해를 뒤따르고, 큰딸과 사위까지 나오자 엘리베이터 문이 열린다. 네 식구가 보라, 빨강, 노랑이 알록달록한 가방이며, 검정, 회색까지 대여섯 개의 크고 작은 짐가방을 나눠 들었다. 엘리베이터에서 내려 지하 주차장에 세워둔 차에 오른다. 해와 달이 뒷좌석에 앉아 룰루랄라 하다가 스르르 잠이 든다. 큰딸과 사위가 번갈아 가며 보내는 카톡을 보고 있으면 이 모든 상황이 눈앞에서 일어나는 것같이 훤히 보인다. 네 식구는 오늘도 캠핑을 떠난다.

저녁이 되어 하루 동안의 사진을 무더기로 전송받는다. 카톡 덕분이다. 사진에는 해와 달, 큰딸과 사위가 번갈아 등장한다. 네 식구가 한결같이 다르다. 가끔은 나를 포함해 보통의 부모들이 그렇듯, 큰딸과 사위도 "해가, 달이 나를 닮았나 봐." 말하지만, 내 경험에 의하면 그저 각자 다르게 태어난다. 그야말로 타고난 저마다의 특질들이 부모와 형제를 비롯한 다양한 사람들과 각양의 환경을 만나 역시 제각각의 인물이 되어간다. 은하계 안에 천억 개 이상의 다양한 별이 있고, 지구 위에 별의별 생명과 엄청난 수의 종이 존재하듯.

　해는 동그란 얼굴을 제외한 나머지 부분이 대충 길쭉하다. 키가 그렇고 손가락이나 발가락 역시 그렇다. 생각과 동시에 나오는 말의 속도가 빠르다. 생각이 쉬지 않고 대화의 내용은 경계를 허물고 아무 곳으로나 뻗어 나간다. 함께 하는 대화가 재미있다. 감성이 풍부한지, 함께 이야기할 때면 "맞아", "저런", "어머나", "슬퍼~" 등등의 감탄사들을 종종 들을 수 있다. 두 돌도 안 되었을 때, 버스를 타고 가면서, "하늘색 버스다. 나는 하늘색이 제일 좋아!"라고 말하곤 했는데, 버스 안에 탄 사람들이 신기하게 바라보곤 했다. 먹는데는 별 관심이 없다. 입이 짧다. 조금이라도 낯선 음식이라면 아예 먹어보기를 거부한다. 늘 먹는 음식만 먹는다. 딸기, 수박, 포도는 입에 대지 않는다. 겨우 사과와 귤을 먹을 뿐이다. 그래서 뭐든 "할머니 좀 줘"라는 말이 떨어지면 바로 음식을 나눈다. 돈가스며 탕수육에는 절대적으로 소스를 찍어 먹는다. 책 읽기를 좋아해서 그런가, 악어로 통용하며 한 가지로 알고 있었던 엘리게이터와 크로커다일이 실은 다른 종이라는 것을 내게 알려준 게 해다. "크로커다일은 바닷물에서 살지만, 엘리게이터는 소금물이 아닌 강에서 살아요. 음~ 그래서 엘리게이터는 바닷물에서는 오래 살 수가 없어요." 제 엄마가 장폐색으로 병원에 입원해 내가 가 있는 동안 해가 혼자 책을 읽다가 흥에 겨운 채 콩콩 뛰며 내게 가르쳐줬다. "해! 너는 나중에 과학자가 되고 싶은 거야? 과학적 지식이 많네." 라고 묻자, 그건 아니라고 했다. 한국을 빛낸 100명의 위인 가사를 다 외우고 있다. 역사를 존중한단다. 그래서인지 세계의 역사와 지리에 관심이 많다. 어쩌다 대화에 남아프리카라는 단어가 나오면, 만델라 이야기를 꺼낸다. 우리 집에 오면 할아버지가 마련해둔, 달이 지나 떼어놓은 달력 종이를 찾아 그림을 그리는데, 한때는 이순신 장군을 너무 좋아한 나머지 수군들과 원균과 같이 그와 관련된 인물들을 거북선과 같이 그려 넣는데 종일 시간을 보냈다. 손주 바보인 나는 해의 이야기를 하려면 한이 없다. 어려서는 청소기 소리를 들으면 울었고, 조금 커서는 '음매~' 소리에도 울었고, 그래서 장난기 발동한 엄마, 이모 심지어 할머니까지 '음매~' 소리로 어린 것을 울려가며 그게 좋다고 사진으로 저장해놓기도 했다. 조금 더 커서는 '엄마가 섬 그늘에~' 자장가를 들으면 슬피 울었다. 최근 『신비아파트』를 즐겨본 후로는 엘리베이터에 혼자 있는 것을 무서워한다. 그래서 친한 친구가 집에 데려다주곤 한다. 초등학교에 입학하면서 엄마가 핸드폰을 사줬지만, 처음에는 핸드폰을 사랑하지 않아 통화가 잘 이뤄지지 않다가 핸드폰 앱으로 게임을 즐기게 된 덕에 요즘은 할머니 할아버지와 이모가 해의 카톡이나 문자를 받는 호사를 '어쩌다' 누리기도 한다. 팽이게임을 제일 좋아한다. 아무리 해도 지칠 줄 모른다. 동생 달이 안쓰럽다. 형 해가 팽이게임을 하자고 할 때마다 고역인 눈치이지만, 할 수 없이 형과 게임을 해주는 모양이다. 감정이 충만해 흥분하기도 잘하며 목소리가 크다.

둘째 달의 머리는 갈색이다. 손주 바보 할머니는 달에 대해서도 할 말이 너무 많다. 머리숱이 적은 편이라 파마했는데, 곧잘 어울린다. 꼬불거리는 갈색 머리 없이 달을 떠올릴 수 없다. 그런데 가끔은 사람들이 해와 달을 여자아이로 보고, '언니와 동생'이라고 하는 바람에 앞으로 파마하지 않겠다고 선언하기도 했다. 기럭지가 조금 짧다. 대신 근육질의 몸이 탄탄하다. 동글동글하고 새까만 눈동자가 깊은 것이 매력이다. 말이 빠르지 않다. 말 한마디 한마디가 생각을 거쳐 나오는 듯, 매우 논리적이다. 해가 야단맞은 일을 금방 잊어버리고 대수롭지 않게 넘어가는 편이라면, 달은 자신이 야단맞은 그때 왜 그렇게 행동했는지, 그리고 자신을 야단친 엄마나 아빠 혹은 그 외의 누군가가 놓쳤던 것이 무엇인지, 그 맥락을 잊지 않고 기억해뒀다가 해명하거나 상대방의 사과를 받아내고야 만다. 지독할 정도다. 달 앞에서 말과 행동을 조심해야 한다. 새로운 음식이 있으면 뭐든 일단 먹어보기로 하고 관심 있는 음식을 자기 앞으로 모은 후아주 느린 속도로 음미하며 침착하게 먹기 좋아한다. 어려서는 높은 곳에서도 겁 없이 폴짝 뛰어내리고, 거침없이 달려 어딘가에 세게 부딪히면 어쩌나 걱정을 사곤 했는데, 그동안 무슨 일이 있었는지, 무엇을 배웠는지, 겁이 늘어 무조건 달려드는 일이 없다. 지금은 새로운 사물, 거의 모든 것에 관심이 많다. 직접 만지고 느껴보려고 한다. 그러니 화분을 깨뜨리고, 물건을 떨어뜨려 고장 내기 일쑤다. 어른들의 눈에 띄지 않게 사물에 접근하려니 소리 없이 사라진다. 조금 후 '쨍그랑~' 하는 소리가 들린다. 얼마 전 우리 집에 왔다가 꽤 커다란 화분을 깨뜨렸다. 눈치를 보며 슬금슬금 뒤로 물러나는데, "괜찮아. 다치지 않았으면 됐어"라며 손을 잡아주려는데 손을 빼며 가까이 다가오지 못했다. 이런 일로 자주 혼이 났겠다는 생각에 마음이 좋지 않았다. 큰딸이 어렸을 때, 이런 사고가 있을 때마다 내가 큰딸을 심하게 야단쳤다. 훗날 많이 후회했다. 이모 말에 의하면 그런 사고는 말썽부리는 게 아니라, 관심사가 달라 드러나는 현상이다. 달에게는 세상이 호기심 천국인 듯하다. 쌍꺼풀이 있는 크고 까만 눈으로 터질 듯 말 듯 아깝듯이 주는 웃음을 웃는다. 은밀한 구석이 있다. 해가 콩나물, 미역국, 카레, 소스를 뿌린 돈가스를 좋아한다면, 달은 시금치, 청국장, 된장찌개, 두부와 달걀, 낫토를 먹고, 심지어 과메기를 먹기도 하는데, 돈가스나 탕수육에 소스가 묻으면 절대 먹지 않는다. 딸기, 포도, 수박을 잘 먹으니 형이랑 부딪칠 일이 없다. 서로 다른 해와 달. 앞으로는 또 어떤 모양으로 바뀌어 가며 삶을 풍성하게 만들어갈 지 궁금하다. 아이들이 자라는 과정에서 보여주는 구체적인 장면들을 차곡차곡 기억 창고에 쌓아놓았다가 언제라도 그 이야기들을 들려주고 싶어 지금과 같은 글을 쓴다. 큰딸이 내가 알지 못하는 해의 변신을 들려준다. 이젠 책을 좋아하지 않는단다. 만화만 좋아한단다. 학교에서는 '도서관 소년'이라는 별명이 생겼을 정도로 도서관을 재미있어하는데, 아마 만화 때문인가보다. 해와 달, 둘의 관계성도 달라지고 있단다. 한때 달이 형 해의 말을 잘 듣지 않고 도리어 먼저 형에게 손찌검했는데, 요즘은 형이 시키는 심부름을 거의 다 하고, 형이 동생을 마구 놀려대는 식이란다. 둘이 딴 판으로 다르게 태어났고, 관계 속에서 얼마든지 변화하며 풍성하게 될 손자들 해와 달의 삶을 언제라도 응원할 것이다. 딸들과 사위들을 응원한다. 남들과 다르다는 이유로 여러 모양으로 차별받는 사람들도. 모든 존재가 우리가 다 알 수 없는 하나의 우주다.

TV 프로그램 유퀴즈를 본 적이 있다. 물리학자 이기진 교수가 출연했다. 공학박사로 최근 피를 뽑지 않고도 혈당 측정이 가능한 신기술을 개발했다고 한다. 걸그룹 가수 CL의 아빠였던 만큼 딸 이야기도 있었다. 그는 딸과 친구처럼 지낸다. 그 딸이 고등학교 2학년이었던 어느 날 강변을 달리는 차 안에서 학교에 다니고 싶지 않다고 말했다. 당황스러웠다. 그러나 왜? 라고 묻지 않았다. 왜냐고 묻기 시작하면 서로를 아프게 할 말들이 오갈 것이기 때문이었다. 더 큰 이유가 있었다. '본인 스스로 얼마나 생각을 많이 했겠어요?!' 가 이유였다. 그리고 그가 딸에게 한 말은 "그래 알았어. 네가 하고 싶은 대로 해 봐!" 외국 생활을 하면서 한글을 배울 수 있도록, 직접 글을 쓰고 그림을 그려서 세상에 오직 하나뿐인 딸을 위한 동화책을 만든 아빠의 답이 그랬다. 딸은 아빠를 '그냥 이기진'이며 '친구'라고 했다. 그런 아빠라면, 딸은 모진 세상에서도 자신의 아름다운 세계를 만들어갈 것이다. 또한, 자신과 다른 어떤 사람들을 길게 혐오하는 일도 없을 것이다.

나 역시 그저 해와 달이, 딸들과 사위들이 저 있는 모습 그대로. 혹은 잃었던 모습이 있다면 되찾아 살게 되기만 바란다. 행복이란 대단한 것을 소유하는 데서 오는 게 아니라, 있는 그대로 자신을 받아들이며 사는 데서 오는 것 아니겠는가!

할아버지 괜찮으신 거죠?

1월 9일. 김성수 목사가 운영하는 작은 도서관, "호모북커스"에서 독서 모임을 끝내고 집에 돌아오는 길. 전철 맞은편 자리에 앉아계신 할아버지가 이상하다. 45도 이상으로 몸이 기울었다. 몸에 이상이 생긴 게 틀림없다. 할아버지 곁으로 갔다. "똑바로 앉혀 드릴까요?" 할아버지는 약간 벌어진 입으로 어떤 말도 하지 못했다. 눈가에서 흐르다 말고 말라가는 눈물이 반짝 빛났다. 할아버지의 상태를 아는 데는 더 이상의 말이 필요 없었다. 일단은 똑바로 앉혀 드리려고 했지만, 나도 허리가 좋지 않다. 할아버지를 바르게 앉혀 드리는 게 내겐 역부족이었다. "남자분들 와서 도와주세요." 중년 남자분들이 멀뚱멀뚱 바라볼 뿐 할아버지께 와주는 사람이 없었다. 또 한 번 소리치자 청년으로 보이는 여자 한 분이 와서 할아버지 곁에 와 앉았다. 그때 할아버지 주머니 안에서 전화 소리가 났고 그 여자분이 할아버지 주머니에서 전화기를 빼, 내게 주었다. 이미 신호는 꺼져있었다. 그 전화번호로 전화를 걸었다. 할아버지 핸드폰엔 잠금장치가 없었다. "아버지." "따님이세요? 아버님께서 6호선 전철 안에 몸을 움직이지 못하신 채 쓰러져 계셔요. 몸이 아프셨나요?" "아닌데요. 거기가 무슨 역이죠?" "새절역이요." "내리지 못하고 그냥 가신 거예요. 그 근처에 은평성모병원이 있으니 그곳 응급실로 모셔주세요." "역무원에게 알려 그렇게 할게요."

비상 전화로 상황을 알렸다. 전철이 멈추고 방송이 나왔다. "환자가 있습니다. 환자를 조치한 후 출발하겠으니 양해해주십시오." 전철문은 닫히지 않았다. 곧 역무원 두 분이 내려왔다. 역무원 두 분이 할아버지를 일으키려고 했지만, 할아버지는 일어설 수 없었다. 온몸이 뻣뻣했고 다리가 말을 듣지 않았다. 역무원 둘이 할아버지 팔을 잡고 끌고 나가려 했지만 되지 않았다. "누가 좀 도와주세요." 다시 소리쳤다. 누군가가 억지로 일어난 듯 굼뜨게 다가와 할아버지 다리 하나를 들었지만, 할아버지의 남은 다리 하나가 바닥으로 늘어졌다. 뻔한 일이다. 다리 하나를 든다는 게 내게는 비상식적으로 보였다. 아까 그 여자분이 바닥으로 늘어진 할아버지의 남은 다리를 들었다. 할아버지는 모셔졌다기보다는 짐짝 끌려나가듯 전철 밖으로 옮겨져 역내 좁고 찬 벤치에 눕혀졌다. 119가 올 것이다. 나는 전철 안에 남았고 할아버지 다리 한쪽을 들고 나갔던 그 젊은 여자분이 전철로 되돌아왔다. '내려야 하지 않을까?' 생각하는 사이 문이 닫혔다. 어떤 남자가 내 앞에 오더니 나를 쳐다보며 중얼거렸다. "가뜩이나 늦었는데 이런 일이 생겨. 짜증 나네." '개 같은 새끼'다. 그러나 함께 내리지 못한 나를 꾸짖느라 그 개새끼는 금세 잊었다. 따라 내려야 했다. 할아버지 딸에게 전화하고, 119가 오는 걸 봐야 했다. 어쩌면 할아버지 주머니에서 전화기가 떨어졌을지 모른다. 병원까지 따라가야 했는데, 나는 언제나 그렇게까지 하는 인간이 아니다. '역무원들이 굳은 몸을 그렇게 강제로 끌다시피 들고 나갔어야 했나?' '들것도 휠체어도 없이 맨손으로 그렇게 내려오다니. 그렇게 준비가 되어있지 않다니.' '이런 상황에 어떻게 대처해야 할지에 대한 아무런 지침도 장비도 없는 건가?' '역마다 한 사람 정도 의무 요원이라도 배치되어있어야 하는 것 아닌가?' 나 자신을 향했던 꾸짖음이 지하철 안의 여러 사람과 지하철 공사를 향한 분노로 바뀌었다. 집에 도착해서도 할아버지가 어떻게 되었을지 걱정하며 반응이 신통치 않았던 사람들과 역의 지원체제를 욕했다. 그러나 나의 인색한 행동에도 변명할 거리가 없다. 늦은 저녁 시간 내게는 아무런 약속도 없었다. 집에는 남편 외에 나를 애타게 기다리는 어린애도 없었다. 나도 곧 그 할아버지처럼 될 노년이다. "할아버지 괜찮으신 거죠?"

어린아이들은 아픔을 꿀꺽 삼킨다

2월 18일. 아직 어두운 새벽이다. 나는 책상에 앉아 창밖을 내다본다. 기도인지 아닌지 모르는 내가 하는 기도의 시작은 이렇다. 느닷없이 어린아이들이 겪어야 하는 일들이 가슴 아프게 다가왔다. 달이 신생아였을 때, 해가 심하게 아팠다. 제 엄마 아빠가 병원에 있는 해를 돌보느라 달을 내게, 아니 남편에게 맡겼다. 당시에는 내가 몹시 아팠다. 그때 달이 우유를 빠는 모습이 새롭게 보였다. 내가 내 아이들을 기를 때는 마치 보지 못했던 것처럼. 달의 얼굴이 빨갛게 상기되었다. 머리털이 젖을 정도로 송송 땀을 내고 있었다. 몹시 힘들어 보였다. 그 모습을 보며 작은 생명이 태어나면서부터 얼마나 힘들게 노력해야만 살아가는지 깨닫고 새삼스러웠다. 신생아 시절은 결코 아무것도 모르고 주는 젖 먹으며 편히 지내는 날이 아니다. 오히려 자신의 생명과 기호 모든 것을 타인에게 절대 의존해서 지켜내야 하는 힘겨운 시절이다. 어디 신생아 시기뿐이랴? 심장 기능에 이상이 있어 침을 질질 거실 바닥에 흘리다가, 나쁜 버릇이라 혼났던 달의 형 해도 그랬다. "몸이 이상해."라며 음식을 뱉어내는 아이 속 사정을 몰랐다. 심장 기능이 30% 정도라는 청천벽력과 같은 소리를 듣고서야 그동안 아이가 겪었을 힘듦과 억울함을 알고는 식구들이 울어야 했다.

둘째 딸이 아직은 유치원에 다니고 있을 때, 친구를 데려와 놀았다. 나는 팥을 삶으려고 냄비를 불 위에 올려놓고 깜박 잠이 들었다. 매캐한 냄새에 캑캑거리며 눈을 떴다. 집안이 연기로 가득하고 팥 삶는 냄비가 새까맣게 타고 있었다. 그런데도 아이들은 아랑곳하지 않고 재미있게 놀고 있었다. 위험한 상황에 세상모르고 천진하게 놀고 있는 아이들의 무력함을 마주하며 얼마나 가슴이 시렸는지 모른다. 신생아 시기부터 유아기, 아동기, 청소년기, 청년기, 장년기, 노년기까지 어디 가슴 아프지 않게 넘어가는 시기가 있을까만, 어려서 이유도 모르고 꿀꺽 삼키는 아픔이라, 더욱 아프다.

따뜻한 세상, 아름다운 일순이를 만났다

2월 19일. "따르릉." "목사님 댁에 계신가요?" "네." "잠깐 1층으로 내려오세요." "아니? 이런 반칙을?" 기독교 종합백화점 상봉몰 이동식 대표가 사전 연락 없이 우리 집 1층에 와있었다. 분명 반칙이다. 그러나 만일 내가 집에 없으면 택배처럼 놓고 갈 심산이었다니 할 말은 없다. 급히 집어 들고 나간 한라봉 두 알을 건네고 대신 묵직한 선물꾸러미를 받아 챙겼다. 버스정류장까지 배웅하며 나이에 어울리지 않게,

버스를 탄 이 대표에게 두 손으로 커다랗게 하트를 만들어 전달했다. 하지 않던 짓이 절로 나왔다. 꾸러미를 펼치니 페이스북 메시지를 장바구니 삼아 한 권씩 담아놓은 5권의 책이 그 안에 담겨있었다. 익명의 누군가가 내게 보낸 선물이라 했다. 내가 쓴 책을 읽은 어떤 분이 내게 책을 보내라고 했단다. 이 대표는 내가 장바구니에 담아놓은 책값을 그분에게 받았고 이 대표 덕분에 속히 온 그 책들은 내가 받았다. 여전히 따뜻한 세상이다. 상봉몰이라는 곳에서, 진작부터 이 같은 따뜻한 일들이 일어나는 것 같았다. 작년 11월이었다. 외출을 즐기지 않는, 집에서 먼 곳이라면 더더욱 움직이지 않는 내가 내 집에서 멀고 먼 중랑역의 상봉몰에 간 건 순전히 염탐을 위해서였다. 그만큼 따뜻한 현장을 보고 싶었다. 미리 책을 주문했고 낯선 곳 낯선 사람을 찾아갔다. '괜히 왔어. 이 상황을 어째.' 민망하고 뻘쭘하기 이를 데 없었다. 그런데 오늘 내가 따뜻한 일의 주인공이 된 것이다. 오늘 일도 뻘쭘하다. 뻘쭘한 상황을 나는 이어갈 수 있을까!

"일순이는 이웃집에서 키우는 강아지입니다. '키운다'라고 해서 도시에서 키우는 강아지로 생각하면 곤란합니다. 사료 대신 밥을 먹는 일순이는 목줄에 묶인 적이 없습니다. 똥도 오줌도 가리지 않고 아무 데나 쌉니다. 제가 사는 집 마당도 예외는 아닙니다. 그러든 말든 일순이가 예쁜 것은 '개냥이' 때문입니다. 개냥이는

일순이와 함께 자란 고양이인데 새끼를 낳다 죽었습니다. 그러자 한 번도 새끼를 밴 적 없는 일순이의 젖이 불었습니다. 그리곤 죽은 개냥이를 대신해서 새끼 고양이들에게 젖을 물렸습니다. 당신은 어떻습니까. 일순이 닮은 강아지와 함께 늙어가고 싶지 않으십니까. 시골살이 두 달 만에 저는 배운 게 많습니다. 하나 같은 둘도 그렇습니다. 찬찬히 둘러보면 둘이 모여서 전혀 다른 하나가 되는 게 있습니다. 일순이와 개냥이가 종족의 틀을 깨고 가족이 된 것처럼 말입니다. 숲을 이룬 나무들도 그러하겠지요. 사람이라고 해서 크게 다르진 않을 겁니다. 좋음이란 전혀 다른 사람들이 만나면서 시작되는 것이니까요. 그리 어우러져 사는 것을 '호시절'이라고 한다지요. 좋음을 넘어, 옳고 마땅하고 아름다운 그런 세상 말입니다." 『작고 슬퍼서 아름다운 것들』, 고향갑 | 파람북

선물꾸러미에서 제일 먼저 집어 든 『작고 슬퍼서 아름다운 것들』을 펼치며 일순이를 만났다. 사람에게도 층이 있는 세상이다 보니, 개들에게까지 층이 생겼다. 사람이 그렇듯 개들도 사는 곳, 입는 옷, 잠자리와 먹는 게 천차만별이다. 옷은 말할 것도 없고, 제집 남의 집도 구별 않고, 아무 데나 똥 싸고, 찌그러지고 때 묻은 그릇에 담긴, 사람이 먹다 남은 밥과 반찬을 한 데 섞어 준 냄새 나는 밥을 먹는 일순이는 개중에 최하층일 테다. 그런 일순이가, 어미 잃은 어린 새끼 고양이를 향

한 일순이의 마음이 세상의 어떤 층이 높은 사람보다, 부잣집에서 좋은 것을 취하고 사랑받는 어떤 개보다 아름답다. 책장을 덮고 한참을 생각했다. 화려하게 드러난 것들의 비루함과 보이지 않는 작은 것들의 아름다움을. 잃어버린 창조세계의 아름다움을.

　　책을 보낸 분이 절대 그게 누군지 묻지 말라 하셨단다. 묻지 않는다. 앞으로도 묻지 않을 테다. 그게 누구인지 알게 되는 순간 선물의 흐름은 끊어진다. 선물은 부담이 되고, 양자 간의 선물 교환이 되기 일쑤다. 나는 묻는 대신, 나도 그분처럼, 혹은 일순이처럼, 누군가에게 혹은 무엇인가의 곁이 되고 싶다. 결코, 새끼도 낳아보지 못했으나 어미 잃은 어린 생명을 향한 사랑으로 젖이 불은 일순이를 쫓아갈 수는 없을 테지만.

과연 인간이 만물의 영장일까?

　　3월 20일. 한동안 몸이 아팠다. 오랜만에 바깥나들이를 했다. 명동역 1번 출구로 나가 적십자사 쪽으로 올라가는데, 발 앞에 노란 나비다. 나비를 따라 고개를 옆으로 돌려 '위안부 기억의 터'로 올라갔다. 이 기억의 터는 서울시에 의해 2023년 9월 성추행 판결을 받은 임상옥 작가가 만든 작품이라는 이유로 철거된다. 24년 말까지 재조성을 한다니 이전과는 사뭇 달라질 듯하다. 임상옥을 지우고 싶은 걸까? 기억을 지우고 싶은 걸까? **이쁘디이쁜 노란**

색, 노란색 나비에 가슴이 아프다. 위안부 할머니! 그분들의 삶을 우리 중 누가 이해할 수 있을까. 이해한다고 하는 순간 우리의 이해는 너무 경박하고 천박해져 역겨워진다. 나는 그분들을 모르고 그분들의 삶을 모르고 그분들의 아픔을 모른다. 느닷없이 조정래 선생님의 『태백산맥』어느 장면이 떠올랐다. 일제 강점기 징용되어 끌려간 군인이 처음 위안부를 만난 장면. 지금도 그 장면이 눈에 선하다. 그 군인은 그때의 기억에서 벗어날 수 없었다. 결혼하지 않기로 작정했고, 자신을 사랑한 여인을 끝내 거부했다. 6·25가 터졌고, 미군이 들어왔고 많은 여인이 강간당했다. 그 여인은 어떻게 되었을까! 무사할 수 있었을까! 군인은 그 여인을 찾을 수가 없다. 그래서 잊지 못한다.

'위안부'를 만들어냈다. 이제는 기억하는 게 불편해서 그 기억을 지운다. 인간이 그렇다. '가진 게 많다는 이유'로 누군가를 특별하게 대접하고, '어떤 능력이 없다는 이유'로 장애인을 차별한다. 그들의 말과 행동을 의도적으로 왜곡한다. 시설에 들어가 눈에 띄지 않기를 바란다. 같은 방식으로 '인간이 아니라는 이유'로 인간 아닌 다른 종을 학대한다. 기회만 되면 도살장과 동물원에서 탈출하는 동물의 언어와 행동을 철저히 무시한다. 우리 인간이 만물의 영장일까! 복잡하고 다양한 생태계가 단순화되며 파괴된다. 많은 종이 사라졌고 계속해서 사라진다. '땅과 바다가, 하늘이 오염된다면?' '새들이 모조리 사라진다면?'

'벌들이 사라진다면?' '산호초가 사라진다면?' '바다 생물이 사라진다면?' '온갖 식물이 사라진다면?' 과연 우리가 그것들 없이 살아갈 수 있을까? 아니 그보다 우리가 그것들 없이 살아갈 수 있다면 그렇게 고통을 주는 일에 무감각해도 괜찮은 걸까? 제멋대로 종을 개량하고 뭐든 인간에게 이로운 대로 조정하는 세계에서 결국 우리 인간은 자연의 역습을 받게 될 것이다. 우리가 그토록 잘못된 방식으로 애지중지하는 우리의 자녀가 그 역습을 고스란히 받게 될 것이다. 인간이 우리 종의 이기심을 극복할 수 없다면.

『몸을 돌아보는 시간』

4월 19일. '사자와어린양' 이현주 대표 덕분에『몸을 돌아보는 시간』이 세상에 나왔다. 내가 쓴 두 번째 책이다. 2001년 시작되어 2021년까지 나를 관통한 통증, 그리고 그 통증과 함께한 내 삶에 관한 기록이다. 허리 통증에서 시작한 근골격계 전반의 통증. 그 시작과 치료 과정, 치료 과정에서 만난 실수들과 좋지 못한 나의 습관과 잘못 알고 있던 것들을 교정해가는 지난한 과정을 담았다. 운이 좋아 아픈 중에도 삶은 계속되었다. 기쁜 일들이 있었고, 슬픈 일들이 일어났다. 순간의 작은 감사들이 고통스러운 날들을 상쇄시켜주기도 했고, 잔인하기만 하다고 생각한 그 시간조차 나를 만들었다. 길고 잔인했던 시간이 나뿐 아니라 다른 사람과 지구 생명에게 유익이 되게 하고 싶었다. 운 좋게 주어진 지면에 그걸 옮길 작정을 했다. 사랑하는 사람, 미래 시대의 건강에 대해, 자칫 영만 강조하기 쉬운 종교의 가르침, 지식에만 치우치게 하는 입시 위주의 교육제도, 환자를 가족에게만 떠맡기는 사회적 인식과 국가의 책임, 오늘날 코로나 팬데믹을 유발한 인간의 책임과 기후 위기, 삶과 죽음 등을 함께 기록했다. 의도한 것처럼 건강한 삶, 누군가와 생명과 함께하는 삶이 되는 데 도움이 될 수 있을까? 조금 떨린다. 팔리지 않으면 어떻게 하지? 이현주 대표에게 누가 될까 걱정이다.

몸을 돌아보는 시간은 진행 중

7월 7일. 남편은 B형간염 보균자다. 젊어서부터 약을 먹었으나 간 수치가 크게 호전되면서 약을 끊었다. 다시 간 수치가 크게 나빠졌다. 거기에 더해 다양한 증상이 한꺼번에 찾아왔다. 몸이 휘청거리며 마음대로 되지 않는다. 여름인데 추위를 탄다. 발뒤꿈치가 전기에 감전된 듯 찌릿찌릿하고 안색이 나쁘다. 남편을 본 사람이 다들 어디가 아픈 거 아니냐고 묻는다. 가까운 대학병원 신경과에 갔다. "증상은 파킨슨의 초기 증상일 수도 있어요. 그러나 지금 이 정도로는 검사로도 잘 나타나질 않습니다. 그런데 100여만 원씩 들여서 MRI 검사를 하시겠어요? 겉으로 보기에도 이상하다 느껴질 때 오세요. 그래야 확실하게 나타날 겁니다." 나로서는 이해 불가한 말이다. 오늘 다른 대학병원에 갔다 왔다. 확실하지 않으나, 독성에 의한 '다발성 신경병증'일 가능성이 있다. 검사가 필요하다. 외래 검사로는 절차가 더 번거롭고 진단도 늦을 것이다. 입원할 수 있게 해달라고 부탁했다.

7월 16일. 6일간 입원해 검사했다. 특수 근전도검사와 신경 검사 결과, 척수 뒷길에 확실한 이상이 있었다. 그로 인한 감각성 실조일 수 있다. 원인은 다양하다. 갑상샘 호르몬이 거의 나오지 않는다. 간 수치가 매우 좋지 않다. 독성에 의한 '말초신경병증'으로 여겨진다. 피검사에 의하면 백혈구, 적혈구, 혈소판 수치가 매우 낮고 빈혈도 심각한 수준이다. 암표지자수가 정상수치의 2배다. 남편이 받은 온갖 검사와 결과를 아주 자세하게 기록했다. 인터넷 검색으로 있을 수 있는 질병, 잘 모르는 용어, 병명과 증상 결과에 대해 찾아보았다. 뭐든 최악의 상태를 예상하고 마음을 준비하는 편이다. 게다가 나는 『몸을 돌아보는 시간』에서 밝혔듯, 환자는 의사의 동역자가 되어야 한다고 생각한다.

아무래도 『몸을 돌아보는 시간』 시즌 2가 시작되는가 보다. 나이가 하는 일인 게다.

용감하게 떠나지 않는 것은 범죄나 마찬가지입니다
7월 24일. 본격적인 휴가철이다. 지인들의 서울 탈출 소식이 들린다. 이미 일을 떠난 지 오래다. 아무 때라도 쉬고, 떠날 수 있다. 노년의 특권이다. 그런가 하면 무더위도 마다하지 않고 산이며 계곡이며 바다를 즐기는 것, 역시 젊음의 특권이다. 서로 다르게 태어난 사람이 같은 걸 누릴 수 없고, 그럴 필요도 없다. 가진 게 많은 이가 자신의 특권을 누리듯, 없으면 없는 대로 누릴 수 있는 것을 찾아낼 필요가 있다. 많이 가졌다고, 그렇지 않은 이보다 풍요롭게 산다는 법은 없다. 많이 가진 자가 없는 자가 가진 하나까지 빼앗으려 하지만 않으면, 있으나 없으나 살만한 세상일 테다. 그런데 가지면 가질수록 부족하게 느끼는 게 인간인가 보다.

젊음을 통과한 사람의 넉넉한 마음이라 해도 좋다. 전쟁터 같은 세상 한복판에서 고되게 살아가는 젊은이들을 응원하고픈 마음이라 해도 좋다. 아이가 다섯이나 되는 박수경 집사가 집을 떠난다는 소식에 유독 기쁘다. 그녀를 처음 알게 된 건 작년 여름, 내 책『이 정도면 충분한』의 독자로 페이스북에서 만났다. 알지 못하는 분이었는데 그렇게 좋다며 페이스북과 블로그에『이 정도면 충분한』을 소개했다. 이후 오프라인으로 세 번의 만남을 가졌다. 어느 날 그녀가 내게 기도를 부탁했다. 기도 제목을 알려줬다. 내가 참 까탈스럽다. 기도에 '제목'이라는 단어가 목에 탁 걸렸다. 내 기도에는 제목이라는 게 없다. 정해진 반복되는 기도라는 게 없다. 그저 마음을 나눌 뿐. 내가 신으로 생각하는 그분 앞에서 넋을 놓고 앉아있기도 하고, 궁금증을 풀어놓기도 하고, 마음에 품은 사람을 그려보거나 그러다가 감사를 고백하거나, 간절한 마음을 갖고 뭔가를 부탁하기도 한다. 글을 쓰는 것도 기도다. 솔직히 말하자면 기도가 뭔지, 내가 하는 기도가 기도일지? 확신이 서지 않는다. 기도는 내 마음대로 하겠다고 답했다. 가장 먼저 그녀의 5남매에 내 멋대로 이름을 지었다. '산', '바다', '강', '들', '꽃.' 이 안에 그녀의 5남매 외에 세상을 살아가는 어린 것들을 모두 넣었다. 산이며, 바다며, 강이며, 들과 소위 잡초라 불리기도 하는 모든 꽃을. 그때 나의 손자 둘에게는 해와 달이라는 이름을 지었고, 우리 옆집 손자에게는 별이라는 이름을 지었다. 해와 달과 별, 산과 바다, 강, 들, 꽃을 생각하면 박수경 집사가 생각난다. 역으로 그녀를 생각하면 이 모든 것들이 함께 내 안으로 들어온다. 내 식으로 기도한다. 그녀의 입장이 되어본다. 내가 그녀가 되어본다. 그녀의 페북 담벼락 사진에서 본 다섯 아이 얼굴을 떠올려본다. 그녀의 '산'은 산처럼, '바다'는 바다처럼, 그리고 '강'은 강처럼, '들'은 들처럼, '꽃'은 꽃처럼 그답게 존재하게 되기를 바라는 마음을 품는다. 나의 해와 달과, 그리고 별이. 세상에 태어난 아이들이, 그어떤 존재들이라도 각각 그답게 존재할 수 있는 세상을 마음에 품는다. 그녀도 다만 그녀가 아니다. 생명을 키우는 생명이고, 현재의 고난을 감당하며 아름답게 피어가기 위해 순례 이야기를 지어가는 생명 자체를 대표하는 인물로 내 안에 재탄생했다. 가끔 그녀가 페이스북에 올리는 글을 읽는다. 그녀가 혼자 네 아이를, 설렘과 불안을 안은 채 6박 7일의 제주 여행길에 오른다는 소식을 그렇게 알게 되었다. 남편은 그동안 무려 일곱이나 되는, 수가 많은 가족의 생계를 위해 고된 날을 보낼 것이고, 맏이 산은 머리가 컸으니 자기만의 할 일이 있다. 고만고만한 어린 것 넷을 데리고 집 떠나는 엄마. 아이를 길러본 이라면 알 수 있는 그녀의 엄청난 모험, 도전에 그녀처럼 나도 설레고 동시에 불안하다. 순간순간 저절로 느껴지는 대로 진실하게 반응하며 그저 삶이라는 긴 여행의 한 부분을 누리고 오기를. 모처럼 감정과 감각을 따라 마음껏 자신을 풀어놓아 보기를 기대하며.

그녀의 떠남을 생각하니 사놓고 읽지 못한 『오색사막 순례 이야기』도널드 밀러, 잉클링즈·알맹4U가 생각났다. 어떤 일들이 책을 사게도 읽게도 한다.

8월 6일.

"나는 당신의 이야기에 집을 떠났다가 돌아오는 사연이, 몇 번의 여름과 겨울이, 뛰노는 아이처럼 피어나는 장미꽃이 담겨있기를 기도합니다. 당신의 이야기에 변화가, 아름다운 것을 태어나게 만드는 이야기가 담겨있기를 바랍니다. 한 여자가 남자를 사랑하는 법을 배우는 이야기, 아이를 사랑하는 법을 배우는 이야기, 바다와 산속을 돌아다니는 이야기, 친구들의 이야기, 자신보다 남을 더 사랑하는 법을 배우는 이야기, 그리고 하나님을 이해하는 하나의 방법인 하나 됨을 배우는 이야기가 담겨있기를 바랍니다. 당신과 나, 우리는 누구나 한 가지 이야기를 부여받습니다. … 용감하게 떠나지 않는 것은 범죄나 마찬가지입니다. 그렇지 않나요? 이제 당신이 떠나야 할 시간일지도 모릅니다. 변화할 시간, 빛날 시간일지도 모릅니다. 당신에게 단 한 마디만 되풀이해서 말하고 싶습니다. 떠나세요." 『오색사막 순례 이야기』 14, 15

집 떠난 경험이, 혼자 떠난 기억에 내겐 없다. "용감하게 떠나지 않는 것은 범죄나 마찬가지입니다."라는 그의 말 앞에서 뜨끔했다. 집과 학교, 그리고 학원과 도서관이 내가 경험한 공간 전부다. 아버지가 일요일마다 산과 계곡을 데리고 다녔다. 시큰둥 따라다녔다. 고등학생이 된 후, 혼자 집에 남았다. 언니들과 오빠들은 각자 알아서 이곳저곳 돌아다녔지만 나는 은둔형이다. 길치가 된 건 아마도 그래서일 거다. 친구들과 즐겁게 보낸 이야기조차 거의 없다. 어쩌다 영어신문 읽기 동아리에 들어갔고, 그곳에서 한 남자를 만나 연애했고, 그 남자와 결혼했다. 떠나보지 않고 좁은 영역에 머문 내 삶은 그야말로 빈약하다. 그래서 나의 딸들과 많은 그녀들, 나의 손주 해와 달은, 이웃집 손자, 별 그리고 많은 해와 달과 별들은, 그리고 산, 바다, 강, 들과 꽃들은, 어른이 된 노동자들은 나와는 달리 그들에게 주어진 튼튼한 두 발로, 자주 떠나기를 바란다. 튼튼하게 설 수 있는 두 발이 없다면 휠체어를 타고. 지친 노동자들이, 휠체어를 탄 이들이 달리는 걸 응원하는 세상은 아니다. 그러나 나는 다양한 그녀들과 그 남자들에게 암시를 건다. "떠나세요. 잘 떠나시는 거예요. 앞으로는 더 자주 떠나보세요. 용감하게!" 세상에 암시를 건다. 그래야 좋은 세상이 될 것 같다.

20대 초반 도널드 밀러는 불과 얼마 전 알게 된 친구 폴 해리스와 함께 집을 떠나기로 했다. 시간이 흐르는 동안 무뎌진 기쁨과 두려움, 고통, 아름다움에 대한 감각을 벼리기 위해서다. 마감은 정하지 않았다. 계획한 경로도 일정도 없다. 최종 목적지만 정했다. 자유로운 여행이다. 다른 친구들도 함께 산과 바다와 강과 도시 야경 사진이 실린 잡지를 넘겨보았다. 그러나 꿈이 계획으로 바뀌자 한발 물러섰다. 여행을 떠난다는 것은 일을 그만두거나 학교를 한 학기, 혹은 그 이상 쉰다는 의미다. 그로 인해 무언가를 잃게 된다. 어쩌면 취직이 늦어지고, 안락한 자리를 보장받을 기회가 줄어들지도 모른다. 결국, 도널드 밀러와 폴 해리스만 함께 떠났다.

내가 그랬다. 가진 것도 없이 뭔가 잃을 게 있을 것 같았나 보다. 나는 길을 떠나는 게 두려웠다. 늦게서야 떠날 수 있는 다른 방법이 있다고 알게 되었다. 지리적으로 길을 떠나진 않지만 생각이 떠나고, 내가 변할 수 있는 다른 길. 나는 그렇게 떠난다. 책을 읽는다. 책에서 다른 사람, 다른 생각, 다른 길을 만난다. 내가 속한 사회, 종교의 제도와 전통에서 걸어 나간다. 내가 몰랐던 다른 길이 있음을 배운다. 무뎌진 기쁨과 두려움, 고통, 아름다움에 대한 감각을 책을 읽으며 벼린다. 글, 사진, 영상… 사유로 우리는 다른 길을 가고, 자신을 변화시킨다. 많이 공부하고, 좋은 자리를 얻어 세계 구석구석 보지 않은 곳이 없을 만큼 떠나고 떠나기를 반복하고도 제 자리에 있는 사람이 있다. 변화를 모르는 사람이 있다.

"공부했다는 이유로 좋은 자리를 꿰찬 어리석은 사람들이 아주 많다."마이아 에켈뢰브, 『수없이 많은 바닥을 닦으며』교유서가. 79

많이 배우지 못하고, 여행도 하지 못했지만 계속해서 떠난 사람들이 있다. 그런 사람들이 세상을 바꿔왔다. 더 높이 사고하고 더 높게 살아갔던 이들이 우리 기억 안에 있다. 『수없이 많은 바닥을 닦으며』를 쓴 청소부, 스웨덴이라는 복지국가 안에서조차 복지의 대상이었던 마이아 에켈뢰브는 먹고 살기 위해 종일 일해야 했다. 밥 먹듯 야근을 해야 했다. 그런 그녀가 쓴 일기엔 온갖 주제가 담겨있다. 가족, 국가, 세계, 노동, 자본, 전쟁 등등. 정치, 경제, 사회, 문화, 경제와 정치를 아우르는 치열한 사색과 삶이 들어있다. 그 안에 사람을 행한 따뜻한 관심과 사랑, 구체적인 행위가 있다. 멋진 그녀를 떠올린다. 그저 그럴듯한 자리만 꿰차고 앉은 어떤 이들의 변화 없는 삶은 도널드 밀러의 말처럼 범죄일지 모른다. 창조주로부터 받은 상상력과 창조능력을 방기한 죄랄까! 바람직한 세상의 변화를 가로막는 죄랄까!

다시 몸을 돌아보는 시간

8월 12일. 어제에 이어 오늘까지 남편과 나는 이틀간 병원 출입이다. 어제는 소화기내과에서 제안한 DNA 검사를 위한 채혈을 했다. 오늘은 각각 11시 30분과 오후 3시 30분에 소화기내과, 내분비내과 진료다. 서로 다른 진료. 사이 시간을 보내는 게 피곤하다. 남편의 증상은 확실히 좋아졌다. 눈가가 희어지고, 변비가 생기고 여름에도 추위를 타고 얼굴이 붓던 증상은 어느샌가 없어졌다. 갑상선호르몬 부족 탓이었다. 간 약 비리어드 6개월분, 갑상선호르몬 신디록신 1달분 처방을 받았다. 혈소판 수치와 백혈구 수치가 현저하게 낮은 건 간이나 갑상선호르몬과의 상관성은 없는 듯하다. 다음번 신경과 진료 시간에 묻기로 했다.

피곤하지만 눕지 않는다. 일찍 잠이 들면 혹 밤잠을 못 자게 될 수 있다. 넷플릭스『링컨차를 타는 변호사』를 시청했다. 법?! 모두가 거짓말을 한다. 속이고 또 속아 넘어간다. 법은 전적으로 수단일 뿐이다. 사람이 중요하다.

며칠 전 출판사 신춘문예 단편소설 부문에 응모했다. 오늘 낙방했다는 소식을 들었다. 어떻게든 엄마를 다른 모양으로 재탄생 시키고 싶었다. 구성 능력이 모자랐고, 완성도도 낮았다. 잠시 섭섭한 건 어쩔 수 없지만, 큰 실망은 아니다. 당연하다.

읽고 있는 글의 형식을 따라 내가 글을 쓰게 된다. 『수없이 많은 바닥을 닦으며』를 읽고 있기에 지금 마이어처럼 일기 형식을 따라 쓰고 있는 듯하다. 세상에는 온전한 내 것도, 온전한 남의 것도 없다. 청소학 사대학의 어떤 학점을 이수한 경험이 있으니 '학사' 마이어처럼 글을 쓸 수 있게 된다면 충분히 멋진 사람이 될 것 같다. 그러나 그런 일은 일어날 것 같지 않다. 그녀처럼 치열한 삶을 살아본 적이 없다. 앞으로도 그럴 것이다.

병원 풍경

8월 19일. 이번에는 내가 어지럼증과 구토로 요 며칠 병원에 들어갔다 나왔다. 거의 정기적으로 이런 일이 찾아온다. 어지럼증을 가라앉히는 링거액을 맞고 겨우 진정되면 CT, MRI 검사 결과 아무 이상 없다는 말을 듣고, 며칠 분의 약을 타고 7~80만 원에 이르는 병원비를 내는 일이 반복되어왔다. 별수 없이 119 신세를 졌다. "늘 감사해요. 그동안 늘 인사를 드리지 못했어요." "어지럼증이라면 서대문의 S 병원이 좋아요." S 병원에서 일단 어지럼증을 가라앉히는 링거를 맞는데 진정되지 않았다. 입원해서 검사를 받기로 했다. 전정신경 기능이 좋지 않고, 거기에 이석증이 겹쳤다고 했다. 어려서부터 놀이기구를 타지 못했고, 지금도 그네를 타면 어지럽다. 걷다 보면 늘 오른쪽으로 치우치게 된다. 전정신경 기능 저하가 원인이었다. 처음 알게 되었다.

'씨부럴', '씨발', '미친', '우하하하' 침대 옆에서 큰 목소리가 쩌렁쩌렁 울렸다. "안 그래?" "그렇잖아." 그녀의 생각이 얼마나 확고한가를 나타내는 것 같았다. 누군가와 전화하면, 거의 중계방송 수준이다. 그런데도 병실에 있는 누구도 인상을 찌푸리지 않았다. 도리어 말을 걸었고 격려하는 모양새다. 똑 부러진다나? 슬며시 짜증이 났다. 어지럼증이 줄어 일어나 앉았다. 환자 간 영역을 지켜주는 커튼이 젖혀졌다. 앉아있는 그녀가 보였다. 그녀의 박박머리, 짧으나 굵고 단단한 팔과 뭉뚝한 손가락, 그리고 아주 작은 몸이 보였다. 순간 나는 그녀를, 어쩌면 그녀의 모든 상황을 단번에 이해할 것 같았다. 그러고 보니 그녀의 거친 말에는 분노가 섞여 있지 않았다. 웃음은 자기 스스로 흥을 돋우는 기술 같았다. 그녀는 그렇게 스스로 흥을 돋우며 하루를 버티고 또 하루를 누리는가 보다. 약 때문인지 늘어진 채 잠이 들었다가 그녀의 큰 소리에 깜짝 놀라 깼다. 큰 소리의 정체는 그녀가 방금 도착한 간병인과 인사를 나누는 소리였다. "몇 살?" "어머 쥐띠?" "나는 범띠!" "쥐띠와 범띠는 잘 맞는다던데. 어쩜!" 흔히 간병인을 칭하는 '여사님'이라는 호칭 대신 '언니'라는 호칭이 오고 갔다. 서로가 언니인 둘의 대화가 끝나지 않았다. 실은 그녀가 말을 했고 그녀보다 한 살 어린 간병인 언니는 추임새를 넣는 모양이었다. 조금 후 그녀가 주민센터에 전화를 걸었고 복지 담당자랑 통화가 시작되었다. "제가 대상포진으로 입원했는데유. 혹시 간병인 비용을 보조받을 수 있는지 알아봐 주셔유." 상대방이 어떻게 답했는지는 들리지 않았으나 그리 좋은 반응은 아니었나 보다. 언성이 높아졌고 옥신각신 격양된 대화가 오갔다. "알아보고 가능허면 되는 쪽으로 해주시고 연락주셔요잉." 당연하고 적절한 방향으로 대화가 끝나는 듯했다. 그러나 전화가 끝나고 씩씩거리며 '미친년'을 연발하는 그녀는 아마도 거의 모든 통화내용을 녹음하는지, 이번 통화도 녹음했고, 역시나 중계방송하듯 재생했다. 나는 강제적으로 통화내용을 들으며 그녀가 통화 중 격양된 소리로 화를 낸 이유를 알게 되었다. "간병인 비용에 대해서는 잘 알지 못하겠는데요. 따님이 있으시잖아요." "네. 딸은 있는데 이미 출가외인이고 자기 살림하는데 문병이면 몰라도 저를 종일 간병할 수는 없지유. 지 아이가 셋이어유. 어린 게 다섯 살에 학교에 다니는 기 둘이나 있는데 저를 봐줄 수는 없쥬." "근데 애가 셋이라고 자기 어머니 병간호를 못 한다는 게 말이 되는 건가요?" 나는 젊은 여자 목소리의 복지 담당자가 하는 말을 듣고 내 귀를 의심했다. '뭐라고? 애가 셋이라고 자기 어머니를 병간호하지 못하는 게 말이 되냐고?' 21세기 우리나라 복지 담당자 입에서 나오는 말에 그야말로 어안이 벙벙했다. 간병인 비용을 보조받을 수 있는지 확인해 연락해 주는 것으로 끝나긴 했지만, 아직도 환자의 돌봄은 무조건 가족이 책임져야 한다는 의식을, 심지어 복지 담당자가 그런 생각을 하고 있다는 사실에 놀랐다. 그동안 그녀는 얼마나 아픈 삶을 살아온 걸까! 더는 그녀의 거친 말, 곁에 있는 사람들에게 참으로 폐가 될 만큼 큰 목소리, 교양 따위는 갖춰지지 않은 날 것 같은 그녀 목소리와 내용이 싫지 않았다. 그녀는 병원에서 나오는 이른 저녁을 먹은 후 둔탁한 소리를 내는 아주 짧은 목발을 짚고 침대에서 내려왔다. 물론 간병인의 도움을 받아야 했다. "아휴. 운동을 못 하고 침대에만 앉아있으니 다리가 터질 것만 같이 아파 죽겠어!" 그녀는 목발 대신 침대 난간을 붙잡고 위아래로 몸을 움직여 다리 운동을 한 뒤 다시 침대로 다시 올라가 조용히 잠들었고 병실도 조용해졌다. 그녀가 밤새 소변이 흐른다고 간병인을 깨운 건, 종이 기저귀를 갈아야 했기 때문이고, 그때마다 내가 깨어 뒤척여야 했던 건 순전히 나의 수면 건강이 문제였다. 간병인 언니 역시 힘들었겠으나, 그것은 간병인 언니의 일이었다.

"인간이 이상해지지 않는다면 세상은 절대로 이상해지지 않는다"

　"대우조선해양 노동자 파업 이야기가 사실은 임금 30%를 올려달라는 이야기가 아니라, 이미 깎인 걸 회복시켜달라는 거라면서요? 알고 계세요?" 수영장 물속에서 고개만 까딱하며 눈인사 정도 할 뿐인 어떤 분, 게다가 나보다 나이가 많은 70대가 그야말로 맥락도 없이 치고 들어오는 뜬금없는 물음에 나는 귀를 의심했다. 주변에 파업의 배경을 잘 알지 못하고, "황제 노동자, 귀족 노동자가 또 파업한다." "그렇게 회사에 피해를 주면서까지 파업하는 건 옳지 않다."라며 언론에서 옮기는 소리를 비판 없이 받아들여 파업을 비난하는 사람들이 대부분인 상황에 그분의 물음이 반가웠다. "알지요." "세상에 꼭 필요한 사람은 소위 노동자들이죠." 그런데 내가 너무 나갔다. 대우조선해양 노동자 파업 이야기에 느닷없이 "청소노동자들이 없다면 세상이 어떻겠어요?"라니. 마음속에 있는 말을 하기 위해 맥락 없는 말을 꺼냈다. 잘못된 대화다. 하필이면 청소노동자를 언급한 것은 마이어의 책 『수없이 많은 바닥을 닦으며』가 생각났기 때문이다.

　작은 도서관 호모북커스를 운영하는 김성수 목사님의 페이스북 담벼락에서 그 책을 알게 되었다. 쉽게 투명 인간으로 취급받는 여자·청소·노동자가 쓴 일기가 빨리 읽고 싶었다. 8월 7일이었다. 알라딘에 주문한 당일 배송이라는 데 혹해서 주문했는데 비가 억수같이 퍼붓기 시작했다. '싸게싸게', '빨리빨리'의 희생자가 되곤 하는 배달 노동자가 생각났다. 나는 싸고 빠름을 지극히 좋아한다. 모두가 그렇게 살아간다. 이상한 세상이지만 그렇게 생각하는 사람이 적다. 그러나 여자·청소·노동자는 이미 1953년에, 소위 지구의 엘리트 계층이 사유하지 못하거나 의도적으로 외면하는 이상한 인간, 이상한 인간이 만들어내는 이상한 세상과 그 근원을 간파하고 있었다.

"만일 인간이 이상해지지 않는다면 세상은 절대로 이상해지지 않는다. 하지만 인간은 권력욕으로 가득하여 인간과 인간 사이의 커다란 차이는 늘 존재할 것이다."『수없이 많은 바닥을 닦으며』, 19

그녀라면 나처럼 '빨리빨리'를 외치며 인터넷으로 책을 주문하지는 않았을 테다. 띠지는 보지도 않고 빼버리거나 책갈피로 사용하지만, 추천사는 반드시 본다. 모든 추천사가 그런 건 아니지만, 어떤 추천사는 책을 이해하는 데 도움을 준다. "…이 책을 통해 '세상의 가장 낮은 존재를 해치지 않는' 선함과 지혜를 얻으리라. …" "… 어떻게 그는 항상 따스하면서도 날카롭게 세계를 염려할 힘이 있을까. 끊임없이!" "글쓰기가 세상을 구원하지는 못하지만, 할 수 있는 것이 그것밖에 없어 간절히 쓰는 사람만큼은 구원할 수 있다는 사실을. 그 한 명 한 명의 구원이 더해질 때 세상도 조금은 움직인다는 사실을. 이 책은 믿으라는 말도 없이 믿게 만든다." 추천사대로다. 1953년 여자·청소·노동자인 그녀의 마음은 온통 한반도에 가 있었다. "마음은 한반도에 가 있다. 한 철이 지나면 그곳에는 얼마나 많은 재킷이 필요할까. … 나는 온통 한국 생각뿐이다." 14 세상의 가장 낮은 존재를 해치지 않는 선함과 지혜가 그녀 안에 담겨있었다.

전쟁의 한복판, 일부 권력과 재물을 가진 자들이 전쟁을 이용해 권력을 얻고 군수품 시장에서 재물을 버는 데 혈안이 되었던 1953년. 같은 시기 먼 이국땅에서 한국의 민중을 걱정하는 가난한 청소노동자가 있었다. 복지국가에서조차 복지대상자였던 그녀. 아동복지 담당자에게 자기 아이들에게 필요한 겨울옷 목록으로 '바지 한 벌, 재킷 한 벌'을 요구하는 서류를 제출하는 그 순간, 그녀의 머릿속을 한반도가 채웠다. 연민의 대상이 되기에 충분한 그녀가 써 내려간 일기에서 그녀가 기록한 세계사와 그에 대한 날카로운 성찰과 따스한 마음, 선한 지혜를 읽어내다 보면 그녀를 향하려던 연민을 우리 자신에게 돌리게 된다. 나를 포함해 어느 정도 공부했고, 그럭저럭 괜찮은 자리를 꿰차고 앉아있는 모든 이들이 도리어 연민의 대상이 되고 만다. 한국, 스웨덴, 베트남. 영국, 프랑스, 미국, 독일, 이스라엘, 팔레스타인 …, 한국전쟁, 6일 전쟁, 프라하의 봄, 천안문 사건 …, 노동, 평화, 단어, 토론, 요양원, 음식, 전쟁과 무기, 핵, 달착륙, 우측통행, 세금, 노예무역, … 셰익스피어, 막심 고리키 …, 케네디, 존슨, 마틴 루터 킹 …, 여러 영화, 심지어 얼마 전 넷플릭스로 시청한 실화를 바탕으로 만들어진 영화 「얼어버린 시간 속에서」의 원작 『아라비아 펠릭스』까지. 그녀의 생각은 자유롭고 풍성하다. 자신과 가족, 일과 노동, 임금, 나라와 세계와 미래, 갖가지 열매…. 그녀는 이 모든 것들과 한시도 분리되지 않고 연결되어 살아내고 있었다. 그녀는 노동하고 독서하고, 사유하고, 글을 쓴다. 두 손으로 수많은 바닥을 닦으며, 피투성이가 되어, 세상에 존재하는 편견을 깨뜨린다. 한 옥타브 높은 사고를 하고 그렇게 살아낸다.

그녀의 글을 읽으며 초등학교 4학년으로 공부가 끊겼던 전태일을 떠올렸다. 『전태일 평전』을 읽으며 그가 곳곳에 남겼던 글과 그 글의 깊이가, 그가 만들어낸 변화가 생각났다. 나도 그의 글을 읽으며 배웠고 조금 변했다. 나는 그를 작은 예수라 생각했다. 많은 이들이 그랬다.

지난 5월, 연세대학 일부 학생들이 임금인상 등을 요구하며 시위 중인 청소·경비노동자들을 상대로 손해배상을 청구했다. 지난 8월 8일 서울 경기 지역 폭우로 많은 이들이 죽거나 행방불명된 상황, 대통령은 사저로 퇴근했다, 그리고는 일부 정치인, 시장, 구청장과 공무원들이, 일가족이 죽은 참혹한 현장에 가서 사진을 찍었다. 사진과 함께 "국민의 안전이 최우선입니다."라는 일종의 홍보성 글귀가 올라왔다.

가난한 여자·청소·노동자도, 전태일도 아닌 그들에게 연민이 생겼다. 이상한 이들이다.

청소하는 일을 좋아했던 마이아 에켈뢰브는 초과근무까지 해서 청소를 해도 구걸해야 하는 이상한 세계에 관해 말했다. "일부 사람만이 살아가기 위해 구걸을 해야 한다는 것이 옳은가?" 그리고 답한다. "초과근무까지 해서 청소를 해도 소용없다는 사실을 이해하기란 어렵다." "모든 사람은 일할 권리를 가져야 한다." "고임금 소득자는 점점 더 많이 벌고 저임금소득자는 점점 더 적게 번다."

성경의 창조주는 노동하고 안식했다. 자신의 형상을 인간에게 분배했다. 인간은 노동할 권리와 함께 안식할 권리를 받은 것이다. 창조주가 만든 세계는 노동의 세계와 쉼, 안식의 세계로 되어있다. 노동자 아닌 사람이 없고, 노동 없는 창조물도 없다. 노동의 결과가 안식으로 이어진다. 그러나 지금 쉼 없는 노동이 사람들을 죽음으로 내몬다. 지나친 노동이 지구를 위기로 몰아넣는다. 지나치게 발전한 기술이 인간을 노동 밖으로 몰아내는 중이다. 그야말로 이상한 세상이다.

일자리가 사라지고, 임금 격차가 크다. 누군가는 넘치는데, 누군가는 생계유지가 어렵다. 2022년 최저임금 9,160원. 8시간 6일 일할 때

주급 439,680원. 월급 1,914,440원. 사실 내게 1,914,440원은 작지 않다. 나는 이보다 훨씬 낮은 보수를 받으며 일했다. 딸 역시 그랬다. 주변에 그야말로 그런 사람들이 부지기수다. 그러나 나도 딸도 집이 있었다. 수입이 괜찮은 남편과 아빠가 있었다. 그러나 아무리 노력해도 살아갈수록 빚이 느는 사람이 많다. 본인의 잘못이 아니다. 그렇게 태어났거나 제도적으로 거기에서 빠져나오기 힘들다. 시급으로 살아야 하는데, 시급을 올려서는 안 된다고 한다. 자영업자들이 문을 닫을 수밖에 없다고 한다. 사실이 그렇다. 편의점주는 온 가족이 매달려 일해도 아르바이트로 가져가는 임금 이하의 소득을 가져가는 경우가 있다. 치킨집 등 많은 자영업자도 마찬가지다. 다 맞는 말이다. 누구의 편을 들어야 할지 몰랐다. 그러다가 전혜원의 『노동에 대해 말하지 않는 것들』^서_{해문집}을 읽으며 알게 되었다. 자영업자와 시간 수당을 받으며 일하는 노동자 외에 프렌차이즈 기업이 논의에서 제외되었다. 프렌차이즈 기업이 편의점에 물건을 어떤 방식으로 들이고 얼마만큼을 가져가는지 계산되지 않았다. 프렌차이즈 기업, 편의점주, 노동자 모두에게 적절한 지점을 연구하지 않았다. 동일 노동에 동일 임금이 지급되지 않는다. 동일 노동을 하면서 상대적으로 고임금을 받는 이유가 저임금노동자보다 기술과 능력이 뛰어나서가 아니다. 건강한 노동의 세계에 대해 전혜원은 노동에 대해 온정으로 다가가지 말고 연구해야 한다고 한다. 건강한 노동의 세계를 위한 진지한 연구는 충분하지 않았다.

남편은 혈액암?

9월 7일. 신경과에 갔다. 혈액종양내과 진료가 필요하다고 했다. 내일로 예약이 되었다. "혈액종양내과엘 꼭 가야 해?" "당신이 선택할 일이지. 면역력 떨어지고 병에 잘 걸리고, 회복이 되지 않으면, 당신이 남겨놓은 재산 나 혼자 잘 쓰고 살 테니까 마음대로 해." 남편은 어차피 하게 될 일을 놓고 투덜거렸고 나는 그런 남편을 저지하는 방편으로 모진 말을 쏘아붙였다.

9월 8일. "백혈구, 혈소판, 적혈구 수가 모두 현저하게 낮아요." "골수부전골수성백혈병, 재생불량성빈혈, 백혈병 등이 간의 조혈작용, 출혈, 빈혈, 감염 등등에 영향을 줄 수 있긴 해요." 골수검사를 하기로 했다. 나도 남편도 마음이 복잡하다.

추석은 망쳤다.

9월 9일. 내일부터 추석 연휴다. 자연스럽게 아이들 생각이다. 아이들의 나이 먹어감이 짠하다. 83세까지였다. 아버지가 엄마 곁을 떠난 그해 2007년까지. 엄마는 어떤 음식이든 직접 만들었다. 그 음식이 우리 입에 들어가는 걸 진지하게 쳐다보며 웃음 지었다. 나도 자식들 둘러앉히고 음식을 해 먹이는 일이 좋다. 옆집, 별이 할머니가 호박을, 순주 언니가 묵은지를 줬다. 홈쇼핑으로 산 참굴비가 있다. '러드, 된장

찌개, 고기찜, 각종 나물로 상을 차릴 테다.' 나는 비용과 건강을 생각해서 갈비 아닌 부챗살을 사고, 설탕 없이 꿀 몇 숟가락만 넣어 극 저당의 고기찜을 만든다. 갈비찜과 비교도 안 되게 값이 싸다. 지방이 없고, 달지도 않은 영양식이다. 게다가 아이들이 정말 좋아한다.

벌써 며칠 전부터 집으로 올 딸과 사위, 손주들을 생각하며 지난 날들의 사진을 불러냈다. 보고 싶어도 표현을 잘 하지 않는 남편은 아이들을 열렬히 기다린다. 어디서 언제 떠나는지 자꾸 내게 물었다. 시댁에 있는 아이들이 자기 집에 갔다가 올 건지, 바로 올 건지 그게 궁금하다. 언제쯤 우리 집에 도착하는지가 궁금한 것이다. "그게 뭐가 중요해? 그렇게 궁금하면 당신이 전화하던가?" 남편과 다른 나는 그렇게 시시콜콜 궁금하지 않다. 아니다. 궁금하지만 내색하지 않는다. 남편 성화에 결국 딸들을 소환했다. 작은딸에게는 남편이 전화하고, 나는 큰딸에게 카톡을 해서 어떤 경로로 오며 언제쯤 집에 도착할지 알게 되었다. 그런데 남편의 몸이 이상하다. 어제부터 몸이 쑤신다고 해서 몸살인 줄 알았는데 차도가 없다. 혹시 코로나? 아이들이 집으로 올라오기 전에 확인해야 했다. 보건소에 가서 PCR 검사를 하고 결과를 기다리기로 했다.

9월 10일. 세종에 있는 큰아이네가 출발했다는 연락을 받고, 한 시간이 채 안 되어 검사 결과를 알리는 문자가 왔다. 남편은 양성, 나는 음성이었다. 큰아이네가 되돌아갔고, 작은딸 내외도 오지 못했다. 할머니 할아버지는 섭섭하기 그지없는데, 해와 달은 놀이터에서 노는데 여념이 없단다. 놀이터에서 비명을 지르며 뛰어다니는 해와 달의 모습이 눈에 생생하다. 준비해놓은 음식 거리가 냉장고를 가득 채운 채, 그대로 남았다. 골수검사는 2주 뒤로 미뤘다. 나도 아프다. 자가진단키트 검사 결과 양성이다. 19일은 이삿날이다. 그날부터 경기도민이다. 코로나격리 기간이 끝난 후라 다행이다.

2000년 전의 경제민주화일까? 혹은 가난한 이들에게 주는 통쾌함일까? 9월 28일.

"예수 당시의 사람들이 목덜미를 잡을 만큼 놀랐던 이야기에 나는 왜 놀랄 수 없는가? 이것이 비유에 관한 관심의 첫걸음이었다. 수많은 비유 설교를 들으면서 나는 놀란 적이 거의 없다. 비유에 대한 해석들은 단지 자본주의적 희망만을 쏠어 담기에 급급한 것처럼 보였다. 비유는 우리의 탐욕을 토닥거려 줄 뿐이었다." 『예수가 하려던 말들』, 15

'자본주의적 희망만을 쏠어 담는 비유 설교!' 오래전 일이 생각났다. 어느 날 교회의 목사와 장로의 저녁 식사 모임에 초대받았다. 교회에 속해있으나 교회 안에 의자 하나의 공간조차 없다. 나는 캠퍼스 선교사였다. 그런 나는 떠돌이처럼 지냈고 교회에서는 철저히 주변인에 불과했다.나중에 주변인으로 지낸 그 시간에 감사한다 그날 식사 초대는 의외의 자리, 의외의 사건이다. 한 장로가 특별히 초대했다고 했다. 저녁 식사가 끝나고 그 장로가 저녁을 사게 된 이유를 알게 되었다. 장로가 주식을 샀다. 주식을 사면서 하나님께 기도했다. "하나님. 사탄의 세력이 돈을 끌어가지 말게 하시고 당신의 종인 내게 돈이 오도록 해주십시오." 이런 기도는 계속되었다. 기도한 대로 장로가 산 종목의 주가가 올라 투자 금액의 몇 배가 되었다. 자본주의적 희망만을 쓸어 담은 너무 익숙한 믿음의 이야기에 헛웃음만 입 밖으로 새어 나왔다.

김호경은 예수가 한 비유란 평범한 일상의 이야기를 통해 한 번도 경험해보지 못한 새로운 세계로 우리를 이끄는 관문이라며 누가복음 16장의 불의한 청지기 비유를 이야기한다.

청지기가 주인의 재산을 낭비했다. 주인의 재산에 손해를 입혔다. 주인은 재산 손해를 입기만 한 게 아니다. 그런 청지기를 두었다는 것, 청지기 관리를 제대로 하지 못한 건 명예 문제다. 이 일은 주인과 청지기 모두에게 치명적이다. 청지기의 신세가 눈에 훤하다. 주인은 청지기를 쫓아낼 테고 그런 청지기를 고용하는 주인은 없을 것이다. 그는 땅을 파거나 구걸하는 신세로 전락할 것이다. 그가 꾀를 내었다. 장부를 조작했다. 주인에게 빚진 자들의 빚을 줄여준 것이다. 청지기가 너무 대담하다. 주인은 더 큰 손해를 보게 되었다. 놀라운 건 주인의 반응이다. 불의한 청지기를 지혜롭다고 칭찬한다. 나는 도무지 이 비유를 이해할 수 없었다. 아마도 거의 모든 설교자가 그랬을 것이다. 김호경의 설명을 듣고 나니 이제야 알 것 같다.

청지기로부터 탕감받은 빚진 자들은 고마웠을 것이다. 누구에게 그 고마움을 돌렸을까! 주인과 청지기 모두에게 고마웠을 게 분명하다. 중간에서 마음 써준 청지기가 고맙고, 그걸 허락한 주인도 고맙다. 주인의 명예가 드높아졌을 게 분명하다. 이 상황에서 만일 주인이 이 청지기를 해고한다면 어떻게 될까? 주인은 여전히 청지기를 관리하지 못하는 어리석은 사람이요, 자기 욕심만 차리고 사람들에게 은혜를 베풀 줄 모르는 악한 고리대금업자로 낙인이 찍힐 것이다. 이 상황을 알아차린 주인은 청지기만큼이나 똑똑했다. 주인이 자신의 명예를 위해 청지기를 칭찬한다면, 주인은 은혜를 베푸는 좋은 사람이 되고, 불의한 청지기는 당시 종교적 열심을 가진, 스스로가 의롭고 잘났다고 생각하는 사람들보다 나은 사람이 된다. 그러나 그게 다는 아니다. 예수는 이 비유로 빚진 자들을 청지기의 자리를 보전하는 자로 만든다. 주인을 움직이는 자리에 서게 한다. 『예수가 하려던 말들』 참고 빚을 졌던 '빚진 자'가 청지기를 '살리는 위치'에 서게 된다는 건 어떤 의미인가! 근로자들이 이익분배나 기업의 의사 결정에 참여할 수 있는 권리. 나는 문득 '경제민주주의'를 떠올린다. 자본주의의 폐단을 줄이는 '경제민주주의'를. 그렇다면 예수의 이 비유는 김호경의 해석대로 '새로운 세계로 우리를 이끄는 관문'인 셈이다.

한 가지 해석만 가능한 건 아니다. 기름 백 말, 밀 백석은 어려운 노동자들이 질 수 있는 빚이 아니다. 당시 노동자의 하루 품삯은 1데나리온이다.마태복음 20장 2절 1인당 최저 생계비는 1년 70데나리온으로 추정하는 학자도 있고, 약 180데나리온으로 추정하는 학자도 있다. 또는 6인 가구의 최저 생계비를 1년에 250~300데나리온으로 추정하기도 한다. 미쉬나유대인들의 구전 율법을 집대성한 탈무드의 기초가 되었다에 따르면 당시 예루살렘에서는 1데나리온으로 빵 12개를 살 수 있었다. 매일 일감을 얻어 1데나리온의 수입이 생긴다면, 6인 가족은 가족 한 명 당 500그램 정도의 빵 두 개로 하루를 버텨야 한다.『중근동의 눈으로 읽는 성경』신약편 김동문|선율 참고 그렇다면 애초에 가난하기만 한 노동자들이 기름 백 말, 밀 백석을 빚졌다는 것은 현실적으로 거의 불가능하다. 어쩌면 예수는 현실에서는 턱도 없는 일을 비유에 사용했을지 모른다. 왜? 이 비유를 들은 가난한 자들은 자신들을 착취하는 나쁜 주인, 고리대금업자들을, 나쁜 제도를 떠올리며, 마음으로나마 그 주인을 골탕먹이는 통쾌함을 맛보았을 것이다. 가난한 자, 죄인들과 먹고 마시며

그들과 함께 웃던 예수의 해학일 수도! 그렇다면 우리는 앞으로 예수의 비유를 읽으며 얼마든지 많은 이야기를 생각해낼 수 있지 않을까!

남편이 암에 걸렸단다. '골수이형성중후군'이란다

10월 6일. 오늘 지난 9월 29일 받은 골수검사 결과를 듣는다. 별일 아닐지 모른다는 느낌은 어제부터 불길한 예감으로 바뀌었다. 둘이 같이 병원에 갔다가 '당장 입원해야 합니다'라는 말을 듣고 나 혼자 집으로 돌아오게 되는 상황을 그려봤다. 실제 그런 일은 일어나지 않았다. 그러나 암에 걸렸단다. 병명은 골수이형성증후군이다. '중증질환 혹은 희귀성 난치병 산정특례제도' 혜택을 받을 수 있다고 했다. 지난번 받은 검사비 대부분이 환급된다. 유전자 검사가 진행 중이고, 다음엔 골수이형성증후군이 전문 분야인 의사에게 진료를 받으라고 했다. 10월 19일로 예약했다.

10월 7일. 잠에서 깨니 새벽 4시다. 잘 잤다. 최근 수면 습관이 나빠져서 9시 취침하면 1, 2시간 간격으로 깨어 잠들지 못한다. 2시가 되어 깨고 나면 더는 잠이 들지 않아 일어나곤 했는데 별일이다. 감정이 가라앉아 그런가? '골수이형성증후군', '중증질환 혹은 희귀성 난치병 산정특례제도', 그리고 '하나님'이 나를 채우고 있다. 남편의 작아진 몸이 비로소 내게 다가왔다.

아무렇지도 않은 듯, 오후에는 오늘 개방되는 경복궁 옆 송현동 부지에 갔다. 집 바로 앞 원흥역에서 3호선 전철을 탔고 27분 만에 안 국역에서 하차했다. 만 65세를 넘겼기에 우리 부부 다 무임승차다. 나 이 드는 게 여러 점에서 좋기도 하다. 힘이 빠지고 아픈 곳이 많아지는 건 감수해야 한다. 젊어서부터 심지어 어리거나 태어나면서부터 아픈 사람이 있다. 평생 가난해서 혹은 폭력에서 벗어나지 못해서 사는 게 죽는 것보다 힘든 이가 부지기수다. 이제껏 잘 살아온 것에 감사할 뿐 이다.

너무 일찍 나왔다. 송현동 부지는 저녁 5시 40분 음악회가 시작되 면서 개방된단다. 남편은 재택으로 집에 있는 작은딸에게 가고 싶은 눈치지만 내 눈치를 본다. 어슬렁거리며 걷다가 저녁 시간이 가까워 졌다. 저녁을 사주겠다고 딸에게 전화를 걸었다. 집으로 와서 함께 나 가자는 소리에 얼른 딸 집으로 향했다. 짜장면을 좋아하는 아빠를 작 은딸이 맛있는 중국집에 데리고 가겠단다. 짜장면 14,000원, 삼선짬뽕 18,000원이라는 소리에 펄쩍 뛰었다. 남들과 만날 때는 그렇지 않지만, 심히 절약하는 편이다. 그 값에 짜장면과 짬뽕을 먹을 수는 없다. 집에 있는 김치 라면이 저녁이 되었고 딸과 함께 나와 밤길을 걷고 집으로 돌아왔다. 가능한 대로 남은 날 남편과 외출을 자주 해야겠다.

아무 생각이 없을 때 영화나 드라마를 시청하는 게 내 버릇이다. 늦은 시간 넷플릭스로 홍수 실화를 바탕으로 만든 폴란드 6부작 재난 드라마 『하이 워터』 마지막 회를 시청했다. 실제로 1997년 중부 유럽 일대를 관통하는 오데르강과 모라바강이 범람했다. 총 114명이 사망하고 약 6조 4천억 원의 재산 피해가 발생했다. 폴란드가 전체 재산 피해의 77%를 입었고, 56명이 사망했다. 영화에 이런 대사가 나온다. "누구나 자신의 자리에서 최선을 다한 거지요." '자기 마을을 살릴 것인가?' '자기 마을을 포기하고 사람들과 시설들이 집중된 도시를 구할 것인가?' 수문학자는 그 마을 강둑을 폭파해서 도시를 구하자고 시골 마을 주민들을 설득했지만 실패했다. 마을 사람들은 '자기 마을을 구하기'로 작정했다. 도시에 희생이 컸다. 우연히 마을을 대표했던 사람과 수문학자가 만났다. 마을 대표가 수문학자에게 미안하다고 하자, 수문학자가 한 말이다.

'위기 상황에서 무엇이 최선인가?' 묻는다. 모두가 최선을 다한다 해도 모두를 위한, 유일한 최선이란 없다. 다만 현재 자신의 판단에, 무엇이 더 나은지 갈등하는 상황에서 조금 더 낫게 여겨지는 걸 할 뿐이다. 영화에서처럼 서로의 노력을 인정할 필요가 있다. 연일 현 정권은 지난 정권 때리기에 여념이 없다. 현재의 모든 어려움이 지난 정권에 책임이 있단다. 그저 현재 현 정권으로서 마땅히 해야 할 일들을 묵묵히 해나가면 된다. 그렇게 현 정부가 최선을 다하기를 바랄 뿐이다.

나도 남편도 아직은 잘 모르는 일들로 인해 출렁일 필요는 없다. 있을 수 있는 일을 생각하며, 오늘은 오늘을 살 뿐이다.

남편 골수검사 결과에 대해 너무 태평하다. 그와 관련된 특별한 증상이 없어서인지 '골수이형성증후군'이라는 게 실감 나지 않는다. 혹 엘리자베스 퀴블로스가 『죽음과 죽어감』에서 언급한 부정, 분노, 협상, 우울, 수용의 과정의 첫 단계 부정일까! 정말 아무 생각이 없는 건지, 2주를 더 기다려 결과를 알 때까지 걱정 근심을 유보하려는 성숙한 태도인지 잘 모르겠다. 어쩌면 질병에 대한 무지가 주는 평안일 수도 있다. '무지'란 얼마든지 사람을 무감각하게 할 수 있다. 너무 건강해서 너무 부유해서 너무 부족한 것이 없어서, 약하고 가난하고, 결핍 한가운데 사는 이들의 고통을 외면하는 것일까! 무지한 그들이 가련하다.

사람을 소외시킬 것을 알면서 기술도 부도 권력도 뿌리칠 수 없다

10월 9일. 막내 서방님과 동서가 왔다. 나는 샤브샤브를 준비했고 동서는 냄비와 유리창 청소하는 기구를 꺼냈다. 3층이라 전망이 좋은 셈인데, 그 전망을 대로 볼 수 없을 만큼 창에 흙먼지가 끼었다. 지난주 왔을 때 그걸 본 동서가 오늘 우리 집 유리창을 청소하기로 작정하고, 유리창에 혼자 달라붙어 청소하는 기계를 가져왔다. 동서의 마음은 고맙고, 기술의 발전은 대단하다. 이 같은 기술의 발전이 사람을 노동에서 소외시킬 걸 알지만, 기술을 물리친다는 게 어렵다. 이런 일은 보통 남편이 했겠지만, 이번엔 동서가 다 했다. 나는 구경만 하며 감탄사를 연발했다. 유리창은 마치 창이 없는 듯 투명해졌고, 동서는 내가 만들어준 빵에 신나라하며 집으로 가지고 갔다.

저녁엔 12부작 드라마 『작은 아씨들』 마지막 회를 봤다. 드라마를 보며 놀란다. 요즘 드라마는 예전처럼 뻔~하지 않다. 예상할 수 없이 전개된다. 흥미진진하다. 끝까지 봐야 결말을 알게 된다. 11회까지도 어떻게 끝을 낼지 예측할 수 없었는데, 마지막 12회에서 그동안 드러나지 않던 범죄의 중심, 정난회의 정체가 밝혀졌다. '이거였구나' 싶었다. 오수경 드라마로 세상을 분석하는 『드라마의 말들』, 유유의 저자. 청어람 ARMC 대표이 정리한 글이 막연히 느끼던 소감을 분명하게 해줬다. "… 작가는 베트남 전쟁을 폭력적이고 불의한 사회의 근본으로 소환하여 그런 폭력적 세계관을 바탕으로 어떻게 부와 권력을 획득하고 하층민을 후려쳤는지 보여주었다. …"

우리의 아이들에게 전쟁없는 세상을 물려줄 수 있을까?

10월 10일. 눈을 뜨니 5시, 역시 잠을 잘 잤다. 남편, 골수이형성증후군, 하나님으로 가득한 마음은 조금 낯선 평안이다. 남편은 모르겠다. 묻지 않는다. 다만 이른 시간 혼자만의 시간을 즐기는 편인데 그러고 싶지 않다. 7시 반이 되어서야 일어나 커피를 마셨다. 깨끗하게 닦인 거실 유리창 밖으로 창릉천 변에서 자전거를 타거나, 걸으며 아침 운동하는 사람들을 보는 게 좋다.

　뉴스에 귀를 막고 싶은데, 어쩌다 북한의 연이은 미사일 발사, 우리 군의 대응에 대해 떠들어대는 소리가 들렸다. 이전 정권과는 달리, 이번에는 적극적으로 대응했다. 그게 과연 자랑거리인지 모를 일이다. 미사일 발사가 이전보다 훨씬 잦아졌다. 이제까지 전쟁이 쉽게 일어나리라 생각하지 않았다. 앞으로는 전쟁이 얼마든지 일어날 수 있을 것 같다. 전쟁이 얼마든지 가능하다고 느껴진다. 남북이 함께 호전적이다. 전쟁을 경험해보지 않은 사람, 병역의 의무로부터 자유로운 자, 어떤 상황에서도 자유롭게 전쟁의 위험에서 빠져나갈 수 있는 이들이 호전적일 수 있다. 전쟁의 무서움을 안다면 호전적일 수 없다. 나는 전쟁을 경험해보지 않았다. 병역의 의무가 없다. 그러나 내겐 젊은 딸과 사위가, 아직은 어리기만 한 손자가 둘이나 있다. 그 아이들은 어떤 이들처럼, 자유롭게 전쟁의 위험에서 빠져나갈 수 없다. 당장 우크라이나와 러시아 간 8개월째 전쟁 중이고 그 참혹한 상황이 전해지는데도, 여전히 강력한 대응을 지지하는 사람이 있다는 게 놀랍기만 하다. 그들은 천성적으로 호전적일까? 성장 과정에서 획득했을까? 주입식 교육을 받아 스스로 사유할 수 없는 걸까? 언론의 여론몰이에 놀아나고 있는 걸까? 하긴 오늘의 정치판을 만들고 있는 언론과 교육, 종교가 한 몸 같다. 사람이 사람을 향해 총질하는 자체가 끔찍한 일이다. 그런데 심지어 그걸 즐기는 경우가 있다. 나도 헐리우드 영화를 보며 선인이 악인을 심판하는 장면에 안도의 숨을 쉰다. 세상에 선인이 누구고 악인은 누구던가! 나야말로 누구를 향해 돌을 던질 수 있을까! 그러나 국가는 나 같은 개인과 달라야 한다. 그래야 국가에 의미가 있다.

영화「1917」은 마지막 한 사람까지 죽어야만 끝이 나는 전쟁의 얼굴을 잘 보여준다. 제1차 세계대전이 한창인 1917년 4월 6일, 영국군과 독일군이 프랑스 땅에서 대치 중이다. 매켄지 중령의 부대는 독일군이 철수한 틈을 타 대대적인 공격을 계획했다. 독일군이 만들어 놓은 함정이었다. 에린무어 장군은 이것이 함정임을 깨닫고 공격 중지 명령을 내린다. 그러나 독일군이 이미 모든 통신망을 파괴해놓았다. 1,600명의 아군을 구하기 위해서 사람이 직접 전달해야만 한다. 두 병사 스코필드와 블레이크가 전달 임무를 맡았다. 그곳엔 블레이크의 형도 있다. 둘은 1,600명의 병사와 그곳에 있는 블레이크의 형을 살리기 위해 사투를 이어가며 전쟁터 한복판을 가로지른다. 두려움과 공포에 사로잡혔고, 수 없이 위기를 만난다. 결국, 스코필드가 죽는다. 블레이크는 제정신이 아니다. 울며, 울며 결국은 목적지로 가서 임무를 완성했다. 다는 아니지만 많은 사람을 살릴 수 있었다. 전쟁의 얼굴은 그야말로 악마다. 전쟁이 아니라면 친구가 되었을 사람들이 서로 죽이고 죽인다. 자신이 죽지 않기 위해서는 죽여야만 한다. 전쟁에서 사람은 한낱 전쟁의 도구에 불과하다. 그래서 전쟁은 말한다. "돌격 준비! 전우가 쓰러져도 그냥 간다." 모두를 위한 전쟁이란 결코 없다. 전쟁은 사람의 목숨 따위는 중요하게 여기지 않는다. 그래서 위험에서 살아난 장교는 말한다. "오늘은 끝날 거란 희망이 있었다." "희망은 위험한 거지." "다음 주면 다른 명령이 내려올 거다. '일출과 함께 공격하라.'" "이 전쟁을 끝내는 길은 하나뿐이다. 마지막 한 사람까지 죽는 거지." 차라리 오늘 죽었다면 전쟁은 끝이 났을 거다. 이번엔 살아났지만, 어차피 죽어야 끝난다. 그러니 살아난 게 도리어 절망인 것이다.

땅을 더 가지려고, 자원을 더 빼앗으려고, 위기에 몰린 자신의 권력을 유지하려고, 권력은 전쟁을 이용한다. 전쟁이 있기에 방위산업이 발전하고, 방위산업의 수익을 기대한다. 여기에 사람은 없다. 그저 도구인 사람이 있을 뿐이다. 기후 위기가 불러올 전쟁도 예상된다. 과연 나와 우리는 사랑하는 우리 아이들에게 전쟁 없는 평화를 물려줄 수 있을까!

오메가3 폭탄 밥

10월 13일. 새로운 요리를 시도했다. 일명 '오메가3 폭탄 밥' 돌솥에 들기름을 넣고 잔 멸치를 충분히 넣고 볶는다. 들기름은 발화점이 낮으므로 기름 온도가 올라가기 전에 볶기 시작하고 미리 닦아놓은 생 표고를 잔뜩 넣는다. 어차피 다 익을 테니 표고 냄새가 살짝 나기만 하면 미리 불려놓은 쌀을 넣고 나는 현미 찹쌀을 넣는다 미리 만들어 놓은 다시마 물을 붓고 솥뚜껑을 덮어 밥을 짓는다. 거의 다 되었을 때 뚜껑을 열고 깨끗하게 닦아놓은 미나리와 참나물을 썰어 얹고 그 위에 연어를 넣고 10분쯤 지나 불을 끈다. 연어가 없거니와 연어를 싫어하니 생략했다. 엄밀히 말해 오메가3 폭탄 밥은 아니었지만, 매우 만족스러운 맛이다. 요리하는 즐거움을 알게 된 지 좀 됐다.

골수이형성증후군이라는 진단을 받은 후, 그 정도와 치료 방법이 정확해지는 날까지 기다리는 게 지루하다. 늦게 일어난다. 일종의 시간 죽이기다. 문득 그림이 그리고 싶다. 4B 연필을 잡아본 게 최소 45년 전이다. 남편의 치료 방법이 결정된 후 미술학원을 찾아볼 생각이었으나 생각을 바꿨다. 집에서 멀지 않은 곳, 창밖으로 온통 나무가 보이는 성인을 위한 취미 미술학원을 찾았다. 상담을 받으며, 그곳에서 만나게 될 사람들, 그들과 맺게 될 관계에 호기심이 일어났다. 내 안에 그림보다 '사람과의 사귐'이라는 다른 욕망이 있는 것 같다. 일을 그만둔 지 8년이다. 사회적 관계가 거의 사라졌다. 바쁜 사람에게 시간을 내

달라고 할 만큼 넉살이 좋지 않다. 길이 먼 곳에 가지 않는다. 이래저래 까다롭다, 그러나 사람이 고프다. 그림을 그린다면 이제까지와는 사뭇 다른 사람들을 만날 수 있다. 생각하니 흥이 난다. 그러나 아마 시작하지 못할 것 같다. 집으로 돌아오는 길 어린 남자아이 소리가 들렸다. "엄마 이게 뭐야?" "감이야." 대답하는 엄마의 목소리를 따라 얼굴을 하늘로 향했다. 대봉감이 제법 크고 무성하게 달려있다. 아이가 말했다. "망고 같아. 망고 아니야?" 감보다 망고가 익숙한 아이들이 늘어 간다.

해석하는 삶

10월 14. 페이스북에 올라오는 글을 읽는 게 일과 중 하나다. 다들 치열하게 살아가는 듯하다. 문득 별 것 없는 내 삶에 대한 회의가 든다. 자존감이 바닥을 헤맨다. 글쓰기를 멈춰서일지 모른다. 글 쓰는 일은 내게 일어나는 일을 해석하며 그 일들에 의미를 부여해준다. 어디 글뿐이랴. 그림, 노래, 이야기들이 다 그렇다. 글과 노래, 그림과 사진, 영화 안에서 글을 쓰는 사람과 읽는 사람, 노래 만들고 부르는 사람, 그림을 그리고 사진을 찍고 이야기와 영화 만드는 사람들과 그걸 소비하는 사람들 모두가 그 안에서 자기 삶을 들여다보고 해석한다. 의미를 찾아간다. 무의미하게 여겨지던 삶의 한 자락조차 쓰다 보니, 읽다보니, 노래를 만들다 보니, 부르며 가사를 생각해보니, 그림으로 표현하고, 그림을 들여다보다 보니, 그저 그런 평범한 일상 하나하나가 의미 있는 일로 재탄생한다. 세상이 여전히 살만하게 느껴진다. 나라는 개인 역시 존재할 이유가 있다. 태고부터. 글이 있고, 노래가 들려지고, 그림이 남고, 이야기가 전해져온 이유이리라. 나는 지금 쓰기를 멈췄다. 내 삶을 해석할 수 없다. 그리고 삶이 흔들린다. 간단히 남겼던 메모에 살을 붙여 지난날들을 기록했다.

어제 불렸다가 남은 쌀에 고구마와 완두콩을 넣어 점심밥을 했다. 새로운 맛에 반했다. 요리에 대한 의욕이 생긴다. 내일은 어떤 요리를 할까! 아마도 알리오올리오 파스타!

발달하는 기술, 그 끝은 어디일까?

10월 15일. 카톡이 먹통이다. 내 핸드폰에 이상이 생긴 줄 알았다. 남편 핸드폰도 마찬가지다. 뉴스를 검색했다. 경기도 성남시 SK C&C 판교 데이터 센터 화재로 카카오 서비스가 중지되었단다. 배터리와 축전지가 쌓여있는 장소라 화재 진압에 시간이 오래 소요된단다고 한다.

1970년대 재난영화가 한창이었다. 헐리우드 재난영화의 대명사가 된 영화 『타워링』이 1974년에 만들어졌고, 3년 뒤인 1977년 우리나라에서 상영되었다. 영화의 배경은 샌프란시스코에 신축된 135층 빌딩 글라스타워. 빌딩의 개관식이 열리는 날 화재가 발생한다. 화재의 원인은 공사비를 아끼기 위한 '부실공사'다. 처음 창고에서 합선 같은 이유로 시작된 작은 불이 시간이 지나면서 걷잡을 수 없는 큰불로 번졌다. 화재가 81층에서 발생했고, 꼭대기 층에서 파티를 즐기고 있던 300명은 135층에 고립되었다. 목숨을 건 소방대원의 진압과 인명구조 노력에도 별수 없이 많은 사람이 죽었다. 소방 구조대장 마이클스티브 맥퀸 분은 글라스타워의 설계자 더그폴 뉴먼 분에게 일침을 날린다. "우리 화재진압능력으론 9층이 한계요. 하지만 당신들은 그 이상을 짓고 있지. 다음에 건물을 지을 때는 함께 이야기 좀 합시다. 건축가 양반. 그럼."

그러나 빌딩은 '더 높이' '더 높이' 올라간다. 2004년 12월 31일, 105층, 508M를 자랑하는 타이베이 101이 세계에서 가장 높은 빌딩으로 세워졌다. 지금은 세계 9위가 되었다. 지금은 2004년 착공, 2010년 완공된 두바이에 세워진 부르지 할리파가 세계 최고 높이의 건물이다. 162층, 공식 높이 828M를 자랑한다. 우리나라 삼성물산이 시공한 이 두 빌딩은 우리나라의 자부심으로 여겨지고 있다.

마치 빌딩처럼, 더 높이 올라가야 살 수 있는 사다리 구조의 세상이다. 더 올라가지 않으면 생존이 불가하다. 세상은 이미 충분한 기술로 가득하다. 더 많은 기술은 결국, 세상을 위협할 것이다. 모르는 바 아니다. 그러나 다 함께 멈추지 않는 한, 어느 한 기업이 기술 개발을 멈춘다면 그 기업은 사라지게 되어있다. 그래서 기를 쓰고 필요 이상의 기술 개발에 힘을 쓴다. 그리하여 기술은 계속해서 발전하고 스스로 발전한다. 멈추고 싶어도 멈출 수 없다. 인간이 통제할 수 없는 인격이 되어버렸다. 심각한 기후 위기에서 벗어나려면 탈성장이 답이다. 동시에 혼자만의 탈성장은 홀로 망하는 길이다. 후대를 생각하지만, 당장 내가 살기 위해 성장을 멈출 수 없고, 위기는 점점 가까이 온다.

지하철 노선들이 확장되어 생활이 편리해졌다. 나는 포기할 수 없을 정도로 그 혜택을 톡톡히 누린다. 건물이 높아지고, 땅속을 촘촘히 지나다니는 교통 시설과 문화 공간, 산을 뚫고 만들어낸 터널들이 나와 우리에게 주는 편안함이 과연 언제까지 가능할까? 육중한 터널 밑, 쌩쌩 지나가는 지하철에 앉아 수시로 두려움을 느낀다. '갑자기 싱크홀로 빨려 들어가는 건 아닐까?' 문득문득 두렵다. "구더기가 무서워 장을 못 담글까!" 누군가는 말한다. 그런데 고작 장 위의 구더기에 비교할 일이 아니다. 너무 안일하다.

빵 좋아하는 악당은 과연 만물의 영장인가?

10월 16일. 어제의 성남시 SK C&C 판교 데이터 센터 화재는 서비스 10시간 중단 사태로 이어졌다. 카카오톡이 역대 가장 긴 시간 동안 장애가 이어졌고, 카카오 택시, 카카오페이, 카카오 전철 앱 등도 마찬가지였다. 경찰과 소방 당국은 감식을 진행해 정확한 화재 원인을 조사할 예정이고 과학기술통신부 장관은 재발방지책 마련과 지원책 점검에 나서겠다고 한다. 재발 방지가 과연 가능할까? 아날로그가 아닌 디지털 시대, 최고의 문명으로 인해 최악의 사건들이 속속 이어질지도 모른다. 수도, 전기 공급 중단, 핵발전소 이상, 거기에 통신 두절까지. 모든 게 정지된, 암흑과 혼돈이 가득한 세상. 두렵다. 하늘과 구름은 무심하게도 연일 장관이다. 매일 같은 하늘, 매일 같은 자리에 있는 것만 같은 나무와 식물, 그 속을 알 수 없는 생물들은 결코, 지루함을 주지 않는다. 자연의 힘이고 인간의 기술이 따라갈 수 없는 신비다.

제목부터 눈길을 끄는 재미있는 책『빵 좋아하는 악당들의 행성』곽재식, 비채을 읽었다. '지구 밖을 넘어 태양계 밖에 존재하는 외계인들이 태양계 안으로, 태양계의 제3 행성 지구에 도착한다면, 그들 눈에 우리 인간은 어떻게 보일까?' 한마디로 표현하면, 행성을 뒤덮은 생물체들에 기생해서 사는 초소형생명체다. 태양계의 제3 행성에서 대다수를 차지하는 주류생물은 식물과 세균이다. 사람은 그 식물과 세균에 기생해서 살아가고 있는 미생물의 일종이다. 사람의 크기는 대체로 1~2미터 사이로 단연 미세한 수준이라고 할 수 있다. 어린 개체의 경우 심지어 1미터 이하인 극히 작은 것도 있다. 이들은 이 행성에 사는 녹색 식물과 광합성 세균이 뿜어내는 산소를 소모하면서 생존한다. 이들은 쉴 새 없이 계속해서 산소를 소모하지 않으면 아예 최소한의 생명 활동 자체가 불가능하다. 사람은 매우 의존적인 기생 생활을 하는 셈이다. 식물과 세균이 뿜어놓은 산소가 없는 우주 공간에 사람을 갖다 놓으면 잠시도 살지 못할 정도다. 식물의 몸을 에너지의 원천으로 삼고 있다. 의사소통에 사용하는 기관은 입이라는 몸에 난 구멍을 이용해서 다른 식물의 몸체를 빨아들이는 등의 방식으로 에너지를 얻는다. 특히 사람들은 몇몇 식물의 씨앗을 갈아 먹는 것을 굉장히 좋아한다. 광물을 이용해 만든 원시적인 기계로 이 특정한 식물의 껍질을 까서 하얀 속만 뽑아내고 그것을 가득 모아 뜨거운 물과 증기를 이용해 가공해서 '밥'이라는 것을 만든다. 사람은 매우 취약하다. 섭씨 0도

이하에서 버티기 힘들어 뭔가를 걸쳐야 하고, 100도에 훨씬 못 미치는 온도에서도 버티기 힘들다. 게다가 외부의 특별한 충격 없이 30년 정도면 신체 기능이 약해지며 100년을 채우지 못하고 생명을 잃는다. 사람 안에는 붉은 액체가 있는데, 일정량 이상의 붉은 액체를 잃으면 생명을 잃는다. 심지어 자신들의 흉측함을 견디지 못해 서로를 파괴하는 이상한 행동을 하기도 한다. 사람이 다른 사람을 파괴하기 위한 무기를 갖추는 데 소모하는 비용은 막대하다. 이 행성에 사는 그 어떤 다른 생물을 파괴하거나 분해하기 위한 장비보다도 같은 사람들을 파괴하거나 분해하는 데 가장 많은 에너지를 소비한다. 사람이 외로움을 많이 타고 무척 연약한 생물이라는 면에서 이는 기괴한 습관이다. 9~14 참고

사람이란 보통 자기중심적으로 타인과 세상을 바라본다. 경험하는 자아다. 그러나 동시에 인간에겐 자기밖에 나가 자신을 관찰하는 능력이 있다. 관찰하는 자아다. 마찬가지로 보통 사람들이 지구를 뒤덮은 다른 생물체들을 우리 인간 중심으로 바라봐 왔다면, 때로는 보통 사람들이 생각해오지 못한 시각으로, 인간 밖으로 혹은 지구 밖으로, 이루 헤아릴 수 없는 수없이 많은 은하계로 나가, 태양계를, 지구를, 그 안의 인간을 관찰하는 이들이 있다. 상상력이 풍부한 사람들이다. 과학자와 작가들도 여기에 속한다. 과학자이며 동시에 작가인 저

자 곽재식의 『빵 좋아하는 악당들의 행성』을 읽는 순간, 독자는 이제 까지 가져온 인간에 대한 개념이 송두리째 바뀌고 시야가 순식간에 확장되는 경험을 하게 될 것이다.

'과연 우리 인간이 만물의 영장일까?' 나도 한때 그렇게 생각했다. 이제 다른 시각으로 바라볼 필요가 충분하다. 어리고 미숙한 사람이 자기중심적 사고로 판단하고 살아가듯, 인간은 자연을 의존하면서도 마치 자신이 우주의 중심인양 살아왔다. 자연을 해치는 방식으로 지나치게 통제하면서 기후 위기와 코로나19 팬데믹을 경험했다. 오래전부터 많은 연구가 있었고, 전문가들 사이에서 논의되어 온 인간 기술의 한계와 위험성을 이제 누구나 알게 되었다. 다행스러운 건 『빵 좋아하는 악당들의 행성』의 외계인이 발견한 사람의 또 다른 습성이다. 서로를 파괴하는 사람이지만, 자기 아닌 다른 사람과 다른 생명을 살리고 보존하기 위해 좋은 일을 하기도 한다. 헌혈이라는 행위로 다른 사람을 살리는 데서 기쁨을 얻는다. 타인의 생명을 살리려 하는 이타적인 모습이다. 우리에게 여전히 가능성이 있을까!

피 묻은 빵 이야기

10월 17일. 갑자기 차가워진 기온에 마음까지 시리다. 손발이 찬 나는 남편의 손에서 온기를 느낄 수 있었다. 그런데 그 온기가 이제 남편에게도 사라져서다. 시내에 나가면 꼭 작은딸 집을 생각하며 그 앞을 지나가는 남편의 부드러워진 마음이 그 사람의 약해짐을 느끼게 해서다. 오늘 외출에서도 남편은 딸 집으로 향했다. 빌라 1층에 서서 4층을 올려다본 뒤, 출근한 딸 대신 재택으로 집을 지키고 있을 사위에게 전화를 걸려다 말았다. 남편은 내게 아이들로부터 독립하라고 자주 말해왔다. 어쩌면 아이들로부터 독립하지 못하는 남편이 자신에게 해왔던 말인지 모른다.

"평택 SPC 계열사서 숨진 20대 노동자." "20대 끼임사 선혈, 그 옆에서 파리바게뜨 빵 기계 돌렸다." "평택 SPC 계열사서 숨진 20대 노동자 … 시민·노동단체 "SPC는 안전 대책 마련하라.""경향신문, 2022.10.17일자 15일 안타까운 죽음 있었다. 오늘에야 페이스북에서 접했다. 기가 막힌 죽음을 옆에 놓고 살아남은 노동자는 빵 기계를 돌렸다. 있을 수 없는 일이 일어난다. 이곳저곳에서 자연스럽게 반복된다. 돈과 기술이 인격을 취하고 사람은 물화物貨되었다. 주검도 물화物貨되었다. 그런 세상이다. 그가 가진 부와 명성, 권력에 따라 누군가는 사람이고 누군가는 사람이 아니다. 돈벌이의 수단일 뿐이며 생산 공장, 기계의 부품일 뿐이다. 누군가의 부와 소비, 더 나은 삶을 위해서는 감수할 수밖에 없는 어쩔 수 없는 희생이라는 의식이 팽배하다. 결코, 어쩔 수 없는 사고가 어쩔 수 없는 희생이 아니었다. 안전 수칙을 지키고, 위험방지를 위한 조치가 충분했다면 피할 수 있던 사고였다.

　　SPC 계열, 파리바게뜨의 빵을 절대로 먹지 않겠다는 친구들이 있다. 나도 잠시 그럴 것이다. 그러나 지속할 자신이 없다. 이미 재래시장을 애용하고, 개인이 경영하는 카페를 이용하겠다고 했던 나의 결심이 여지없이 무너지고 있다. 악과 선 사이를 수없이 왕래한다. 악한 사람 선한 사람이 따로 없다. 한 사람이 악하고 동시에 선하다. 무의미한 뉴스들, 가짜 뉴스와 왜곡시킨 뉴스, 연예인과 스포츠맨의 사생활, 왜곡을 의도한 정치인들의 확인되지 않은 비리, 또 다른 끔찍한 사건 사고가 온라인과 지면에 뒤덮이겠고, "평택 SPC 계열사서 숨진 20대 노동자"와 피 묻은 빵 이야기는 어느새 우리의 기억에서 사라질 것이다. 잊어서는 안 되는 일들을 기록한 달력이 있으면 어떨까! 달력 공간 활용이 쉽지 않겠다. 달력 한 장 한 장에 아주 작게나마 그달에 있었던 과거사를 빼곡하게 기록한다면 가능할까?! 지면이 모자라긴 하겠다.

10월 18일. 남편 병원 가는 날이 하루 앞으로 다가왔다. 아무 일도 아닐 수 있다. 오진일 수 있다. 그러나 '어쩌면 내 곁에서 너무 일찍 떠나갈 수도 있다.' '곧, 다시 볼 수 없을 수도 있다.' 병원 갈 날이 다가오면 불안해지는 법. 아마 내일 병원에 가기 위해 집을 나서면 불안은 증폭될 것이다.

우리 부부가 다 알뜰하다. 우리 삶에 외식, 택시란 거의 없다. 거의 대중교통을 이용한다. 1년 주행거리가 짧아 보험금을 돌려받는다. 각자에게 필요한 곳이 다르지만 중요한 곳엔 비교적 아낌없이 쓰는 편이다. 비싼 카페는 피하지만, 그런대로 카페를 즐긴다. 그래봤자 어쩌다 간다. 책을 사는 게 식비와 주거비를 제외한 내 소비. 집 꾸미는 일은 하지 않는다. 집을 위해 물건을 사는 것도, 고치는 일도 거의 없다. 오래되어 낡고, 더러워진 물건들로 채워졌지만, 크고 시야가 탁 트인 좋은 집에서 살아왔다. 더 바랄 건 없었다. 16년 만에 이사해온 집이 베란다 없는 확장형 아파트다. 사정없이 들어오는 볕이 뜨겁다. 며칠 전 이중 커튼을 맞췄다. 속은 흰색, 겉은 초록. 나는 정말 초록을 좋아한다. 커튼 가격을 묻고 깜짝 놀랐다. 여차하면 안 할 생각으로 말했다. "생각한 것보다 비싸요, 망설임 없이 할 수 있을 만큼 깎아줘 보세요." 내가 한 말이지만 말이 참 멋졌다. 그래서였을까? 단번에 무려 152,000원을 깎아주겠다고 했다. 그래도 비싸다. 망설였다. 커다란 에누리에 책임감이 작동했다. OK! 집에 돌아와 뒤집어 생각했다. '그렇게 웃돈을 붙인 거야?' 도무지 물건값을 깎는 일이 없는 내가 모처럼 잘한 일인데, 속은 것만 같다. 믿을 수 없는 세상이다. 아무튼, 오늘은 커튼이 달렸다.

10월 19일. 어제, 다는 순간 황홀했던 커튼이 오늘 아침엔 그저 그렇다. '커튼 말고 우드 블라인드를 할 걸 그랬나?' 아무튼, 좋은 물건으로 만족하는 건 잠시뿐이다. 좋은 물건은 끝도 없이 새로 나타나고 마음은 또다시 부족을 느낀다. 소비는 또 다른 소비를 부를 뿐이다. '없음'을 그냥 안고 살아가는 마음이 풍요롭다. 오늘 병원에서는 남편에 대해 뭐라고 할까?

평균적으로 남편의 여명이 3년 반이란다

10월 20일. 새벽 2시에 눈을 떠 어제 일을 복기했다. 어쩌면, 평균적으로 3년 반! 남편의 삶이 그것으로 끝날 수도 있다고 의사가 말했다. 아무 말 없이 진료실을 나와 전철을 타기 위해 병원 문을 나서려는 순간 남편이 나를 세웠다. "어디 앉아서 차라도 마시고 가자. 그냥 왔다가 돌아가는 게 그렇잖아." 병원 1층에 있는 파리크라상에 들어가 앉았다. 빵값이 비싸고 음료도 비싼 곳이다. 나라면 몰라도 남편은 가지 않을 곳이다. 남편은 딸기·바나나 주스를, 나는 토마토주스를 시켰다. 남편이 아무렇지도 않게실은 그 반대인 거다 7,000원 하는 주스를 주문한다는 것, 그리고 자신이 자리를 먼저 찾지 않는다는 것언제나 그 사람은 나를 먼저 앉히고 무겁거나 귀찮거나 기다리는 일은 다 자기가 도맡아 하는 사람이다 모두 자연스럽지 않다. 내가 맞은 편에 앉으니, 자기 옆자리에 앉으면 어떻겠냐고 했다. 그렇게 둘이 할 말 없이 앉았다 일어섰다. "마음이 어때?" "나는 괜찮아. 걱정하지 마. 괜찮을 거야." "완전히 교과서적으로만 말하네." "경험이 없는 것 같아." "괜히 검사했어. 모르면 그냥 뭔지도 모르고 살았을 텐데." "병원에 오면 병을 만들어간다니까."

남편은 괜찮치 않다. 뭐라 말을 해야 좋을지 몰랐다. "그런 것 같아. 환자에게 병을 상품 설명하듯 말하네." 맞장구쳤다. 그래야 할 것 같았다. 그런데 정말 그랬다. 상품설명이었다. 남편의 골수이형성증후군이라는 상품은 다음과 같다. "위험도는 '나쁨', '중간', '좋음'으로 구분한다. 중간 1단계이며 현 상태로는 조혈제나 항암치료를 할 단계는 아니다. 완치를 위해서는 골수이식만이 답이다. 골수이식은 만 69세까지만 가능하기에 그 이전에 해야 한다. 이후에 하게 되면 위험도가 높아지기에 정부가 권장하지 않는다. 보조금이 줄어들긴 하지만 그래도 해주기는 한다."

내가 그 상품에 대해 좀 더 자세히 말해달라고 했다. "골수조직 검사 결과, 그 결과의 의미도 좀 설명해주세요." "이 시간에 그걸 어떻게,

다 말할 수 있겠어요?"라는 답이 돌아왔다. 우리 뒤로 환자가 있지도 않았다. 그걸 말하는데 3분이면 족하지 않았을까? 그런데 환자가 그런 걸 말해줘도 모를 것으로 판단한 것 같다. 다시 물었다. "특별한 증상을 느끼지 못하니 실감이 나지 않아요." "치료하지 않으면 어떻게 되는지요?" 한 치의 망설임 없는 답을 들었다. "IPSS에 의하면 평균적으로 남은 수명이 3년 반 정도예요. IPSS-R에 의하면 좀 낮지만 비슷해요." 골수이식의 어려움과 위험까지 설명했다. 환자가 제대로 이해하리라는 기대 없이, 그냥 알려면 알고, 말라면 말라는 투였다. 당장은 관찰하는 게 유일하며, 두 달 후에 피검사를 하자고 했다. 말이 무척이나 빠르고 어서 나가 달라고 하는 것 같았고 밀려 나오듯 진료실을 나왔다.

아담해진 남편의 몸이 가벼워 보인다. 어린 시절, 부모의 불화와 이혼으로 힘겨웠다. 직장생활은 치열했다. IMF를 힘겹게 버텨냈고 퇴직했다. 내가 심하게 아파지자 짧지 않은 기간 나를 보살폈다. 내가 나았고, 작은딸마저 독립하고 비로소 우리 부부 둘이 함께 살아가는 법을 제대로 터득했다. 그게 얼마 되지 않았는데, 다발성 말초신경병증, 갑상샘 기능저하증, 간염의 악화에 이젠 이름도 이상하고 외우기 힘든, 골수이형성증후군이라는 희소 난치병에 걸렸단다.

병명은 무겁고 의사는 신뢰할 수 없다. 다른 병원에 가야겠다. 남편의 심정은 어떨까? 알 수 없다. 아마 남편 자신도 모를 것이다. 다른 병원에 얼마나 일찍 접수할 수 있을까? 그게 정해져야만 마음이 정리될 것 같았다. 인터넷을 검색해 이런저런 정보를 확인했지만, 남편에게는 알리지 않았다. 딸과 사위가 나한테만 카톡으로 상황을 물어왔고 인터넷 검색정보를 교환했다. 의사가 이미 말해준 그대로다. 9시가 되자 서울대병원에 전화를 걸었다. 바로 예약이 잡혔다. 혈액암의 경우, 급한 경우가 많다. 5일 뒤로 예약되었다.

10월 22일. 아침 일기를 쓰고 목욕하는 동안 남편은 여느 때와 같이 청소기를 돌리고 빨래를 모아 세탁기를 돌린다. 그동안 남편이 해 온 일들이고, 나는 그것을 편하게 받아 누린다. 오늘 작은딸 부부가 온다. 아파트 바로 바깥에 있는 가게에서 장을 봤다. 1,000원 2,000원 단위로 채소를 살 수 있고 값도 싸서 좋다. 단호박, 청경채, 참나물, 쑥갓, 미나리, 알배기 배추, 꽈리고추와 생칼국수. 가져간 장바구니를 가득 채웠는데 18,000원. 그중 반이 남을 것이다. 멸치와 다시마, 마른 표고와 양파를 넣어 진한 육수를 만들었다. 장 봐온 채소, 어제 사 온 고기와 집에 남아 있는 생 표고, 새송이버섯, 목이버섯과 숙주나물이 샤브 샤브가 되어 점심상으로 차려졌다. 만족스러운 점심을 먹고, 아이들과 함께 창릉천 변을 걸었다. 아무렇지도 않다. 특별한 일이 일상을 덮지 못하고 미래보다 오늘이 가깝다.

빠른 감정이입과 공감, 위로가 내겐 불편하다

10월 23일. 가족, 그리고 지인인 두 분 의사와 몇몇 친구들에게 남편의 질병을 말했다. 많은 이에게 말하지 않고 자세히 말하지 않는다. 빠른 감정이입과 공감, 위로는 곧잘 한순간으로 끝나기 쉽고, 어떤 경우 한낱 이야기의 소재가 되곤 한다. 기도를 부탁하지 않는다. 내 편견일지 모르지만, 기도가 병을 고치지 않는다. 기도하는 이의 마음과 행동을 만들어낸다. 하나님은 그런 기도를 이용해 사람과 세상을 만들어가신다. 그러나 장담할 수 없다. 언젠가 남편을 위해서 기도를 요청하거나 도움을 요청하는 일이 있게 될지도 모른다. 아직은 한밤중인데, 쿵 하고 큰 소리가 났다. 혹시 남편이 넘어졌을까? 놀랐다. 별일 아니었는데 나는 이전과는 확실히 다르게 반응한다. '나중에는 남편이 단순 실수가 아니라 기운이 떨어져 넘어지는 일이 생길 수 있다. 그때는 정말 위험할 수 있다.' 어쩌면 일어나지 않을 수도, 어쩌면 일어날 수 있는 일들을 조금은 구체화한다.

기도하지 않지만 기도한다. 생각을 정리하며 글을 쓴다. 종이에 써 내려가는 모든 것, 그리고 내 안의 나도 모르는 생각과 마음이 내가 하는 기도다. 글 쓰는 공간, 브런치에 오늘부터 일기를 올리기로 했다. 누군가와 나누고 싶은 게다. 나를 모르는 사람이 때로는 나를 아는 이들보다 더 편하게, 혹은 가깝게 여겨질 때가 있다. 빠른 감정이입이 아니라, 내가 책을 읽으며 저자의 생각과 마음을 품듯, 내가 쓴 글을 읽으며 같은 마음을 갖는 이들이 있을 것이다. 9시가 되자 졸음이 쏟아지는데도 기어이 드라마 「슈룹」을 보았다. 중전이기 이전에 자식 다섯의 목숨을 보전하려는 엄마의 처절한 모성. 그 모성의 처절함에도 세자와 네 대군과 중전의 목숨은 그야말로 풍전등화다. 경쟁 사회에서 피할 수 없는 일이다. 크기와 모양이 다를 뿐 우리들의 이야기다.

SPC 계열사에서 또 사고가 났다. 이전 사고 이후 8일 만이다

10월 24일. 남편과 걷는다. 둘 사이는 어느 때보다 따뜻하다. 말은 나가지 않는다. 가슴에 얹힌 무거운 돌 탓이다.

성남시 샤니 제빵공장. SPC 계열사에서 또 사고가 났다. 40대 근로자 A 씨의 손가락이 기계에 끼어 절단되었다. SPC 20대 근로자가 기계에 끼어 선혈이 낭자한 채 사망한 게 8일 전이다. 그와 관련해 SPC 회장이 기자회견을 연 게 2일 전이다. 기자회견은 쇼였다. 이미 일고 있다. 그래도 이틀 후의 참사는 너무 하다.

10월 25일. 서울대학병원 암병원에 다녀왔다. 이전 병원에서 한 골수 검사지와 골수조직 염색 슬라이드를 제출하고, 피검사를 위한 채혈을 하고 왔다. 검사 결과는 10일 후에 나온다. 결과치가 모호할 경우

골수검사를 다시 하게 된다.

처음 눈물이 흘렀다

10월 27일. "나는 그냥 덤덤해. 한두 달 남은 것도 아니고, 3년 반이라잖아. 그것도 평균이 그런거고 사람에 따라 경과가 다르다며. 병원에서 그냥 하라는 대로 하지 뭐. 특별히 애착 같은 거 없어. 다만 당신이 혼자되면 외로울 게 걱정이지." "그렇게 해. 내 걱정할 건 없어. 산 사람은 살게 되어 있어." "앞으로 어떻게 되던 그저 따뜻하게 마음 편하게 살면 돼."

처음으로 눈물이 흘렀다. 남편이 아프고 앞으로의 날들이 불확실한데 글을 쓴다. 그의 아픔을 소재로 글을 쓴다. 그 사람의 아픔 만이 아니다. 나의 아픔, 손자의 아픔, 그리고 엄마의 가련함, 내가 모르는 어떤 이의 가난과 질병과 주검들을 가져와 글을 쓴다. 남에게 불행일 수 있는 일들을 수집해 내 글감으로 갖다 쓴다.

남편이 외출했다. 오랜만에 혼자만의 시간이다. 창릉천을 걸었다. 유난히 크고 타오를 듯 붉음이 선명한 태양에 입이 벌어졌다. 산 아래로 떨어지려는 순간 사진으로 남겼다. 경탄할 것은 늘 있을 것이다.

하루하루 사소하게 다른 일들이 지나간다

10월 29일. 내 사진이 많다. 남편이 어디를 가든 나를 불러세우고, 돌려세우며 셔터를 눌러댔다. 나를 향한 사랑의 표현이었다. 귀찮다고 투덜거렸다. 나는 나도 그 사람도 찍지 않는다. 이미 나이 들어, 보기 좋은 얼굴들이 아니다. 남편이 언제 내 곁을 떠날지도 모르는 데 그 사람 사진이 얼마 없다. 하늘이 파랗고 높다. 붉고 노란 단풍도 맑디 맑다. 남편을 불러세워 사진을 찍었다. 하지 않던 짓이다. 그 사람은 내 속을 알까?

며칠 전부터 사진을 정리했다. 눈이 잘 보이지 않아 사람을 분별할 수 없는 사진들이 많다. 아이들은 모르는 사람들과 함께 찍은 사진들도 있었다. 이런저런 이유로 그동안 성가시게 쌓아두었던 사진들 상당수를 버렸다. 아이들에게도 짐이 될 것 같은 사진들. 엄마도 아버지가 돌아가시자 사진을 다 태웠다. 남편이 '먼저' 카페에 가자고 했다. 낯선 제안이다. 하루하루 사소하게 다른 일들이 지나간다.

이태원 참사

10월 30일. SNS에서 '이태원 참사' 소식을 들었다. 또 주검이 젊은이들을 덮쳤다. 이런저런 말들이 많이 올라왔다. 너무 빠른 반응이 싫다. 아무 말도 하고 싶지 않다. 아무도 아무런 말도 하지 않았으면 했다.

11월 3일. 한동안 멍때리기다. 아침에 일어나면 그저 누워있었다. 모든 상황이 다 지겹다. 이태원 참사를 둘러싼 언쟁들이 괴롭다.

남편은 암이 아닐 수 있다

11월 7일. "음. 전에 골수이형성증후군 진단을 받으셨지요?" "네." "진단에 좀 신중할 필요가 있을 것 같습니다. 골수이형성증후 군은 백혈병으로 진행되는 과정 중의 변이라서 정확하게 분별하기 가 쉽지 않습니다. 간혹 진단이 잘못될 경우도 있습니다. 더구나 저 희가 검사한 자료가 채취한 골수 전체가 아니라 일부라서 더 그럴 수도 있습니다. 일단은 의심되는 게 있으니 채혈하시고 가신 후에 한 달 뒤 다시 뵙는 게 좋겠습니다. 그리고 몇 달 뒤 골수검사를 다시 해보도록 하지요." "크게 걱정하지 마세요." 의사의 말 한마디 한마 디를 고려해 생각했다. '골수이형성증후군'은 분명 오진일 수 있다.

아픈 아빠에게 "아빠도 나중에 후회하지 않게 잘해" 란다. 콩가루 집안이다

11월 13일. 어제 세종에서 큰딸네가 올라왔다. 오늘은 작은 딸네 가 왔다. 점심은 이케아에서 사 온 연어 필렛, 집 앞 가게에서 사 온 미 나리. 미리 불린 쌀, 다시마 우려낸 물로 만들어내 완벽한 오메가3폭탄 밥이다. 사랑하는 사람 입에 건강한 먹거리가 들어가는 게 큰 행복이 고 의무다. 해와 달, 둘 다 육식을 좋아하는 게 걱정이다. 아이들이 올

때마다 건강한 반찬을 해놓지만 그대로 남는다. 오메가3폭탄밥이라면 괜찮을 듯하다. 세종으로 내려가는 딸네를 보내고, 서울 사는 작은딸 부부에게 남편이 부탁했다. "너희는 더 있다가 가." 거절당했다. 남편이 확실히 나이 들어 그런 부탁을 하고, 젊은 아이들은 내일 또 출근해야 하니 거절한다. 남편이 농담 같은 진담을 건넨다. "있을 때 잘해." 작은딸다운 답이 돌아왔다. "아빠도 나중에 후회하지 않게 잘해." 와! 정말 콩가루 집안이다.

12월 20일. "할머니들 만나니까 좋아?" "응. 할머니들 얼굴 보니 좋아!" 며칠 전부터 다시 수영장에 나갔다. 3개월 만이다. 고작 3개월 새 눈에 띄게 약해진 분들이 있다. 순주 언니도 그렇다. 한동안 아팠단다. 워낙 먹지 않아 힘이 없는데, 김장한 후 계속 앓았단다. 눈에 띄게 몸이 수척해졌다. 그런 언니가 내 앞에서 웃었다. "니가 나와서 좋아." "나도 언니의 얼굴을 보니 좋아." "언제 차 가져와. 파김치와 알타리 가져가." 그것 만드느라 몸이 아파진, 바로 그 김치들이다. 금련 언니는 내가 수영장에 나간 그다음 날 무청 김치와 배추김치를 조금 가져왔다. 괜찮다고 말려도 한사코 자기가 들고 전철까지 데려다줬다. 도무지 내가 무거운 걸 들지 못하게 한다. 그러고는 오늘 또 깍두기를 들고 왔다. 또 그걸 들고 전철까지 데려다줬다. 나는 금련 언니에게 물었다. "왜? 나한테 이렇게들 잘 해주는 거야?" 오늘도 병원에 간 순주 언니는 수영장에 오지 않았다. 내일도 병원에 가느라 오지 않을 것이다. 언제까지 얼굴 볼 수 있을지 모른다. 그때까지 나 좋다는 언니들, 나도 좋아하는 고마운 언니들 이야기 들어주며 맛있는 것 잘 얻어먹고 살아야겠다.

왜 쓰는가!

12월 31일. "왜 책을 쓰게 되셨어요?" 지난 25일, 기독교백화점 상봉몰에서 몇몇 저자와 독자들이 모였다. 그때 만난 철학과 청년이 함께 전철을 타고 오면서 내게 물었다. 왜 썼을까? 느닷없는 물음에 내 입에서도 느닷없는 말이 나왔다. "책을 쓰면 삶의 이론이 만들어져요." "공부하면 지식이 쌓이지요. 그런데 만일 쌓인 지식을 동원해 논문을 쓰게 된다면, 하나의 이론이 만들어져요." "글을 쓰면 내 삶을 해석할 수 있어요. 그런 해석을 담아 하나의 책으로 만들면서 내 삶의 이론을 만들 수 있었던 것 같아요."

2023년

나는 애도가 어렵다

장례식장에 가는 게 쉽지 않았다. 사랑하는 사람을 잃은 이의 마음을 감히 헤아리는 게 어렵다. 유가족의 얼굴을 어떻게 대할지 알 수 없다. 위로의 말을 찾지 못한다. 시간이 흘러, 나도 유가족이 되었다. 가장 먼저 엄마 같던 할머니를 보내드렸다. 그리고는 시어머니, 친정 아버지, 시아버지가 연이어 돌아가셨다. 그리고 마침내 엄마의 주검이 닥쳤다. 유가족인 내 아픔의 모양도 크기도 한결같이 달랐다. 엄마를 잃은 상실감은 매우 깊었고 아직도 진행 중이다. 사랑하는 이를 잃은 자의 마음을 비로소 어느 정도 알게 되었다. 이후로는 누군가의 장례식에 가는 게 덜 두렵다. 덜 어색하다.

며칠 전 지인의 어머니가 돌아가셨다. 한 번도 얼굴을 뵙지 않은 분의 영정 사진 앞에 섰다. 예상치 못했던 눈물에 당황스러웠다. 마침내 조문이 자연스러워진 것 같다. 예를 마치고 상주와 마주한 자리엔 슬픔이 없었다. 두고두고 상주의 가슴을 후벼 파는 아픔이 있을 것을, 나도 상주도 예감하지만, 적어도 이 주검은 나이가 찬, 죽음을 소망하던 분의 자연스러운 주검이기에 그럴 수 있었다. 그러나 여전히 애도

하기 어려운 주검 앞에서 나는 어쩔 줄 모르고 있다.

세월호, 이태원, 혹은 일터나 길 위에서 맞은 예기치 못한 주검, "함께 살자." 외쳤는데 권력과 종교, 언론이 왜곡하며 사지로 몰아넣은 이들의 주검, 차별과 혐오, 학대에 지쳐 세상을 등진 이들에 대한 애도를 나는 제대로 할 수 없다. 사람과 생명이 아닌, 돈과 경제성이 최고의 가치가 된 이 세상이 바뀌지 않는 한, 그들에 대한 애도는 내 삶이 끝날 때까지 빚으로 남아 평생의 과제가 될 것 같다.

어떤 주검의 위력

우연히 오은영 박사의 「금쪽같은 내 새끼」를 보게 되었다. 한 사람의 주검. 그 크기와 깊이와 위력을 만났다. 그 앞에서 유일하게 내가 할 수 있는 행위가 채널을 돌리지 못하고 시청하는 것뿐이었다. "어떻게 해? 얼마나 힘들었을까?, 얼마나 아팠을까?"를 반복하며 그의 유가족과 함께 울었다. 유가족의 얼굴, 그들이 마주해온 상황이 잊히지 않을 것 같다. 아니, 절대 잊히지 않기를 바란다. 그렇게 그들의 애도에 나도 참여해야 할 것 같다. 그들의 애도가 완성될 때까지.

6년 전 한 남자가 사라졌다. 아내의 남편이고 두 아이의 아빠였다. 식당에서 즐겁게 저녁 식사를 하고 일어선 그가 갑자기 쓰러졌다. 119가 도착했고 병원으로 갔다. 그리고 그곳에서 사라지고 말았다. 모든 게 한순간이었다. 첫째가 어느새 12살이 되었다. 엄마한테는 반

항하는 법 없이 착하기만 하다. 밖에서는 가끔 폭력적이다. 몇 년 전부터는 전에 없던 이상한 증상이 나타났다. 유분증이다. 일주일에 4~5일, 심각할 정도로 옷에 변을 묻힌다. 치료를 시도했지만, 아무런 효과가 없다. 이유조차 알 수 없었다. 무슨 일이 일어난 걸까?

6년 동안 아빠에 관한 이야기를 단 한 번도 하지 않았다. 눈물도 흘리지 않았다. 아빠에 대한 기억이 있는지 아이에게 물었다. "금쪽이는 아빠 기억나?" "모르겠어. 그때 기억은 전부 다 없는데, 그것만 기억나. 아빠 돌아가실 때."라는 대답과 함께 6년 전 행복했던 순간을 담은 사진 한 장을 보여준다. 그리고는 운다. "아빠가 맨날 나와 놀아줬어." 엄마 앞에서는 보이지 못했던 그리움과 눈물이다. 금쪽이는 밤마다 같은 말을 되뇌고 있었다. "대장님이 돌아가셨다. 돌아가셨다. 이건 말이 안 돼." 아빠의 주검에 대한 강렬하고 분명한 분노와 슬픔이 응축된 말이다. 금쪽이의 기억과 감정은 6년 전 아빠의 생생한 주검의 현장에 그대로 멈춰있었다. 더는 분화하지 못했다. 거기에 엄마도 아빠처럼 떠날지 모른다는 두려움과 엄마를 도와야 한다는 강박이 생겼다. "엄마가 속상할 때, 힘들 때, 아플 때 도와주고 싶어." "좋은 아들이 되고 싶어." "이제 가족이 안 죽었으면 좋겠어. 엄마에게 병이 생긴 건 아닌지, 엄마가 죽으려고 하는 건 아닌지 두려워요." 그런 강박으로 어떤 상황에서도 자신의 힘든 감정을 표출할 수 없었다. 표출하지 못하고 억압한 감정이 감당할 수 없을 만큼 커지면, 자신도 모르는 사이 금쪽이의 변이 밖으로 밀려 나왔다.

「금쪽같은 내 새끼」 팀은 금쪽이의 치료를 위해 그림 한 장을 금쪽이 앞에 내놓았다. 아빠의 주검 현장을 그대로 그린 그림이었다. 그림 앞에서 금쪽이가 당황했다. 금쪽이 엄마가 아빠의 주검 현장이라며 그림을 설명했다. 그림은 금쪽이를 6년 전으로 데려갔다. 금쪽이 만이 아니다. 세 가족이 모두 6년 전으로 갔다. 그리고 셋이 함께 울기 시작했다. 처음이었다. 6년이란 긴 시간이 지나서야 비로소 '애도'가 시작되었다. 아빠의 주검에 대해 비로소 공개적인 눈물을 흘렸다. 듣는 사람 없는, 산속 대나무 숲에 들어가 분노의 감정을 밖으로 쏟아내는 훈련도 했다. 가슴 속에 갇혀있던 아빠를 풀어줬다. 엄마가 아빠를 대신해 말했다. "아빠는 늘 너희들 옆에 있어. 너희가 웃으면, 행복하면, 아빠도 덩달아 웃고 행복할 거야." 금쪽이의 실수가 줄어들었다. 어둡기만 했던 세 식구의 얼굴에 환한 웃음이 피기 시작했다. 6년 전 시간에 멈춰있던 건 첫째 금쪽이 만이 아니었다. 세 식구가 모두 그때 그 시간에 멈춰있었다. 애도의 과정이 시작되면서 세 가족의 얼굴과 대화에서 어두움 대신 웃음이 깃든다. 주검은 죽은 사람과 산 사람 모두에게 새로운 시작이다. 정당하고 자연스러운 애도가 있어야, 다음이 가능하다. 한 사람의 주검 안에는, 부모와 아내, 자녀, 혹은 사랑하는 이들의 삶이, 그들의 슬픔, 행복, 꿈, 그리움과 원망, 좌절이 함께 들어있다. 그리고 미래가 들어있다. 죽은 이가 다르고 주검의 형태와 이유가 다르듯,

애도의 크기와 깊이, 색깔이 한결같이 다르다. 주검에 따라 적절한 과정과 방법에 따라야 한다.

이상한 애도에 물음표만 남았다

2022년 10월 29일 '이태원 참사'가 있고, 10월 31일 희생자를 위한 시민 합동분향소가 시청 앞 서울광장 등에 세워졌다. 11월 5일까지 6일까지가 '국가 애도 기간'으로 정해졌다. 많은 시민이 그곳을 찾아 분향했다. 그곳엔 영정 사진도 위패도 없었다. 누가 죽었는지?, '이름'도 '얼굴'도 알 수 없었다. 그곳엔 꽃들만 있었다. 대상이 누구인지도 모르고 한 시민의 애도에 물음표(?)가 남았을 뿐이다. 과거 장례학과 교수로 학생들을 가르쳤던, 페이스북에 올라온 최호선 선생님의 글이름을 부르는 일에 관하여을 읽었다. 그리고서야 물음표의 의미를 알 수 있었다.

"이름을 부르는 일에 관하여"

우리 전통 장례에는 고복皐復이라는 절차가 있었다. 초혼招魂이라고 불리기도 하는 이 절차는 지붕 위나 마루 끝에서 죽은 이의 옷을 흔들며 죽은 사람의 이름을 부르고 復 復 復 세 번 외친다. 고복皐復은 죽은 사람의 혼을 다시 불러들인다는 뜻인데, 그 의미를 더 깊이 헤아리자면 죽음을 차마 받아들이지 못하고 되돌리고자 하는 애틋한 마음의 표현일 것이다.

고복皐復은 대외적으로 죽음을 알리고 공식화하는 절차이기도 하다. 고복이 끝나면 상주들은 머리를 풀어헤치고 곡을 하면서 비통한 마음을 표현하게 되고 문중과 이웃에서는 상례에 필요한 일들을 시작하게 된다. 초상이 나고 고인이 어떤 이름으로 불리는가에 따라 상장례 절차가 정해진다.

"밤새 울고 누가 죽었는지 모른다."라는 옛말이 있다. 동기나 목적도 모르면서 맹목적으로 행동하는 것을 비꼬는 말이다. 이처럼 고인의 이름을 부르는 일은 죽음을 처리하는 과정의 시작이며 매우 중요한 일이다. 이태원 참사 직후에 정부에서는 급하게 애도 기간을 지정하고 분향소를 설치했다. 고인의 이름, 위패, 사진도 없는 꽃 더미를 대통령은 엿새 동안 매일 찾아갔다. 내가 보기에는 밤새 울고도 누가 죽었는지 모를 전형적인 행동이다. 중략 정부는 희생자들의 개인성을 인정하지 않았다. 죽음 이전의 삶에 대한 어떠한 정보도 허용하지 않았다. 누군가의 가족, 친구였던 한 사람이 아니라 고인죽은 사람, 희생자희생된 사람라는 명칭으로 그들의 빛나는 삶과 애통한 죽음을 익명성에 가둬 희석시켰다. 후략

서울시 담당자가 참사 다음 날인 10월 30일부터 3번에 걸쳐 행안부에 자료를 제공했음에도 불구하고 유가족과 아무런 협의 없이 수상

한 빈소를 차린 것과 성급한 국가 애도 기간을 선포한 것은 왜일까. 피할 수 없는 애도, 그러나 가능한 만큼 최대로 빨리 잊히기를 바라는 애도라는 의심을 지울 수 없다. 이는 우리나라 두 가지 추모 규칙 중 하나로, 정권과의 각을 세우게 된다는 정치 논리에서 비롯된 것으로, '애도는 하되 기억하지 말자는 태도'다.

　우리나라에는 두 가지 추모 규칙이 있다고 한다. 우선 '눈에 띄지 말 것'. 그래서 참사 현장을 기억하는 공간은 현장과 멀리 떨어져 있는 경우가 많다. 성수대교 참사 위령탑은 도보로 접근이 불가하며, 삼풍백화점 붕괴사고 위령탑은 참사 현장과 약 3km 거리가 떨어진 곳에 있다. 우면산 산사태 추모비는 사고 지역으로부터 2.6km 떨어진 곳에, 용산 참사 추모비는 엉뚱하게도 남양주시에 세워졌다. 다음은 '속히 잊을 것'. 이유 중 하나는 금싸라기 땅값이 떨어진다는 무시무시한 경제논리다. 서울경제신문 2019. 3.19 "광화문을 떠나는 세월호 천막… 기억의 방법을 묻다" 참고

　사람들은 지난날 살았던 장소를 찾아가 보고 싶어 한다. 나도 예외가 아니다. 내가 살았던 곳들을 떠올리며 나와 가족들, 그리고 당시 삶을 떠올리며 해석한다. 광주, 용산, 팽목항, 대한문, 구의역, SPC브랜드 등등을 생각하면 진실이 밝혀지지 않은 주검, 희생자의 면면, 책임

자, 그렇게 만든 사회상이 되살아난다. 책임져야 하나 책임지지 않고 사실을 은폐했던 자를 기억해낸다. 이대로 흘러가서는 안 되는 세상에 대해 자각하는 이들이 늘어난다. 기억이 살아 숨 쉬게 하는 '공간의 위력'이다. 이태원이라는 공간, 희생자를 애도하는 공간 역시 공간의 위력을 갖고 사람들을 움직일 것이다. 참사의 원인과 책임자, 희생자에 대한 정보가 많을수록 그 공간의 위력은 더 커질 수밖에 없다. 여전히 강력하게 힘을 발휘하는 매카시즘McCarthyism으로 전 정권에 붉은색을 덧칠하고 완전 삭제하기에 전력을 다하느라 민생을 외면한 현 정권의 민낯을 떠올리게 할 것이다. 현 정권은 어떤 곳에서도 어떤 모양으로도 더는 이태원 참사 희생자에 대한 애도가 계속되지 않기를 바라고 있다. "10.29 이태원 참사 유가족들은 4.16 세월호참사 피해자와 같은 길을 가서는 안 된다."라고 했다. 한편으로는 유가족의 아픈 상처에 소금을 뿌리고 다른 한편으로는 이태원 참사 희생자들과 유가족을 혐오의 대상으로 몰았다. 그러나 적절한 애도만이 상처를 치유하고, 밝은 미래로 나아가게 한다. 참사 피해자들 앞에서 참사의 원인을 규명하고, 진심 어린 사과를 하고, 정당한 책임을 질 때, 희생자와 유가족, 시민들뿐 아니라, 심지어 현 정권의 미래까지 가능하다. 어느 책에서 읽은 글이 생각난다. "솔직해지려고만 작정한다면, 해결하지 못할 일이 없다."

약한 것, 아픈 것을 중심으로 돌아가는 세상이 옳다

7년 전 일이다. 어린 것이 온 집안사람들을 들었다 놨다 했다. 어린 것이 웃으면 모두가 웃었다. 그것이 울면 울었고, 답답해하면 답답해했고, 우울하면 우울해했다. 가족 모두가 혼자 있는 시간이면, 그 어린 것으로 가득 찼다. 별의별 상상들이 그 어린 것에 대한 것이었다. 그 어린 게 아팠기 때문이다. 그 안에 사랑이 작동하는 가정이라면 당연한 일이다. 오늘 국가는 어떤가 묻고 싶다. '국민', '국민', '오직 국민'이라고 떠들어대던 국가는 아프다고, 힘들다고 울부짖는 국민에게 '법치'라는 명목을 들이대며, '무책임하게 떼쓰는', '막무가내', '이기적', '북핵과 같은 존재' 운운하며 훈계하며 협박을 일삼는다. 어떤 이들의 조롱거리로 만들고 있다. 그들이 대체로 가진 것 없는, 권력 부재한 보통의 평범한 시민이기 때문이다. 이번 이태원 참사의 희생자들 역시 평범한 소시민들이다. 국가와 언론, 혐오를 업으로 삼는 일부 거짓 종교와 어떤 개인이 이들을 어떻게든 혐오의 대상으로 만들고 있다. "왜 놀러 갔냐?"고 한다. 기가 막힌 일이다. 그런 가운데 내가 할 수 있는 일이라곤 이 글을 남기는 것뿐. 유가족을 위한 최소한의 애도로 이 글을 쓴다. 앞의 글, "나는 애도가 어렵다", "어떤 주검의 위력""이상한 애도에 물음표만 남았다", "약한 것, 아픈 것을 중심으로 돌아가는 세상이 옳다"는 "한국아나뱁티스트저널" 25호에 실린 글을 옮긴 것이다

1월 5일. 있다는 사실조차 잊고 있던 책『하루하루가 작별의 나날』알랭 레몽|비채이 불쑥 내 앞에 나타났다. 작년에『복음과 상황』사무실에 갔다 선물로 받았다. 단숨에 폭풍처럼 읽어버렸다. 목과 어깨와 등이 아프지만 별수 없었다. 저자의 쓰는 속도와 독자인 나의 읽는 속도가 비례할 것 같았다. 그런 느낌이었다. 역자도 그 속도에 저항할 수 없어 미친 듯이 번역을 마쳤다고 했다. 많은 이야기를 폭풍처럼 거친 속도와 호흡으로 읽었다. 향수처럼 다가오는 묘사들이 나를 사로잡았다. 풍경, 사람들, 마을 사람들, 왕당파와 공화당파, 세속학교와 자유학교, 빨간 바지와 ㅇㅇㅇ, 아버지, 사랑과 싸움, 지독한 행복과 불안과 두려움, 엄마, 형, 누이, 닭, 토끼, 대장간, … 우연, 소명의 진실, 관계들, 가톨릭교회, 프랑스, 캐나다, 알제리, 이탈리아, 브르타뉴, 노르망디, 트랑, 마드리드, 바티칸, 2차 바티칸 공의회, 베트남 전쟁, 알제리 아이들의 심장, 꿈, 속죄, 시와 노래와 시인, 축구게임, 1968년, 드골, 퐁피두, 닉슨, 그리고 밥 딜런 … 그리고 '집', 지난날을 생생하게 담고 있는 '집.'

아마도 오랜 시간 충분히 생각하며 쓴 내용일 테고 많은 수정을 거쳐 매끄럽게실은 거친 듯하지만 완벽하게 다듬기를 반복하며 속도를 더해갔을 것이다. 나는 이런 책이 좋다. 밥 딜런의 자서전과 평전도 궁금하다.

엄마의 한계, 부모의 한계

1월 19일. 젊은 엄마는 자주 장염이나 설사로 고생했다. 늙은 엄마는 변비가 되었다. 장의 노화 현상이다. 늙은 엄마가 말했다. "희선아, 미안해. 네가 변비로 고생할 때 얼마나 힘들었을까? 내가 그걸 미처 몰랐어." 나는 의아했다. 내 변비는 지독했다. 심지어 학교도 가지 못하고 앓은 날도 있다. 젊은 엄마의 고생도 컸다. 마음으로 앓고 안절부절못했다. 터놓고 쓰기 민망한 조치를 해줬다. 그리고도 안되면 나를 데리고 병원에 갔다. 관장을 해야 했다. 지칠 대로 지친 나를 데리고 집으로 오는 길, 엄마도 지쳐있었다. 그런데 내가 한 고생을 몰라 미안하다니! 그게 엄마인가보다, 부모 마음이 그런 건가 했다. 그런데 지금 알겠다. 이미 젊은 날을 지내왔지만, 이미 지난 시절이기에 그대로 기억하지 못한다. 애초에 자식이 살아가는 시대는 부모가 살아온 시대와 다르다. 아무리 사랑하고 자식을 위해 애쓴다 해도 우리는 자식을 알지 못한다, 우리 부모도 자녀인 우리를 잘 몰랐다는 사실을 우리는 진작에 경험했다.

작은딸이 SNS에 기록하는 '일, 생활을 둘러싼 기쁨과 웃김과 성장' 이야기를 읽곤 한다. 내가 보아온 재미있고 씩씩한 딸아이가 나 모르게 경험하는 아픔과 놀람과 당황을 마주하곤 한다. 오늘도 딸의 힘듦과 갈등, 그 안에서의 성숙을 읽었다. 나는 딸들을 안다고 했지만 잘 모른다. 딸들이 경험하는 복잡한 삶과 기쁨과 아픔을. 친구 같은 엄마가 되고 싶었다. 친구 같은 엄마라 생각한 적이 있다. 그런데 그냥 나는 그냥 엄마일 뿐이었다. 엄마의 한계, 부모의 한계, 나의 한계를 받아들인다. 그게 사랑일 거다.

우리가 몰랐던 자연의 친절한 섭리 '미각'이 조종당하고 있다

1월 25일. 구정이 지났다. 아이들이 왔다 돌아갔다. 건강한 음식으로 준비했던 이런저런 나물들이 냉장고에 그대로 남았다. 결국은 내 차지다. 해와 달에겐 그것들보다 고기와 치킨이 맛있다.

'이게 먹는 거라는 걸 어떻게 알았을까?' '이게 몸에 좋다는 걸 어떻게 알았을까?' 자주 하는 말이다. 그동안 죽지 않고 살아온 생명 세계가 궁금해서 해온 말들이다. 정말 신기한 일 아닌가! 그게 자연의 섭리, 타고난 미각 때문이란다. 책을 읽고 나니 더욱 놀랍다.

미각은 가장 보편적인 쾌락적 자극으로 영양분과 독, 즉 좋은 것 나쁜 것을 구분한다. 원생동물은 당 공급원 쪽으로 움직이고 독성 알칼로이드는 피해간다. 이처럼 미각은 가장 원초적인 감각이다. 영양이라는 특정 화학 혼합물을 찾아 섭취하려면 이를 분간하는 미각은 생명이 시작되는 시점부터 필요한 감각이다. 루소는 1762년에 발표한 소설

『에밀』에서 알맞은 음식을 알아보고 선택하는 법을 경험으로 알 때까지 기다려야 한다면, 우리는 굶주림이나 독 때문에 죽고 없다고 했다. 그에 의하면 우리는 자연의 친절한 섭리 덕분에 '쾌락'먹는 즐거움을 자기 보호 수단으로 삼을 수 있게 되었다. 자연의 친절한 섭리로 타고난 능력, 미각으로 우리는 음식을 즐기는 동시에 영양을 공급받을 수 있다. 그렇지 않다면 우리는 독이 되는 음식을 먹고 무사하지 못했다. 그런데 이제, 식품 산업이 자기 보호의 수단인 우리의 미각을 조종하고 있다.『어떻게 먹을 것인가?』, 캐롤린 스틸, 메디치미디어. 78~83. 참고

튼튼하게 자라나야 할 사랑하는 이들의 미각이 걱정이다. 편의점, 배달 식품을 비롯해 갈수록 다양해지는 외식 산업의 확장에 점점 더 조종당할 것이다. 조카의 체중이 급속하게 불었고, 동서의 걱정이 크다. 언제 어디에서도 배달이 가능한 외식, 야식 산업, 그리고 달고 짜고 자극적인 음식이 원인이다. 그 습관을 끊으려고 하지만 이미 길들은 습관을 끊기가 힘든가 보다.

'왜 그곳에 갔느냐'가 아니라 '왜 돌아오지 못했는지' 물어야 할 때다"

2월 2일. 함께 책을 읽는 독서 모임 회원들과 이태원 분향소를 찾았다. 영정 사진들을 보자 울컥했다. 죽기엔 너무 젊고 발랄한 얼굴들이다. 분향소엔 분향객 외에 각종 플래카드, 1톤 트럭 설치물이 있었다.

그것들이 희생자를 조롱하고 전 정권을 책임자로 규정하고 있었다. 플래카드와 트럭엔 '신자유연대'라고 쓰여있었다. 마침 아침나절 잔잔하던 바람이 불기 시작했다. 뒤에서 누군가 키득거리며 말했다. "이놈의 바람은 왜 부는 거야?" "이재명 그 새끼땜에 불어." 누군가? 싶어 뒤를 돌아보았다. 미처 보지 못했던 비닐하우스가 있었다. 안에서 나오는 소리였다. 거기 역시 '신자유주의연대'라는 글씨가 적혀있었다.

희생자의 부모는 말한다.

"우리 아이는 살아서 주님의 나라가 이 땅에 임하기를 힘쓰고, 다음 세대를 이어가야 할 사명이 있는 아이였다. 주님의 뜻을 거스른 자는 대통령이고, 이상민 장관이며, 용산구청과 경찰이다. 어떤 젊은 목사님은 이번 참사가 기성세대의 기도가 부족해서 생긴 일이라고 한다. 기도가 부족했다고 우리에게 뒤집어씌우지 말라. 평소에 사회의 부당하고 안일한 사태에 목소리를 내지 않고, 기독교의 정신을 주장하지 않고, 공의의 하나님을 오해하고 있었던 당신들의 잘못이다. 목회자가 먼저 엎드리고 울어야 할 때다. '왜 그곳에 갔느냐'가 아니라 '왜 돌아오지 못했는지' 물어야 할 때다. 유가족들은 지금 처절하게 울고 있다. 함께 울어달라." 최선미, 희생자 박가영 어머니

숨겨진 자본주의의 민낯,

"일하지 않으면 굶어 죽는 상황에 처해야, 사람들이 아무 대가 없이 일한다"

2월 12일. 호모북커스에서 『어떻게 먹을까』를 함께 읽은 후, 영화 「다음 소희」를 함께 관람했다. 소희가 죽기까지 어떤 상황에 놓여 있었는지, 부모도, 선생도, 아무도 사정을 몰랐다. 알려고 하지 않았다. 소희가 죽었지만, 그들은 여전하다. 여전히 오직 경쟁 체제하에서 실적과 인센티브에 목매고 있다. 학교, 회사, 경찰, 교육부 및 각 기관, 그리고 국가권력 어디에도 사람은 없다. 그들 앞에 소희는 이런 사건, 이런 일을 만들어낸 성가신 사람일 뿐이다. 다음 소희는 누가 될까? 그게 나도, 내가 사랑하는 이도 아니길 바라며 무심히 지나치고 싶겠지만, 누구도 예외일 수 없다. 집으로 돌아오는 길 친구에게 물었다. "교회라면 희망이 있을까?" "없어." 친구가 답했다. 지금 '구원'이라는 역사는 교회가 아닌, 다른 곳에서 일어나고 있다. 「다음 소희」의 오윤지와 같은 사람들이 희망이다.

"일하지 않으면 굶어 죽는 상황에 처해야, 사람들이 아무 대가 없이 일을 한다." 참 끔찍한 말이다. 그러나 이 끔찍한 말은 자본주의의 핵심 원칙이다. 시장이 사회적 제약 없이 자유롭게 기능하는 것이 시장에서 무엇보다 우선시되는 필수 사항이기 때문이다. 자본주의 초기, 농장에서 나고 자란 공장 노동자들은 단조롭기 그지없는 새로운 일을 견디기 힘들어했다. 일주일 생활비 정도는 벌었다 싶으면 일하던 도구를 내려놓고 집으로 갔다. 노동자들이 더 오래 일하도록 임금을 올리면 오히려 역효과가 났다. 다들 더 일찍 퇴근해버리는 것이었다. 결국, 공장주들은 유일한 대안을 취했다. 노동자들이 종일 일해야 생계를 간신히 유지할 수 있도록 임금을 대폭 삭감한 것이다. 이로써 지금도 자본주의의 핵심으로 남아 있는 원칙이 확립되었다. 『어떻게 먹을 것인가』 중에서

너무 자연스러워진 이 자본주의의 핵심은 여러 모양으로 숨겨져 있다. 상대적으로 수입이 많은 사람은 이런 사실을 받아들이지 않는다.

예수쟁이들의 기만

2월 9일. 2월 3일 '차별 없는 세상을 위한 기독인 연대' 공동대표 임보라 목사가 사망했다는 소식을 늦게서야 알게 되었다. 그분을 몰랐다. 어떤 분인지, 언론과 SNS를 뒤졌다. 그는 2013년 향린교회가 60주년 기념으로 분립한 섬돌향린교회 담임목사가 되었다. 그는 섬돌향린교회를 성소수자 크리스천을 비롯한 사회적 약자들의 피난처로 만들었다. 한국교회의 성소수자 혐오가 힘에 부쳤나 보다. 그 정도로 알게 되었다. 다른 이들이 그를 보고 뒤따르고 있다. 임보라 목사가 참여한 『퀴어 성서주석』에는 다음과 같은 말이 쓰여있다. "신앙은 종교나

사회가 제시하는 관습의 우세한 표준에 자신을 맞추는 것이 아니라, 사랑과 억누를 수 없는 희망 때문에 용감하게 행동하는 것이다."

2018년 미국의 칼튼 피어슨 목사의 파문 사건을 소재로 영화「그날이 오면Come Sunday」이 만들어졌다. 피어슨 목사는 오클라호마주의 대도시 털사에서 가장 큰 교회인 오순절 교단의 the Higher Dimensions Family Church의 감독이었다. 인종차별이 심한 지역의 이 교회에 매 주일, 6,000명의 백인과 흑인 신도가 함께 예배를 드렸다. 그만큼 흑인 피어슨 목사는 백인 사회에서도 존경받았다. 조지 부시 대통령과 클린턴 대통령 시절, 백악관을 직접 방문해 멘토 역할을 해줄 정도로 정치적으로도 영향력이 컸다. 동성애 문제로 고통받는 교우가 있었다. 그를 진심으로 사랑했다. 동성애의 죄를 강조했다. 그가 돌이키기를 피력했다. 그러나 기도하는 가운데 동성애에 대한 견해를 바꾼다. 그 과정을 영화는 보여준다. 그의 경험과 변화, 그리고 파문을 다룬 이 영화가 잊히지 않는다. 동성애자라는 이유로 그리도 사람을 혐오하는 사람들은 묻지 않는다. 아버지를 범한 롯의 두 딸, 시아버지를 속이고 정을 통해 아들을 낳은 다말을 보호하신 하나님에게 아무것도 묻지 않는다. 자신들이 정해놓은 정답이 있을 뿐이다. 하나님을 사랑한다면 그럴 수 있을까! 사랑하면 묻고 듣는다. 생각을 나눈다. 그들은 하나님의 생각을 묻지도 나누지도 않는다. 자신에게 맞게 하나님을 이용할 뿐이다. 그들의 하나님 사랑은 기만이다.

2월 23일. 전철 안 내 앞에 선 여자가 중얼거린다. 처음에는 들을 수 없던 그녀가 하는 말이 띄엄띄엄 들렸다. "내가 아는 아버지는 말이지. 맘에 들지 않는 년·놈들을 당장 죽여버리지. 까불지 말아. 중랑구와 수색에 못사는 것들이 제일 많아. 그런데 그것들이 다 민주당 년·놈들이야. 그런 것들 다 싹 죽여버리신다. 조심들 해."

정신이 온전치 못한가 생각했다. 그렇다고 생각하기엔 중랑구와 수색을 꽤 잘 알고 있는 듯하다. 옷도 깔끔하게 입었다. 머리 손질도 나보다 잘 되어있다. 선글라스도 끼고 있네. 마스크도 세련되게? 검정으로? 화장도 깔끔하다. 나의 분별 기준 역시 편견일지 모른다. 그때 옆에 계신 백발의 할머니가 탄식하듯 기도한다. 아마도 교회 권사인가? "주여~ 아버지~." 중얼중얼. 그리고 이어지는 "슈슈...사카라... 사카라." 방언인 듯하다. 나는 '휴~' 라고 한다. 속으로만.

2월 24일. 시댁 사촌 형님이 17년간 민화를 그려왔다는 사실을 처음 알았다. 인사동 민화전에 가 형님들을 만나고 돌아오는 길, 듣기 민망한 말이 들렸다. "하나님 말 안 들으면 천벌을 받을 거다." "우리 서울도 하나님 안 믿고 말 안 들으면 터키같이 천벌을 받는다." 지난 6일 튀르키예 동남부 가지안테프 인근을 강타한 지진을 두고 하는 말이다. 시리아 난민이 모여있는 인구 밀집 지역인 만큼 피해가 컸다. 6만 명 가까운 사망자, 13만명에 가까운 부상자, 그 외의 실종자가 생긴 참 사다. 2,300만 명 이상의 이재민도 있었다. 그런 고통에 위로 아닌 소금 을 뿌리며 행인들을 협박하는 그의 목소리가 쩌렁쩌렁했다. 그의 하나 님은 그런 분인가!

골수 뽑은 후엔 영양 보충!

3월 3일. 눈을 뜨니 새벽 4시다. 서울대학병원 암 병동에 골수검 사 하러 가는 날이다. 6시 50분 길을 나섰다. 도착까지 말이 적다. 지난 12월 오진일 수도 있다는 의사의 말에 마음 편히 지냈다. 검사일이 다 가오며 남편이 사람이 사라진 상황을 여러 모양으로 상상했다. '나만 살기엔 집이 크다. 남편이 떠나면 남편과 함께 살던 이 집에서 이사할 수 없을 것 같다. 미리 집을 옮겨야 할까? 그래야 그가 떠난 후에도 그 를 추억하며 살 수 있지 않을까!' '홀로 맞는 밤은 어떨까?' '당분간의 우울증은 피할 수 없을 거다.' '가련했던 남편을 잊을 수 있을까? 엄마 를 보낸 후 겪은 감정들을 생각하면, 짧아도 3년을 힘겹게 지낼 것이 다.' '시간이 지나고 나면, 그동안 할 수 없던 일을 할 수 있게 될 수도' 등 등. 결과를 모르는데. 미리 내가 살아낼 궁리를 한다. 그야말로 이기적 존재의 이기적 상상 아닌가!

300만 원이 넘는 검사비에 66만을 냈다. '산정특례보험'이라면 5% 부담이라 알고 있었는데 비싸다. 이상해서 물었더니 적용된 거란다. 무조건 5% 부담이 아닌가 보다. 돈 없으면 꼼짝없이 죽겠구나. 의외로 골수검사 차체는 크게 힘들지는 않은 모양이다. 9시 10분 시작, 25분 완료. 오후 1시 10분까지 출혈할 수 있기에 모래주머니를 골반 아래 깔고 움직이지 못하는 4시간이 그에게도 내게도 정말 견디기 힘들었다. "골수 뽑았는데, 영양 보충해야 하는 거 아냐." 우리 둘은 웃으며 뷔페로 향했다.

부활

3월 6일. 『아버지의 해방일지』정지아 창비에서 화자는 장례식장에서 비로소 알게 되는 아버지, 아버지의 빈자리, 잊고 있었고 마주하지 않았던 아빠에 대한 기억들, 아빠의 사랑과 삶을 마주한다. "죽음으로 비로소 아버지는 빨치산이 아니라 나의 아버지로, 친밀했던 어린 날의 아버지로 부활한 듯했다. 죽음은 그러니까, 끝은 아니구나, 나는 생각했다. 삶은 죽음을 통해 누군가의 기억 속에 부활하는 거라고. 그러니까 화해와 용서 또한 가능할지도 모르는 일이었다."

나도 혼자가 되면, 남편은 내 안에서 부활한다. 엄마가 죽어 내 안에서 부활했다. 예수가 죽고 제자들 안에서 부활했다. 내가 지금 예수와 삶을 나누고 엄마와 삶을 나누듯, 남편과도 삶을 나누게 되리다.

음식 문화가 미쳤다

3월 8일. '이거 정말 미친 거 아냐?' 책을 읽다가 나도 모르게 내뱉은 말이다.

"2018년에 KFC 영국 지점에서 다름 아닌 닭고기가 바닥났을 때 고객들이 격분한 나머지 너나 할 것 없이 경찰에 전화를 걸었고 결국 일부 경찰 지구대에서 대중에게 단골 치킨집을 일시적으로 이용하지 못하는 것은 "경찰 관할이 아니"라고 알리는 촌극이 벌어지기도 했다." 『어떻게 먹을까』, 395.

할머니가 뭘 해줄까? 내가 물으면 우리 해와 달의 답도 영락없다. "치킨이요." 아무리 그렇다손 쳐도, 이 정도라면 정말 미친 거다. 우리 아이들의 건강한 미래와 더 나아가 지구의 건강과 미래를 위해서는 음식 문화가 달라져야 한다. 지구가 건강하지 않으면 우리 아이들의 건강과 미래는 건강할 수 없다. 고통만 있게 될 것이다.

현재 우리 가금류 섭취 습관은 심각하게 위험한 수준이다. 2018년 카디프대학 미생물학 교수 티머시 월시가 진행한 연구에 의하면,

'최후의 항생제'로 알려진 콜리스틴이 러시아, 인도, 베트남 및 한국의 공장식 양계장에서 조류 성장을 촉진하기 위해 일상적으로 사용되었다. KFC, 피자헛, 맥도날드에 공급하는 업체들도 포함되어 있었다. 일부 중국산 돼지에서 콜리스틴 내성이 있는 유전자 mcr-1이 발견된 건 2015년이다. 이 항생제의 사용은 빠르게 확산되었고 의학계는 공황에 빠졌다. 항생제 내성 유전자는 빠르게 전파되어 이미 30여 개국에 다양한 형태로 퍼진 상태다. 월시에 의하면 지금처럼 닭 사료에 항생제를 첨가하는 건 음식을 먹기 위해 목숨을 거는 미친 짓이다. 산업화로 인해 우리는 음식의 진정한 의미, 자연에서 온 살아 있는 특사라는 사실을 잊었다. 자연계는 복잡하며 상호성의 원리를 통해 균형을 유지한다. '좋은' 미생물은 자연적으로 병원균과 싸우고 자연의 포식자는 해충을 먹어 치우며 식물은 스스로 방어하기 위해 파이토케미컬을 방출한다. 자연은 복잡성을 통해 회복력을 키우는데, 오래전부터 우리는 농업으로 이를 거슬러 자연을 단순화시켰다. 지구상에는 약 30만 종의 식용 식물이 존재해왔지만, 농업은 그중 17종의 식용 식물을 택했다. 그것으로 세계 인류 식량의 90%를 공급한다. 인류의 식품 시스템은 능률적이고 효율적으로 되었지만, 자연의 회복력을 취약하게 만들었다. 그런데도 우리는 여전히 지금의 방식을 고집한다. 인류가 수천 년 동안 농사를 지으며 살아온 만큼 습관은 고치기 힘들다. 그러나 그것만이 이유는 아니다. 또 다른 이유가 있다. '권력'이다. 이미 기득권을 가진 세계적인 대기업은 현상 유지에 집중하며 식품 시스템을 점점 더 장악한다. 오직 수확량만으로 농업 성과를 판단한다. 승자는 오직 하나뿐이라는 논리로 인류는 자연과 경쟁을 벌이고 있다. 『어떻게 먹을까』, 395~403 참고

항생제만의 문제가 아니다. 가금류를 비롯한 육류 소비량, 외식 문화도 위험한 수준이다. 가금류를 포함한 육류 소비의 경우, OECD 2021년 자료에 의하면 오리 거위 칠면조를 포함한 가금류 소비량은 1억 톤. 치킨공화국인 우리나라가 22위에 불과할 정도로 세계의 가금류 소비량은 어마어마하다. 영국은 16위로 우리나라 1.6배다. 우리나라도 조금 더 있으면 영국에서처럼 치킨 프렌차이즈의 어느 지점에 닭고기가 바닥날 수 있고, 그에 격분해 경찰에 전화하는 웃지 못할 촌극이 일어날지 모른다. 닭고기만이 아니다. 돼지고기 소비량은 중국, 베트남과 3파전을 벌이며 22년 기준 2위다. OECD 회원국 38곳 가운데서는 지난 2013년 스위스를 따라잡은 뒤 2023년까지 10년 넘게 1위를 지켰다. 비공식 세계 최대 소비국이다. 축산업은 축산을 위한 거대한 방목지를 조성한다. 산림생태계가 훼손될 뿐 아니라 가축이 내뿜는 상당량의 메탄이 지구온난화에까지 영향을 미친다. 2020년 하버드대 로스쿨 헬렌 와트 교수 등은 국제 학술지 '랜싯 플래니터리 헬스'에 보낸 서한에서 축산업이 현재와 같이 유지된다면 2030년 축산에서 배출되는 탄

소는 탄소 배출량 전체의 절반인 50%에 육박할 수 있다고 경고했다. 한편 외식이 육식보다 지구온난화의 더 큰 원인이라는 연구 결과도 나왔다. 영국 셰필드대와 일본 교토 종합지구환경학연구소RIHN가 일본 47개 지역 6만여 가구의 식생활에 따른 탄소발자국개인·단체가 직간접적으로 발생시키는 온실가스 총량을 분석했다. 그 결과 외식으로 인한 탄소 발생은 연평균 770kg으로 280kg 수준인 육식보다 훨씬 높은 것으로 나타났다. 식품 산업이 자기 보호의 수단인 우리의 미각을 조종하면서 이미 외식 문화와 육식에 길든 아이들과 지구가 함께 위험해졌다. 미역국을 비롯한 각종 국, 심지어 생선구이까지 판매하는 세상이다. 한 집 걸러 치킨집, 고깃집이 있다. 냄새와 연기가 지나가는 사람을 사로잡기도 하지만, 매연으로 진저리치게도 한다. RIHN 부교수는 탄소발자국을 줄이려면 식습관이 달라져야 하며 탄소세 도입보다는 술이나 단 음식을 줄이는 것을 목표로 하는 게 더 현명할 수 있다고 조언했다.

츠바타 슈이치와 아내 츠바타 히데코의 삶을 기록한 다큐멘터리 「인생 후르츠」가 생각난다. 종전 이후 불타버린 주택 재건이 한창일 때 일본의 건축가 츠바타 슈이치는 고조지 뉴타운 설계 의뢰를 받았다. 늘 꿈꾸던 자연과 공존하는 이상적인 건축의 꿈을 이루고 싶었으나 경제적인 이유로 갈등이 계속되었다. 결국, 그의 원안대로 될 수 없었다. 그는 건축계를 떠났다. 대신 땅을 사 자신의 집을 짓고 숲을 가꿨다. 마을의 민둥산 다카모리산에 도토리나무를 심었다. 민둥산은 그의 손을 거쳐 도토리나무 숲이 되었다. 아내 츠바타 히데코와 함께 50년 동안 자신의 집에서 서로를, 그리고 작은 새를 비롯한 생명을 배려하며 살았다. 그리고 과일 70종과 채소 50종을 키우며 살았다. 자연의 순환을 몸으로 느끼며 살아온 그들의 삶이 느껴진다. 그들은 말한다. "바람이 불면 낙엽이 떨어진다." "낙엽이 떨어지면 땅이 비옥해진다." "땅이 비옥해지면 열매가 여문다. 천천히 차근차근." 그들이 한 말에서 우주 삼라만상은 복잡하게 얽혀있다는 것을 깨닫는다.

현대 유기농법의 아버지, 앨버트 하워드는 말한다.

"대지는 가축 없이 농사를 짓지 않는다. 대지는 언제나 혼합 작물을 기른다. 토양을 보존하고 침식을 방지하려면 많은 수고로움이 따른다. 식물성 및 동물성 폐기물은 혼합되어 부식토가 된다. 낭비는 없다. 성장하고 부패하는 과정에서 서로 균형을 이룬다. 비옥도를 유지하기 위해 충분한 준비가 되어있고 강우를 저장하는 데 심혈을 기울이며 동식물 모두 질병으로부터 스스로 보호한다. … 거름의 지리학, 영양소의 재활용이다. 산업형 목축과 농업에서는 결코 생각할 수 없는 일이다." 『어떻게 먹을까』에서

닭과 소, 돼지를 필요 섭취량 이상으로 먹으며 우리의 건강도 잃

어간다. 가축을 기르기 위해서는 피할 수 없는 토양의 고갈은 결국, 농부만이 아닌 모두를 식량 위기로 내몰 것이다. 땅을 죽이고 생명을 죽이며 자연을 단순화시키는 산업형 목축과 농업은 답이 될 수 없다.

3월 10일.

"8월, 건포도를 만들기 위해 수확한 포도를 넣어놓은 후 사람들은 느긋한 평화를 즐기고 있었다. 갑자기 먹장구름이 몰려오면서 한바탕 비가 쏟아질 것 같았다. 구름이 나지막이 늘어졌고, 노란 번갯불의 섬광이 소리 없이 하늘을 갈랐다. 갑자기 폭우가 쏟아지자 사람들은 건포도를 넣어놓은 포도원을 향해 사방으로 뿔뿔이 달려갔다. 포도밭마다 구슬픈 목소리가 들려왔다. 그리고 이어 통곡하는 울음소리가 들려왔다. 반쯤 말린 포도가 한 아름씩 물에 휩쓸려 내려가고 있었다. 몇 명의 여자가 무릎까지 올라오는 물로 뛰어 들어가 건포도를 조금이라도 더 건지려고 기를 썼다. 아버지의 반응을 보고 싶던 '나'는 건조장으로 달려갔다. 아버지는 수염을 깨물고 있었고, 어머니는 그 뒤에 서서 훌쩍훌쩍 울었다. 여기까지는 건성건성 요약 "아버지." 내가 소리쳤다. "포도가 다 없어졌어요!" "시끄럽다!" 아버지가 대답했다. "우리들은 없어지지 않았어." 나는 그 순간을 절대로 잊지 못한다. 나는 그 순간이 내가 인간으로서 위기를 맞을 때마다 위대한 교훈 노릇을 했다고 믿는다. 나는 욕이나 애원도 하지 않고 울지도 않으면서, 문간에 꼼짝 않고 침착하게 서 있던 아버지의 모습을 항상 기억했다. 꼼짝 않고 서서 재난을 지켜보며, 모든 사람들 가운데 아버지 혼자만이 인간의 위엄을 그대로 지켰다. 니코스 카잔차키스, 『영혼의 자서전 1』, 열린책들, 107-108

"다들 건강하세요. 속히 마음 다스리시고 평정을 유지하시기를. 건강해야, 잘 살아갈 수 있습니다. 우리는 여전히 포도를 수확하고 건포도를 말려 우리 아이들을 먹여야 하니까요."라는 댓글도 있다. 페이스북 과거의 오늘, 2022년 3월 10일 어느 목사의 포스팅이다.

나의 '작년의 오늘'은 사위의 카톡으로 시작되었다. "윤석열 공약으로 기사 쓰는데, 우울해요. 살다 보면 이해가 안 되는 일이 벌어지지만, 이번엔 정말 납득이 안 돼요." "우리 아이들이 살만한 세상을 물려줄 수 있을까요?" 나도 모르게 눈물이 왈칵 쏟아졌다. 그리고 위로 삼아 이 글을 사위에게 보냈다. 어느새 1년이 지났다. 뭐든 쉬웠다. 처음부터 잘못되었다. 대통령실 이전은 엄청난 후폭풍을 불러왔다. 첫째는 8월 8일 수도권의 폭우에 대한 대응이었다. 이날 낮 12시 50분부터 서울에 호우경보가 내려졌다. 그러나 대통령은 이날 저녁 '평상시처럼'

서초동 사저로 퇴근했다. 이날 밤 9시 전후로 폭우로 침수피해가 속출할 때도 윤 대통령은 사저에 계속 머물렀고 아무런 지시도 없었다. 용산 대통령실의 국가위기관리센터벙커에도, 광화문 정부서울청사 중앙재난 안전상황실로도 가지 않았다. 윤 대통령은 폭우가 지나간 8월 9일 오전에야 광화문 중앙재난 안전상황실에 나타났다. "윤 대통령이 청와대에 있었다면 청와대 안의 국가위기관리센터로 바로 가서 관계 기관과 협의하고 대책을 지시할 수 있었다. 청와대의 위기관리 시스템은 오랫동안 축적된 것이다. 그런 대응을 가장 잘할 수 있는 곳이 청와대다." 한병도 더불어민주당 의원이 한 말이다. 폭우는 전조에 불과했다. 10월 29일 이태원 핼러윈 축제에 모였던 젊은이 159명이 한 골목에서 압사당했다. 대참사다. 이미 전날인 10월 28일에도 핼러윈 축제 참가자가 많았다. 당연히 이를 통제할 경찰력 투입이 필수적인 상황이었다. 그러나 이날 경찰은 이태원 축제 참가자를 통제하기 위한 경찰력을 투입하지 않았다. 이날 오후 용산 대통령실 쪽에서 4개의 대형 집회가 있었고, 경찰은 밤 9시까지 이 집회에 집중했다. 이날 도심과 용산 집회엔 70개 기동대가 투입됐으나, 이태원엔 1개 기동대도 투입되지 않았다. 이태원에 투입된 137명의 경찰력도 주로 교통정리와 마약 단속을 위한 인원이었다. 경찰의 한 간부가 한 말이다.

"용산경찰서는 대통령실 경호, 경비나 대규모 집회, 시위 대응을 해보지 않은 곳이다. 종로서가 70년 넘게 해왔는데, 그런 역량과 경험은 쉽게 갖출 수 없다. 준비 없이 대통령실을 옮겨서 용산서가 제대로 대응할 수 없었다. 그래서 그런 사고가 났다고 생각한다."

대통령실 이전의 악영향은 12월 26일 북한의 무인기 침투 때도 그대로 나타났다. 이날 다섯대의 무인기가 군사분계선을 넘어 서울과 수도권 상공에 나타났다. 군은 한 대도 격추하지 못했다. 청와대 주변의 인왕산, 북악산 일대에는 무인기 레이더와 무인기 전파 차단기가 집중적으로 배치되어있다. 그러나 용산 대통령실은 통합방어시스템도 통합훈련도 미진했다. 무인기가 용산 대통령실 상공의 비행 금지구역을 통과했을 확률이 높다. 군과 대통령실은 처음엔 북한 무인기가 대통령실 비행 금지구역에 들어오지 않았다고 부인했다. 그러나 며칠 뒤 비행 금지구역을 통과했음을 시인해야 했다.「한겨레21」. 2023.03.07. "윤석열 1년, 시스템을 무너뜨렸다." 참고

어린 인간이 아픔을 겪고 난 뒤 어른이 되어 다시 성숙한 자연의 일원이 되어가는 거대한 역사의 흐름이라면 좋겠다

3월 12일. "인간이 아무리 영리하다고 해도 우리가 삶을 빚지고 있는 식물이 7억 년 먼저 이 세상에 존재했다는 사실은 기억해야 한

다." "인간은 자연이 완전히 번성할 때만 번성할 수 있다." "앨버트 하워드가 말했듯, 만물의 중심에는 살아 있는 토양이 있다."『어떻게 먹을까』, 456, 444, 430

　　뼈를 때리는 말들이다. 인간은 결코 만물의 중심에 있지 않다. 자연을 다스리고 통제할 수 있다고 여기고 자연을 착취해온 현실을 알아갈수록 절망이다. 그러나 희망을 버리지 않는다. 누가 아는가! 인간의 뼈아픈 회심이 있을지. 시를 알지 못하는 나는 가끔 서정주 시인의『국화 옆에서』를 떠올린다. "그립고 아쉬움에 가슴 조이던 머언 먼 젊음의 뒤안길에서 인제는 돌아와 거울 앞에 선 내 누님"을 내 멋대로 해석해왔다. 오판과 그로 인한 고난, 고난을 겪고 있는 이들의 절절한 아픔은 어쩌면 한 송이 꽃을 피우기 위한 과정일지 모른다. 멋모르고 철없던 어린 누이가 어른이 되어 다시 그 자리에 서게 되는 과정일지 모른다고 내 멋대로 해석해왔다. 자연에서 태어나, 그 안에서 자라지만 아무것도 모르고 세상의 중심인양 우쭐대는 어린 인간. 고난을 마주하며 비로소 어른이 되는 과정. 비로소 거대한 자연의 숭고함을 깨닫고, 그렇게 거대한 역사의 흐름 안에 겸손히 서게 되는 성숙의 과정을 나는 떠올리곤 한다. 그렇다면 좋겠다. 자연 안에서 어쩌면 가장 어리고 지혜가 짧은 인간이 마침내 철들어가는 과정이라면 좋겠다.

신의 쓸모?

세상이 아프다. 학대받는 어린 것, 힘없는 노인, 차별, 가난, 질병, 장애, 전쟁, 온갖 명목의 혐오, 무거운 노동, 평생 학대받고, 갇히고, 마지막을 맞이하는 동물의 슬픈 눈과 울음소리, 인간으로 인해 서식지를 잃어가는 동물, 살처분으로 신음하고 몸을 뒤트는 소, 돼지, 닭과 오리, 가족같이 길러오던 가축, 뿌리뽑히고 잘리는 나무, 무너져내리는 빙산, 더러워지는 강과 바다, 누군가의 엄마, 아버지, 할머니, 자식, 손주, 그리고 누명, 의문사, 진실을 외면한 언론 … 알 수 없는 것들의 고통. 지금까지 그렇지 않은 시대가 없다.

신은 기도를 들어주는 법이 거의 없다. 언제 어떻게 버려질지 몰라 두려워서 학대와 폭행에서 벗어나려고, 차별의 괴로움을 견디기 어려워서 길 위에서 죽을 각오로 퇴근 없이 고속도로 위에서 화물차를 운전하며, 억울함을 벗겨달라는 유서를 쓰며, 폭우에 잠기는 집과 떠내려가는 가축과 농작물을 바라보며, 굶주리며, 부모와 자녀가 생이별하며, 전쟁의 한복판에서 신을 부르지만, 상황은 달라지지 않는다.

여전히 많이 가진 나라, 부유하고 건강한 주류 인생은 다른 땅, 다른 피부색으로 태어났다는 이유로, 가난하다는 이유로, 장애가 있다는 이유로, 성적 성향이 다르다는 이유로, 인간이 아니라는 이유로, 그들의 고통을 외면한다. 도리어 무시하고, 학대하고, 이동과 출입의 자유를 빼앗고, 혐오한다. 지구에서 허다하게 일어나는 일이다.

　27년 전. 대학을 졸업한 지 16년이 지나, 나이 마흔이 되어 처음으로 상담자가 되겠다는 목표가 생겼다. 대학원에 진학하기로 했다. 대학원 조교를 찾아 대학원 신입생을 소개받았다. 그에게서 입시 자료를 비롯한 이런저런 정보를 얻었다. 상담이론, 영어, 통계학을 공부했다. 제2 외국어 시험이 큰 장애물이었다. 두 달간 독일어학원을 다니며 밤낮으로 공부했다. 나름대로 죽기 살기로 공부했고, 마지막 단계로 교수를 만났다. 학부 재학생에게 주는 정보가 있다면 내게도 달라고 했다. 소심해서 누군가에게 폐 끼치는 걸 죽도록 싫어하지만, 끝내 그렇게 민망한 부탁을 했다. 할 수 있는 한 최선을 다해 후회하지 않고 싶었다. 낙방했다. 나도 신을 불렀다. 그러나 신은 내 부탁을 외면했다. 금요일이었다. 교회에는 금요기도회가 있다. 벼르는 마음으로 금요기도회에 갔다. 애초에 신의 부르심 같은 건 없었다. 내가 원해 시작한 일이다. 그런데도 나는 신에게 따지기로 했다. 어찌 생각하면 신은 억울할 수도 있다. "혹시 오늘 찬양하실 분 있으면 앞에 나와 찬양하시면 좋겠습니다."라는 갑작스러운 목사의 말에 나는 손을 번쩍 들었다. 따지기는커녕 찬양했다. "나의 힘이 되신 여호와여. 내가 주님을 사랑합니다. 주는 나의 반석이시며 나의 요새시라. … 나의 하나님. 나의 하나님. 그는 나의 여호와 나의 구세주." 뜨거운 감사가 일어났고, 눈물이 쏟아졌다. 왜 그랬을까? 진작부터 신은 내가 하는 기도를 이뤄주지 않았다. 앞으로도 신은 계속해서 내 부름에 외면할 것이고, 그런데도 나는 계속 신을 부를 것이다. 왜일까! 내게, 그리고 신을 찾는 이에게 신은 도대체 어떤 쓸모가 있을까!

인간의 쓸모! 나딘 라바키 감독은 영화를 만들었다
나는 그것을 소재로 글을 쓰고 있다

신을 원망하는 소리, 신을 고소하는 소리가 이곳저곳 넘친다.

"사는 게 개똥 같아요." "내 신발보다 더러워요." "지옥 같은 삶이에요." "통닭처럼 불 속에서 구워지고 있어요." "인생이 거지 같아요." "자라서 좋은 사람이 되고 싶었어요." "존중받고 사랑받고 싶었어요." "하지만 신은 그걸 바라지 않아요." "우리가 바닥에서 짓밟히길 바라죠." 영화 「가버나움」 중에서

식민지 해방 후 내전과 전쟁, 경제난, 종교적 인종적 갈등, 열악한 위생 상태에 있는 레바논. 레바논 수도 베이루트 빈민촌에 12세, 정확히는 의사 소견에 의하면 12살이라고 추정되는 소년이 있다. 정확한 나이도 생일도 모른다. 이름은 자인. 바로 한 살 아래인 동생 사하르 외에도, 갓난쟁이를 비롯해 여러 명의 동생이 있다. 학교는 가보지도 못

했다. 엄마는 생계를 위해 마약성 음료를 만든다. 자인이 거든다. 제 몸보다 크고 무거운 가스통과 물통을 배달하며 가족의 생계를 돕는다. 하지만 욕먹고 얻어맞고 발길질 당한다. 사슬과 호스, 허리띠로 맞는다. 그가 듣는 말이라곤, '꺼져, 이 자식아!', '나쁜 놈의 자식'과 같은 말들뿐이다. 집을 나왔다. 스웨덴으로 보내줄 수 있다는 말을 들었다. 신분증이 필요하다고 했다. 있지도 않은 신분증을 찾으러 집으로 갔다. 집세 대신 팔려 간 어린 동생 사하라가 임신했고 결국 죽은 사실을 알게 되었다. 어린 걸 데려가 임신시키고 죽게 만든 '개새끼'를 자인이 칼로 찔렀다. 그 개새끼는 살았지만, 자인은 5년을 구형받고 감옥에 갇혔다. 감옥에 갇힌 자인은 자기 부모를 고소했다. "나를 태어나게 해서요" 고소 이유였다. 자인은 부모를 고소하면서 동시에 신을 고소한다. 인간 법정에서 신은 고소의 대상이 아니다. 그러니 아마도 그의 고소장은 신의 법정에 내는 것일 테다. 신은 어떤 판결을 할 것인가?!

영화 「가버나움」은 실화를 바탕으로 만들어졌다. 나딘 라바키 감독은 이 영화를 위해 몇 년 동안 베이루트 빈민가 아이들을 조사해 시나리오를 썼고, 영화로 만들었다. 「가버나움」에 출연한 사람들은 실제 난민들이었고, 영화는 실제 그들의 삶이었다. 자인 역을 맡은 자인 알 라피아는 실제 시리아 난민으로 생계를 위해 여러 일을 전진하다가 캐스팅되었다. 칸 영화제에 가기 일주일 전까지만 해도 법적으로 존재하지 않았다. 영화에 출연한 배우 대부분이 그랬다. 아기로 출연한 요나스의 엄마도 불법 이주노동자였다. 감독은 3주간 요나스를 키우며 작업했다. 영화 이후 『가버나움』에 출연한 아이들이 유엔 난민기구, 유니세프 등의 도움을 받아 학교에 다니고 안전하고 건강한 삶을 살아가고 있다. 제작팀은 영화에 출연한 아이들과 가족들에게 지속해서 도움을 주기 위해 가버나움 재단을 설립했다. 자인과 가족은 그들이 원한대로 노르웨이로 이민을 갔다. 불법 이주노동자 요나스의 엄마는 요나스와 함께 고향 케냐로 돌아갔다. 영화는 많은 사람을 일깨웠고, 영화에 출연한 사람들을 구해냈다.

나딘 라바키, 영화 「가버나움」, 영화로 일깨워진 사람들, 가버나움 재단, 유엔 난민기구, 유니세프 등등! 나는 이것들에서 들리지 않는 '신의 판결'을 읽어낸다. 자인은 신의 법정에 신을 고소했다. 신은 사람들에게 아무도 없는 외롭고 힘든 이들의 곁에서 그들의 편이 되라는 무언의 판결을 내렸다. 무언의 판결을 읽어낸 나딘 라바키는 영화 「가버나움」을 만들었다. 영화를 본 다른 사람들이 제각각 할 수 있는 대로 움직였고, 나는 이 신의 판결에 대해 지금 글을 쓴다. 각 사람의 쓸모다.

하나님이 노동했다. 우리 모두 노동자다. 우리의 다양한 노동이 세상을 만들어간다. 영화를 만들고, 노래를 짓고, 그림을 그리고, 사진을 찍고, 글을 쓰고, 땅을 가꾸고, 바다에 나가 고기를 잡고, 산을 가꾸고, 생물을 보살피고, 집을 짓고, 배를 만들고 … 등등. 생명을 살리는 노동이 있고 누군가 혹은 무엇인가를 죽이는 노동이 있다. 하나님이 노동 후 안식했다. 우리의 노동이 안식으로 이어져야 한다. 하지만 누군가의 안식을 빼앗는 자가 있다. 한 사람이 동시에 살리는 일과 죽이는 일, 안식을 주는 일과 안식을 빼앗는 일에 참여한다.

어쩌다 세상은 고통으로 가득하게 되었는가!

각양 종교가 기도하면 신이 기도를 이루어준다고 가르쳐왔다. 하나님의 귀가 먹었다고 생각하는지, 교회에서는 아직도 터져나갈 듯 큰소리로 주여, 주여, 주여! 부르짖는 기도가 들린다. 어색해하면서 나 역시 그렇게 기도한 적이 있었다. 뭘 모르던 시절이었다. 그때는 기독교의 하나님이 뭐든 하신다고 억지로 믿어야 하는 줄 알았다. 여전히 비가 오게 해달라고, 그치게 해달라고, 돈을 달라고, 아기를 낳게 해달라고, 병을 고쳐달라고, 취직하게 해달라고, 승진하게 해달라고, 자녀가 원하는 대학에 입원하게 해달라고 기도하는 이들이 그런 믿음으로 기도한다. 심지어 자신이 가진 주식값이 오르게 해달라고 기도하는 이도 있다. 물론 타인을 위한 사랑의 마음을 갖고 기도하는 이도 많다.

기도가 응답 되지 않는다는 사실을 대부분 사람이 진작부터 경험했다. 그러나 헌금, 각양 봉사 등을 드리면 신이 혹 소원을 들어주시지 않을까, 미련을 버리지 못한다. 계속 같은 방법으로 매달린다. 교회나 각양 종교 기관에서 그렇게 배운 경우가 많다. 신의 뜻을 알려는 게 아니다. 신을 조종하는 행위다. 어쩌다 소원이 이뤄지기도 한다면, 신이 정성에 응답한 것으로 믿는다. 그렇게 믿으려고 노력한다. '계속, 계속' 해오던 방식으로 신을 조종한다. 다른 생각을 하지 못한다. 그러나 그런 매달림이 씨알도 먹히지 않은 사람들도 있다. 어떤 이는 무능력한 신을 떠난다. 또 다른 어떤 이는 신에 대한 새로운 지식을 추구하고, 새로운 관계를 맺는다. 그동안 얻기만을 바라는 미숙하고 어리기만 한 의존을 벗어나, 신의 심정을 헤아리며 대화한다. 신의 편이 되어 동역하는 관계로 들어간다. 종에서 자녀로, 친구로 관계가 변한다. 더는 응석만 부리는 자가 아니다. 신의 벗이 되어 생각과 마음을 나눈다. 그런 가운데 새로운 상상력의 공간이 생기고 그 안에 소위 영성이 자리한다. 영성이 내 삶을 만들어간다. 인격의 성숙이 신앙의 성숙을 가져오고, 신앙의 성숙이 인격을 성장하게 한다.

내가 조금 아는 기독교의 신, 하나님은 우리에게 자신의 형상을 나눠주셨다. 외형의 모습이 아니다. 언어와 그 능력이다. 신은 그 자신이 언어로 세상을 만들었다. 언어는 보이지 않는 걸 상상하며 개념화하고, 창조한다. 계속 상상력을 더해가며 세상을 보기 좋게 창조할 수 있다. 언어와 함께 스스로 있는 그분처럼, 각자의 생을 스스로 개척하는 능력을 받았다. 각자의 본성을 아름답게 만들어갈 능력이다. 땅도, 바다도, 하늘도 하나님처럼 저 스스로 땅과 바다와 하늘을 채운다. 거기엔 '즐거운 괴로움'엔도 슈샤쿠가 사용한 말을 빌려왔다이 있다. '쉽지 않지만 그만둘 수 없게 하는 뭔가 모를 즐거움, 동력'이다. 굳이 종교적 언어를 사용한다면, 영성, 혹은 배에서 절로 흘러넘치는 생수라고 할까! 우리는 어쩔 수 없는 죄인, "오직 주께서만 할 수 있다."라며 주문과 같은 기도를 올려야 하는 존재가 아니다. 하나님이 각자에게 나눠준 언어, 각자의 길을 개척해 자신과 세상에 이롭게 세상을 아름답게 할 수 있는 능력이 있는 존재다. 이 능력을 바르게 사용하는 게 신에 대한 믿음일 테다. 하나님을 향했던 기도를 내게도 하는 믿음! 이건 어쩔 수 없는 구제 불능의 인간이라는 서구의 기독교 교리와는 멀다.

물론 성경은 우리가 잃어버린 뭔가가 있다고 한다. 아담과 하와가 선악과를 먹은 이후 잃어버린 뭔가가 있다. 인간은 이미 좋고 나쁜 게 무엇인지 알고 있었다. 그러니 하나님도 '하라' '마라' 인간에게 말할 수 있었다. 인간에겐 이미 선과 악에 대한 분별이 있었다. 선악과를 먹고 나서도 완전히 악으로 기운 게 아니다. 그러나 확실히 뭐가 변했다. 선악과를 먹기 이전 벌거벗었으나 부끄러운 줄 몰랐던 자신을 부끄럽게 여겨 숨었다. 있는 그대로의 자신을 부끄럽게 여기고 남의 눈을 의식한다. 본연의 자신이 아닌 타인의 욕망을 살피게 되었다. 타인을 있는 그대로가 아니라 타인의 욕망을 향한 자신의 욕망을 따라 판단한다. 그렇게 세상에 아픔이 생겨났다. 타인의 욕망을 따라, 한결같이 같은 목표를 향해 경쟁하고 자신을 잃어가며 오는 고통과 채워도 채워도 메워지지 않는 공허함. 그로 인한 곳곳에서의 차별과 고통이.

남편은 암이 아니란다

3월 17일. 서울대 암병원에 가는 날이고 작은딸 생일이다. 9시 피검사, 11시 30분 진료. 2시간 30분이라는 공백이 길다. 근처 빵집으로 자리를 옮겨 샌드위치와 샐러드로 아침을 먹었다. 추가로 주문한 커피를 마시며 남편이 금빛 봉투를 꺼내며 씨~익 웃었다. 치과 치료로 여유가 없는 나 대신 자기가 딸의 생일 축하금을 챙겼단다. 봉투를 열고 5만 원권 4장과 함께, 봉투를 준비할 때면 어김없이 등장하는 메모지가 끌려 나왔다. "아들딸 낳고 행복하게 살아라. 엄마 아빠가." "난 아닌데." "허허 엄마라는 사람이 저래가지고~ 힘들어도 그게 얼마나 좋은 건데." 핀잔을 들었다. "아무튼, 당신은 괜찮은 사람이야." 나는 글을 쓴다면서도 도무지 그런 성의가 없다 "당연하지." 으쓱거리는 그를 이번에는 내가 그냥 놔둘 리 없다. "근데 모자라기도 하지." "응 나는 모자라지. 세상에 모자라지 않는 사람이 어디 있냐." "그렇지. 그 모자라는 점이 중요하고 심각한 부분인 게 문제지." 그렇게 주고받으며 웃다가 일어나 병원으로 향했다. 진료 시간 30분을 남기고 불안과 긴장감이 급히 찾아왔다. 뭣 때문에 불안한 걸까? 의사를 마주하는 상황? 좋지 않은 결과 앞에서 일어날 수 있는 남편의 심정? 어쩌면 나 혼자 살아갈 일? 혹시 치료가 쉽지 않을 경우, 어떤 선택을 할 것인가에 대해? 등등. "골수이형성증후군은 아닌 것 같습니다. 재생불량성빈혈인 듯한데 경증입니다. 골수의 기능이 저하된 거죠. 자가면역질환인데 두 달 뒤에 뵙지요." "혈액암은 아닌 거죠?" "네 암은 아닙니다." "그럼 중대한 건 아니지요." "글쎄요. 그건 상태에 따라 두고 보겠습니다."

남편은 아무런 걱정도 하지 않는다고 해왔지만 실은 그렇지만은 않았나 보다. 표정이 환해졌다. 왜 아니겠나! "아무렇지도 않았다며?" "그럴 리가 있나. 입원이라도 하게 되면 여행을 할 수 없게 되는데~." 그렇다. 우리 앞엔 여행이 있다. 가벼운 마음이 되어 딸 집에 도착하자 예정된 여행 이야기다. "엄마 아빠 4월 23일 유럽 여행 간다." "와. 잘했다." 4월이 기다려진다며 나도 그도 이미 들떠 있다.

노화! 이전과는 다른 세계로 들어가는 것이다

누구나 매 순간 다른 삶으로 들어간다

황시운은 창비 '장편소설상'을 받고 모든 것이 완벽하게 느껴진

바로 그해 추락사고로 몸이 마비되었다. 도저히 감당할 수 없는 실체 없는 고통을 겪는다. 당신은 모르는 이야기다. 그가 말한다.

"나는 자꾸만 나빠지는 내가 불안하고 때때로 절망스럽다. 하지만 전과 달리, 이제는 내 이름과 가족들의 얼굴, 그리고 집 주소 정도만 잊어버리지 않으면 되겠거니, 속 편하게 생각하려 애쓰고 있다. 어차피 대책이 있는 일이 아닐 바에야 달리 방법이 없다는 걸 이제는 안다. 빠르든 느리든 노화는 누구에게나 찾아오고 그 과정에서 몸 여기저기가 고장나고 점점 더 많은 걸 잃게 되는 건 당연한 일이라는 것도 인정하게 되었다. … 다행스럽게도 나의 고통 같은 건 여전히 세상에 아무런 영향도 끼치지 못한다."

『당신이 모르는 이야기』, 황시운 | 교유서가, 231

극한 고통의 중심에서 젊은 나이에 강제로 노화를 겪은 황시운에게서 나는 배운다. 노화는 누구에게든 찾아온다. 남편의 재생불량성 빈혈은 노화의 한 단면이다. 자연스럽게 받아들일 일이다. 게다가 나와 남편은 이미 예순여섯, 예순아홉이다. 노화가 찾아오기에는 적절한 나이다. 노화! 나이가 하는 일이다. 나는 지금이 좋다. 과거의 어떤 날로도 돌아가고 싶지 않다. 젊은 날의 치열함과 긴장을 반복하고 싶지 않다. 지금이 좋고 앞으로의 삶, 나이가 하는 일, '노화'가 싫지만은 않다. 노화는 어쩌면 많은 걸 잃는 것이라기보다는 이전과는 다른 세계로 들어가는 것이다. 하긴 누구나 매 순간 다른 삶으로 들어간다.

나는 장애인들의 투쟁을 지지한다. 나의 최소한의 인간다움이다

3월 18일. 오늘 석방된 전장연전국장애인차별철폐연대 대표 박경석씨는 어제 17일 긴급 체포되었다. 2021년 1월부터 올해 1월까지 서울 도심 곳곳에서 총 38차례 집회나 지하철 탑승 시위를 하며 도로를 점거하고 열차 운행을 방해했다는 혐의가 긴급체포된 이유다. 박 대표는 체포 당시 미리 준비한 철창 안에 들어가 목에 쇠사슬을 감고 기자회견을 했다. "우리는 불법을 저지른 게 아니다. 더이상 불법 분자, 시민을 볼모로 잡는 자들이라고 말하지 말아달라." "'모든 국민은 법 앞에 평등하다'는 헌법상 차별받지 않을 권리를 어떻게 지킬 것이냐고 묻고 오겠다"라고 말했다.

허리가 약하고, 무릎도 별로 좋지 않다. 전철에서 에스컬레이터를 찾고, 엘리베이터를 찾는다. 정 없으면 어쩔 수 없이 계단을 오른다. 그때마다 이 악물고 해야만 했던 장애인들의 수고와 투쟁을 생각하며 감사한다. 계단을 오르내릴 수 없는 장애인들이 받는 차별을 생각한다. 오늘 우리의 이동이 지금만큼 편해진 것은 확실히 장애인들의 투쟁으로 얻어졌다. 장애인은 세계 최대의 소수자 집단이다. 2011년 세계

보건기구 통계에 의하면 세계 인구 비율 15~20%. 전 세계 약 80억 인구 중 12~16억. 대한민국의 '등록' 인구 5.1%로 국민 20명 중 1명. 실제 우리가 느끼는 것과는 상당히 거리가 있다. 우리 눈에 그만큼 띄지 않는다. 왜일까? 그들은 다른 학교 혹은 다른 교실에서 수업받는다. 다른 교통수단을 이용한다. 밖으로 나돌지 않는다. 아니 못한다. 온통 비장애인 중심으로 만들어진 시설들로는 이동이 불편하다. 혹은 부끄러워서 그럴 수 있다. 세상이 장애가 있는 건 뭔가 모자라는 것이라는 부정적 메시지를 보내기 때문이다. 많은 경우 시설에 갇혀있다. 장애인은 애초에 집단생활에 맞지 않는다. 하지만 가족의 짐이 된다고 느껴지는 순간, '선택권 없이', '기한 없이' 시설에 맡겨진다. 요양 시설 수준은 형편없다. 한 방에서 여러 명이 지낸다. 개인 생활이 보장되지 않는다. 마치 그게 당연한 듯. 직원들이 출근해있는 동안 하루의 일이 끝나야 한다. 먹고, 치우고, 씻고, 용변 보고, TV 시청하는 일로 하루를 채운다. 위생이나 심리적 욕구들이 무시된다. 물리적, 성적 폭력이 빈번히 일어난다. 시설 바깥사람들이 당연히 갖는 자유가 박탈된다. 원하는 시간, 원하는 장소에서 먹고 잠들 자유, 외출할 자유, 서로 동의한 성관계를 가질 자유 등등. 전장연은 지난해 12월 3일부터 장애인 이동권 보장, 장애인 활동 지원, 장애인권리예산 반영 등을 촉구하며 출근길 지하철 승하차 시위를 전개해왔다. 기꺼이 불편을 감수하겠다며 그들을 지지하는 사람이 있지만, 여전히 많은 사람은 그들이 옳지 않다고 한다. 당장 자신이 입는 손해와 불편이 더 크게 다가온다. 나와 똑같은 권리를 동등한 사람으로는 인정하지 않는다. 나보다 모자라는 사람을 향한 동정의 시선을 던질 뿐이다. 기술이 발달해 편리해지고, 부가 쌓이는 세상이 좋은 세상이 아니라, 차별 없는 세상이 결국은 누구에게나 좋은 세상이다. "장애인들 왜 돌아다녀? 나라에서 주는 돈으로 밥 먹으면서 왜들 시위나 하고 그러는 거야? 얼마나 불편한지 모르겠네." "가영손주이가 어렸을 때 유모차에 태우고 전철을 탔는데 엘리베이터가 없는 거야. 이거 미칠 노릇 아니냐?" 내가 아는 같은 사람이 한 말이다. 한 사람이 때에 따라 자신에게만 유리하게 생각하고 행동한다. "요즘 젊은이들 너무 편한 것만 찾아." "너무 힘들게 일하다가 죽어가는 젊은이들이 있어요." "일하다 죽는 거야 뭐 할 수 없지 뭐." "그래요? 그게 만일 아주머니 자식이라면요?" "우리 애가 왜 그런 일을 당해?" 어느 날 사우나에서 만난 아주머니와 내가 나눈 대화가 이런 식이다. 이런 대화는 얼마든지 넘쳐나고 우리 각자가 그런 대화의 주인공이 된다. 언론은 단순한 사건 그 이상, 혹은 그 이면을 전하지 않는다. 언론이, 국가가 시민의 의식 수준보다 나아야 하지만 실제 그렇지 못하다.

사람의 입장이라는 게 어제라도 얼마든지 바뀔 수 있다. 나에게 편리한 시설을 다른 누구도 편리하게 사용할 수 있을 때, 비로소 마음이 편해지고, 나에게 있는 부가 다른 이에게도 최소한 불편하지 않을 만큼 돌아갈 때 비로소 내 마음이 불편하지 않고, 나와 우리의 지나친 육류 소비를 위해 품종개량을 당하고 임신을 거듭하기 위해 고통 속에 살다가 죽어가는 가축들을 생각하며 사육현장과 식생활 개선에 조금이라도 힘을 보태는 것이 인간다움 아닐까!

종교란 무엇인가?

3월 25일. "제가 읽은 문학에서는 때로 무당이 오히려 살기 힘든 민중에게 위로가 되기도 하지요." "조선 시대 유자들도 어쩔 수 없이 인정했듯 좋은 무당과 악한 무당이 있다고 생각해요. 실제로 좋지 못한 무당처럼 행하는 기독교의 목사가 적지 않지요." "주변에 의도치 않았는데 어쩔 수 없이 신병을 앓은 분들이 있어요. 간접적으로는 무당까지는 되지 않았지만, 생계를 위해 점을 봐준 경험을 가진 분이 있어요." "무당이 빙의하는 현상도 있는데, 그걸 거짓이라고만 할 수 없는 것 같아요." "이 책을 읽기 전부터, 솔직히 저는 오직 기독교만이 우리의 신을 대변한다고 생각하지 않았어요. 불교, 가톨릭을 포함한 기독교와 일부 무속 안에 우리가 믿는 신의 모습이 있는 건 아닐까요? 그 중 어느 하나가 우리가 믿는 하나님을 나타내는 유일한 종교라고 할 수 없을 것 같아요." "사실 저도 그래요." "그래요? 그러셨어요? 그런데 그렇게 말하면 우리를 범신론자 아니냐고 비판하겠지요?" "우리는 사실 범신론자가 아니지요. 범재신론자라 할 수 있겠지요." "아까 '예수께서 재림하실 때까지'라는 말을 하셨지요? 그렇다면 과연 예수가 재림하시는 건 맞습니까?" "사실 모르지요." "와. 우리 이런 것까지 이리 솔직하게 나눠도 되는 건가요?"

『무당과 유생의 대결』한승훈|사우을 읽은 후 만난 독서 모임에서 오간 대화 내용이다. 모임의 구성원은 목사와 신부다. 목사였던 내가 어디서도 꺼내기 어려운 대화를 이곳에서 나눈다. 내 경우는 한때 목사였지만 은퇴 후 교회에는 출석하지 않는다. 주류교회에서 다뤄지지 않는 구체적이고 현실적인 삶을 이곳에서 마주한다. 도시, 국가, 음식, 종교, 신학, 언어, 철학, 소수자, 생명, 제도, 차별, 교회, 권력 등등 소재가 다양하다. 세상의 부조리에 대해 논한다. 내 경우 읽고 나누는 대화를 다 소화하지 못하지만, 나보다 젊은이들에게서 듣는 귀동냥만으로 그동안 몰랐던 걸 조금씩 알아간다. 얕기만 한 생각이 조금은 더 깊어진다. 무지했던 영역으로 관심이 옮겨간다. 조금 다른 사람이 되어가는 걸 느낀다. 어떤 생각이든 자유롭게 나눌 수 있기에 가능한 일이다.

집으로 돌아오는 길, 특히나 오늘날 기후 위기 시대를 맞아 어쩌면 사라질 인간의 미래를 생각하면서 종교에 대한 또 다른 생각에 젖었다. 인간은 그야말로 긴 지구의 역사에 어느 순간 섬광처럼 나타났다가 사라지는 존재일 뿐이다. 영원한 존재가 아니다. 그 인간의 종교가 수없이 발생했다. 어느 순간 발생해 주류 종교로 자리를 잡았다가 그 자리를 다른 종교에 물려준다. 결국, 그 세가 영원한 종교는 없다. 그러나 일단 발생한 종교는 완전히 사라지지도 않는다. 그렇게 한 시대 중요한 자리를 누리다가 다른 종교에 그 자리를 물려주는 다양한 종교가 완전히 사라지지 않고, 동시대에 존재한다. 종교란 불완전한 인간이 미래에 대한 불안 앞에서, 안전을 기원하고 풍요와 행복이 가득한 삶을 누리려 하는 당연한 욕망의 결과다. 그 욕망으로 보이지 않는 초월을 만나려 애썼다. 그리고 다양한 모습의 초월을 만났다. 단 하나의 초월만을 인정할 수 있을까? 초월에 대한 지식이 과연 가능할까? 초월이란 인간이 정의할 수 없는 영역이다. 세상은 진화한다. 인간도 진보한다. 과학이 발전하는 그만큼 초월에 대한 경험도 달리 해석한다. 그렇다면 신앙이란 '각자', '현재', '자기 앞에 있는', 절대자 앞에서, 그를 인식하는 것에 제한된다. 사람과 시대에 따라 그 절대자에 대한 인식이 다양했고 지금도 그렇다. 같은 신에 대한 다른 믿음을 가진 이들과의 대화와 수용이 필요하지 않을까! 다양한 종교 간 대화가 가능한 그만큼 각자의 신앙은 풍성해지고, 신앙이 풍성해지는 그만큼 밝은 미래를 기대할 수 있겠다 싶다. 만일 오직 하나만의 유일한 신이 있다면, 그 신은 시대와 지리를 망라해온, 모든 신보다 큰 신이리라. 어떤 이의 믿음도 다 넘어서는 초월의 신!

나는 어느 정도 슬플 때 안심이 된다

3월 29일. 작년 말 호모북커스가 『슬픔의 방문』장일호ㅣ낮은산 저자와 만나는 자리를 만들어 나도 참석했다. "저는 슬픔이 좋아요." 낯선 분이 들어오며 한 말에 나도 그렇다고 맞장구를 쳤다. 정말이다. 나는 어느 정도 슬플 때 마음이 안정된다. 나라는 인간에 대해 안심한다. 돌아오는 길에 '왜일까?' 물었다. 세상이 이리 슬픈데, 아픈데 내 마음이 화창하다면 그건 옳지 않다. 나 역시 슬프고 아픈 게 이치에 맞다. 그게 자연스럽다. 슬픔을 모르는 날이 지속할 때 나는 내가 가짜라고 느낀다. 곳곳에서 시도 때도 없이 일어나는 불의와 무자비에 희생되는 사람들을 위해 아무것도 하지 않는 나를 향해 "너는 가짜야. 인간으로 가짜고, 신앙인으로는 더욱 가짜야"라며 내게 유죄를 선고하고 슬픈 마음이라는 가벼운 형벌을 부과해왔다. 그리고 슬픔이라는 가벼운 형벌을 받는 동안 나라는 인간에 대해 안심하는 것이다. 세상이 슬플 때 함께 슬픈 게 다행이고, 슬픈 게 죄를 감소시키는 것 같다. 그래서 나는 슬픔을 좋아하고 슬픈 나를 다행으로 여긴다.

진보의 민낯

책과 영화에 대한 지식이 짧지만, 영화를 즐겨보고 손에서 책을 놓지 않는다. 어떻게 살아야 하는지 방향을 점검한다. 그래서 영화를 보고 책을 읽는다. 페이스북 과거의 오늘이 알려준다. "영화 『바람을

길들인 풍차 소년』을 보면서 책『나무를 심은 사람』을 생각한다." 수년
전 그날도 영화를 본 거다. 다시 기억을 끌어올리며 오늘의 영화를 선
택했다. 브래드피트 주연의 SF영화「애드 아스트라」.

　　우주의 지적생명체를 찾기 위한 리마 프로젝트가 있었다. 클리포
트 맥브라이드는 프로젝트를 수행하다 실종되면서 우주 영웅이 되었
다. 우주국이 그렇게 믿도록 사실을 왜곡시켰다. 대중도, 그의 아들도
그렇게 알고 있었다. 아들, 로이 맥브라이드는 아버지의 뒤를 쫓아 우
주인이 되었고, 우주 안테나에서 일하던 도중 떨어졌다. 인류를 위협
할 전류 급증 현상인 써지 현상 때문이었다. 그는 치료 후 사령부의 호
출을 받고 나서 놀라운 사실을 알게 되었다. 실종된 줄 알았던 아버지
가 살아 있었다. 써지 사태는 아버지가 벌인 위험한 실험에서 시작된
것이다. 사령부는 아들 맥브라이드가 그의 아버지 맥브라이드에게 메
시지를 보낸다면 그들이 원하는 답을 얻게 될 것으로 기대했다. 아들
맥브라이드가 화성에 가서 아버지 맥브라이드에게 메시지를 보냈다.
그러나 아버지는 아들의 메시지에 답이 없다. 아들 로리 맥브라이드는
화성에서 태어난 관리소장 헬렌으로부터 또 다른 사실들을 알게 된다.
아버지 클리포트 맥브라이드가 리마 프로젝트를 그만두고 지구로 돌
아가자는 사람들과 갈등을 빚자 그들을 격려한 후 생명유지장치를 해
제시킴으로 살해했다. 그리고 지금도 계속 자신의 연구를 진행하는 중

이다. 우주국은 그런 사실을 알고도 숨겼다. 도리어 그를 실종된 우주 영웅으로 만들었다. 이제 사령부는 로이의 아버지가 탄 연구선을 핵무기로 폭파할 계획이다. 로이는 관리소장의 도움을 받아 아버지가 있는 해왕성으로 간다. 그곳에서 아버지를 만났다. 화성연구소장이 한 말은 사실이었다. 로이는 아버지와 함께 지구로 오려 했지만, 아버지는 연구가 더 중요했다. 로이는 혼자 돌아왔다. 로이 맥브라이드의 마지막 대사가 인상적이다. "아버지는 멀고 낯선 세계를 기록했다. 그 세계는 아름답고 장엄했다. 경이롭고 신비로웠지. 하지만 그 멋진 겉모습 속엔 아무것도 없었다." "사랑도 미움도 빛도 어둠도. 아버지는 없는 것만 찾았고 눈앞에 있는 건 보지 못했다." "내 주변 상황에 주의를 더 기울이고 관심을 갖게 됐어요. 이젠 소중한 것에만 관심을 갖게 됐어요." "이젠 소중한 것에만 집중하며 살 겁니다." "삶이 어디로 흘러갈지는 모르지만, 걱정하지 않아요." "가까운 사람들과 의지하며 살면 되죠." "난 그들의 짐을 나누고 그들은 내 짐을 나눌 거예요. 난 살아갈 거고 사랑할 겁니다."

'우주 연구' 과연 대단하다. 꼭 필요한 연구도 있을 테고, 연구의 혜택도 있을 것이다. 그러나 한편, 지구를 돌아보지도 않고 아끼지도 않으면서 엄청난 비용을 들여가며 미래를 위한 우주를 연구한다는 걸 나는 받아들이기 힘들다. 과연 옳은가? 묻게 된다. 어떤 사람, 그리고 많은 과학자는 지금 내가 하는 생각에 동의하지 않을 것이다. 그러나 그 엄청난 우주 연구비용으로 지금 당장 지구에서 죽어가는 생명을 살릴 수 있다면, 그게 옳지 않은가? 가끔 의심스럽다. 현재 죽어가는 이들을 살리려는 의지가 없는 이들이 인류의 먼 미래를 생각해 우주를 계발한다는 게. 애덤 맥케이가 감독하고, 레오나르도 디카프리오, 메릴 스트립 등이 출연한 블랙 코미디 영화 「돈 룩업」이 생각난다. 진보란 뭔가?! 인간이 진보를 생각하며 하는 일들이 도리어 우리의 파멸을 불러오고 있다는 사실을 생각해볼 필요가 있다.

논산에 사는 페이스북 농부 친구가 한탄하며 올린 글을 읽는다. 그의 글로 만나는 현실이 안타깝다. 농민과 농촌이 빠르게 무너지고 있다. 식량 자급률이 바닥인 상황인데, 지방자치단체장들은 산업단지나 공단, 태양광 단지를 세우기 위해 농지를 강제수용한다. 농사를 짓는 것보다 더 나은 혜택과 이윤을 보장하겠다고 한다. 다음 세대들이 농촌에 들어와 농업으로 살아갈 여지가 싹까지 잘려나가고, 제초제를 뿌리는 것보다 비싼 비용을 들여서라도 건강한 농사를 지으려는 일부 농부의 마음을 일방적으로 짓밟는 꼴이다. 논산이 군수산업의 메카, 국방친화도시로 둔갑하고 시민대책위원회가 반대의 목소리를 높이고 있음에도 비인도적 살상 무기 생산업체 ㈜코리아디펜스인더스트리 개발사업이 공사를 착수한 건, 위와 같은 맥락에서 가능했다. 백성현 논산시장은 "군수산업의 메카로 발돋움하고 있는 우리 시의 발전에 추진력을 더할 첫 삽이 떠졌다."며 "K-방산의 성장을 이끄는 동시에 지역과의 상생에도 뜻을 보태주신 코리아디펜스인더스트리 관계자 여러분께 감사드리며, 국방친화도시 논산에서 대한민국의 미래를 함께 밝힐 수 있기를 소망한다."고 말했다.- 충청 메시지 2023.03.25. "㈜코리아디펜스인더스트리 양촌면 임화리에서 기공식 가져"

박완서 선생님의 작품 세계에 빠졌다

3월 31일. 결혼한 지 43년하고도 2개월이다. 11년 전 남편이 퇴직했고, 9년 전 내가 은퇴했다. 그때부터는 남편과 내가 하루를 온전히 집이라는 한 공간에서 지내게 되었다. 처음에는 박 터지게 다퉜고, 이후에는 어쩔 수 없이 의존했고, 나는 아팠고 남편의 수발을 받아야 했다 이후에는 이해하고 수용하는 방법을 익혔다. 지금은 그야말로 친구처럼 붙어 지내고 있다. 9년이 그렇게 지나고 있다. 많은 차이에도 불구하고, 남편이 제일 편하고 지금이 그 어느 때보다 평안하다. 예전과 달리 남편이 외출한 날은 심심하고 적적하다. '남편이 내 곁을 떠나면 얼마가 보고 싶을까?' '얼마나 만지고 싶을까?' '그의 목소리가 얼마나 그리울까?' '어떻게 지낼 수 있을까?' 생각하는 날이 늘어난다. 그 사람 없는 하루하루가 얼마나 길까? 싶다. 도서관에서 '남편'을 키워드로 책을 검색했다. 남편에 관한 책은 별로 없고, 읽고 싶은 책은 대출상태다. 대신 박완서 선생님의 단편 소설집『기나긴 하루』가 눈에 들어왔다. 의지하고 지냈던 사람, 남편의 부재로 인한 '기나긴 하루'와 무관하지 않을 것 같았다. 남편을 잃었고 연이어 아들을 잃은 박완서 선생님 아닌가. 펼쳐보지도 않고 빌려왔는데, 내가 기대한 바와는 전혀 다른, '기나긴 하루'다. 누군가 곁에 없어 긴 하루가 아니라, 곁에 있어도 심지어 살을 붙이고 함께 아이까지 낳은 남편이 있어도, 없는 것과 다르지 않은 소통의 부재 한가운데 있는 갱년기 여인이 느낀 하루였다. 곁에 있어도 멀기만 한 사람과 함께 지내는 하루를 나도 경험했다. 갱년기도 심하게 경험한 바다. 갱년기가 시작된 게 언젠데, 지금도 조금만 신경 쓰면, 조금 힘을 쓰면 죽자 살자 볼이 달아올라 금세 볼 빨간 할머니가 된다. 젊은 시절과 달리 늘 볼이 발그스름하고 심지어 머리 정수리 부근의 피부까지 옅은 핑크로 지내야 했던, 나의 늙은 엄마도 기억한다. 책 안에 등장하는 70을 훨씬 넘겼건, 80을 넘겼건, 갱년기를 입에 달고 사는 할머니들을 생각하며 웃었다. 그렇게 함께 웃으며 갱년기를 맞이한 할머니들의 연대. 할머니인 내가 할머니들 틈에서 경험한 연대가 그랬다.

단편 소설집이니만큼 다른 작품들이 있다. 그 안에서 나는 다양한 녹색, 극에 달한 녹색, 지쳐 보이는 녹색, 힘겹게 저장하고 있는 과중한 수분을 언제 토해낼지 모르게 둔중한 빛과 숲속의 적막, 침묵, 침묵의 겉껍질을 흐르는 물방울을 만난다. 이미 본 적이 있었다. 언어로 표현하지 않으니 한결같이 다른 색깔을, 다양한 소리와 모습을 구별해내지 못했다. 녹색이 극에 달한 숲을 이제 나도 기억에서 끌어올려 본다. 그랬지, 그랬어. 박완서 선생님이 보고 느끼고 가슴에 담아놓았다가 때만 되면 툭툭 터뜨려 놓는 언어에 빠져든다.

"어이, '소아마비'. 나 좀 도와줘, 라고 말했다." 나는 바짝 긴장한다. 책을 읽으며 나는 어느새 선생님 글 「빨갱이 바이러스」 안에 들어와 있다. 우아한 부인이 길에서 차가 없어 집으로 돌아갈 수 없는 부인들을 만났다. 자기 집으로 데려왔다. 좋은 일 해놓고 욕이나 듣는 건 아닌지 내가 걱정한다. 그 말을 들은 소아마비는 기분 나쁘지 않다. 다행이다. 소아마비는 도리어 방긋 웃으며 우아한 부인이 건네주는 쟁반을 받아 마루방으로 간다. 거기까지 읽고 안심하며 장강명의 소설 『재수사』의 점박이들을 생각했다. 같은 질병으로 점박이가 된 두 명. 그들 중 한 명은 민소라가 자기를 그렇게 불러줄 때 친근감을 느꼈고, 다른 하나는 모멸감으로 느껴 민소라를 죽였다. 민소라는 장애인을 향한 편견이 없고 그 둘의 편이었다. 소아마비도 장강명의 『재수사』에 나오는 두 명 중 한 명처럼 친근감을 느낀 모양이다. 그러나 더 읽다 보니 '소아마비'는 진짜 소아마비가 아니다. 함께 있는 이들이 그의 이야기를 들어보지도 않고 온갖 추측으로 애먼 말들만 지껄이자. 소아마비가 진실을 말했다. 다른 여자의 비밀도 드러났다. 어디에서도 말하기 어려운, 평생 가슴에 묻고 살아야 할 비밀. 불륜으로 태어난 장애 아이를 기관에 버렸다. 그리고 그 아이를 찾아가 비밀리에 돌보고 있다. 어떻게 그런 비밀을 터놓을 수 있었을까! 이름과 사는 곳, 신분의 비밀이 그들에게 보장된다. 그들의 비밀이 설사 누군가의 입에 오르내려도 그들은 안전하다. 그들이 지금 하룻밤 신세를 지고 있는 이 집의 주인에게도 비밀이 있다. 그러나 말할 수 없다. 그녀의 집이다. 그녀의 신분은 애초에 노출되었다. 그녀의 비밀은 그녀가 가진 '빨갱이 바이러스'다. 그녀는 빨갱이가 아니다. 국군과 인민군이 교대로 점령한 지역에 살았다. 점령자가 바뀔 때마다 목숨이 위태로웠다. 할 수 없이 월북과 월남을 하다가 가엾게도 생을 맞이한 가족이 있을 뿐이다. 분단된 나라다. 색깔론이 여전히 효력을 발하는 '동물농장'조지 오웰의 소설 『동물농장』 같은 나라는 편리할 대로 '빨갱이 바이러스'를 가진 사람을 만들어낸다. 언제라도 위태롭다. 어떤 죄도 없지만, 비밀을 꼭꼭 숨겨야 한다.

사랑하기에도 부족한 날들이다

4월 6일. "자기들끼리는 잘도 만나면서, 내가 가려고 하면, 말이 많다니까?" 자기도 약속이 있으면서 딸과 점심 약속을 한 나를 향해 남편이 투정 아닌 투정을 부린다. 그러면서도 모나카와 사위를 위해 사놓은 티셔츠를 챙기고 뭐 갖다 줄 게 더 없나, 여기저기 뒤지는 동안 나는 남편 점심상을 미리 차렸다. "당신도 먹고 갈 거야?" "어리광 그만 부려. 왜 그래 정말. 치매야? 그만 독립 좀 해." "이렇게 구박받으면서 밥을 먹으면 이게 다 독이 되지 않겠어? 그러니까 내가 재빈^{재생불량성빈혈을 간단하게 재빈이라 한다}에 걸린 거 아니야~ ㅎㅎ." 나는 남편 볼을 감싸준다. "에고. 사랑스러운 남편. 마음 아픈 것 다 씻고, 오늘 안전하게 무사히 잘 다녀와. 제발 앞뒤 옆, 잘 살피고." "왜? 마음이 아픈가 봐?" "응. 당신 마음 아플까 봐 걸려." "어서 일어나. 벌써 12시 40분이야."

장난질처럼 시작된 다툼 아닌 다툼이지만, 이만저만 신경 쓰이는 게 아니다. 나이가 들면, 여기저기 고장이 나고, 나이와 무관하게 무수한 사건 사고가 일어나는 세상에서. 언제 어떻게 떠날지 모르는 인생인데 혹 무슨 일이 생기면, 그때 찾아올 아픔이, 그리움이 어떨지 모른다. 하루하루가 사랑하기에도 부족한 날들이다. 저녁 약속까지 있어서 늦은 저녁에야 들어오니, 싱크대에 딸기가 수북하다. "어머나~ 딸기네." "당신이 딸기 타령하니까." 그랬다. 딸기가 비싸서 못 사 먹겠다고. 도무지 싼 딸기는 없고 딸기값이 도리어 치솟는다고. 그래도 그렇지. 남편이 사 온 딸기는 무려 3킬로였다. "이걸 무거워서 어떻게 가져왔어?" "당신이 먹을 건데 무거워도 사 와야지. 실컷 먹어" 남편의 사랑에 졌다.

저녁 약속에서는 나의 복잡한 나쁨을 마주했다. 어른이 된 줄 알았는데 그렇지 않다. 사랑하기에도 부족한 날, 여전히 사리를 분별하지 못해 10년 넘은 우정을 아프게 했다. 내일은 딸기로 종일 배를 채우고, 나의 복잡한 나쁨을 조금이라도 희석해야 할 듯하다.

우리 누구나 노동자인데…

5월 3일. 노동절인 5월 1일, 한 건설노동자가 "노동자가 주인이 되는 세상을 꼭 만들어달라"라는 내용의 유서를 남기고. 검찰 수사에 항의하며 분신했다. 병원으로 옮겼으나 어제 2일 숨졌단다. 우리 모두 노동자로 태어났는데, 왜 어떤 이들만 노동자라고 불리는 걸까!

운송노동자작업시간지침규정

5월 5일. 4월 23일 여행을 시작해 지난 5월 2일에 돌아왔다. 1000년은 보통이고 1500년 이상, 무려 2000년 된 건물 유적이 그대로 유지되고 있다. 거리 전체가 유적지라는 사실이 흥미롭다. 오래된 도시엔 좁은 길이 많다. 오래된 집엔 화장실 욕조 외에는 배수구가 없다. 불편한 점이 많다. 그래서 뭐든 빠르고 뭐든 풍성해 버려지는 것들이 많은 우리나라를 돌아볼 필요가 있음을 확실하게 인식한다. 다니다 보니 한국인에 대한 인식이 좋다. 어디서 왔냐? 묻는다. 'from Korea' 하면 'nice'라 한다. 곳곳에 한국말을 하는 사람이 많기도 하다. 그들이 아는

Korea는 과연 그렇게 좋은 곳일까? 그곳 사람들이 일하는 이유가 단지 월급을 위해서가 아니라 연금을 받기 위해서라는 가이드의 설명을 들었다. 현재 받는 월급이 적든 많든, 어느 정도의 기본 생활이 보장되는 복지제도 때문이란다. 참 낯설다. 버스 운전기사를 위한 복지도 낯설긴 마찬가지다. 여행하는 동안 버스 운전기사가 몇 번 바뀌었다. 하루 9시간을 운전하면 다음 날 운전하지 않는다. 차에 '타코 메타'라는 디지털 자동 기록 장치가 있어 일정 시간 운전 후 정해진 휴식 시간을 지켜야 한다. 유럽연합EU에서 시행되는 운송노동자작업시간지침규정 EU Drivers' Hours Rules에 의한 것이다. 이 규정은 운전자가 피로한 상태에서 운전대를 잡는 것을 엄격히 규제해 운전자의 안전과 휴식 시간을 보장한다. 그에 따라 운전자는 연속해서 4.5시간 이상 운전할 수 없다. 이 시간 동안 운전대를 잡은 뒤에는 반드시 45분간 휴식을 취해야 한다. 화물차 운전자의 하루 운행시간은 9시간을 초과할 수 없으며, 예외적으로 일주일에 2차례 10시간으로 연장할 수 있다. 단, 주 운행시간과 2주 운행시간이 각각 56시간, 90시간 미만으로 제한된다. 단속과 모니터링도 철저하다. EU 회원국들은 격년으로 여객차와 화물차 운전자의 운행시간을 점검해 그 결과를 EU 집행위원회에 보고하고, EU 집행위원회는 이를 취합해 보고서를 내고 개선 방안을 결정한다. 『집중취재』 "EU 회원국, 운행시간 세분화…도로안전 확보" 2016.8.29. 참고 작년 11월에 있었던 우리나라 화물연대의 파업과 정부의 대처가 상대적으로 비교되었다.

　우리나라의 화물 차량 운전기사 김씨의 경우, 24시간 동안 경기도 군포에서 이천으로, 이천에서 광주로, 광주에서 군포로, 군포에서 충북 옥천으로, 옥천에서 화성으로, 화성에서 군포로, 군포에서 수원으로, 수원에서 다시 군포로 오가며 짐을 싣고 내리고 샤시트레일러에서 컨테이너를 적재하는 후미 부분를 연결하고 끊기를 반복해야 한다. 보통 낮 1시에 시작한 운행은 이튿날 정오가 넘어서야 한 바퀴를 끝낸다. 그리고 2~3시간 뒤 다시 그다음 날의 한 바퀴가 시작된다. 김씨의 하루 총 평균 주행거리는 300~400㎞다. 그리 긴 편은 아니지만, 상·하차 대기시간을 포함하면 하루 23시간 이상을 차 안에서 보낸다. 김씨는 매일 이렇게 산다. '요일도 밤낮도 없는 24시간 365일의 노동' 기사 참조 토요일 오후에 집에 들어가 일요일 오후 집에서 나온다. 일주일에 한 번 정도 제대로 수면을 취하는 셈이다. 평일엔 차에서 쪽잠을 잔다. 2시간 반 이상 잠든 기억이 없다. 화물차 기사 스스로 예측하고 재단할 수 없는 '화물'의 타임라인이 그를 쉽게 놔두지 않는다. 화주와 주선업체의 사정, 도로 상황과 상·하차 대기시간, 물동량의 많고 적음과 물류 경기의 오르내림 등 모든 게 불확실하다. 김씨가 통제할 수 없는 것들이다. 김씨가 바꿀 수 있는 건 차량 주행속도뿐이다. 잠자는 시간, 먹는 시간, 쉬는 시간을 포기해야 한다. 화물 차량의 과속, 기사들의 과로와 졸음운전이 바로 이런 구조에서 발생한다. 10월 17일 밤 10시께 김씨는 '하차 대기' 중에 제대로 된 첫 식사를 준비했다. 화물차 내부에 설치된 냉동고에서 꽁꽁 언 밥 덩어리를 꺼내 가스버너 불 위에 올렸다. 물을 조금 붓고 끓이면 그럭저럭 따뜻한 식사가 완성된다. 그의 트럭은 그의 생계 수단이자 부엌이자 식당이자 침실이다. 햇반 한 상자, 컵라면, 숟가락, 젓가락, 칫솔·치약, 겨울옷과 여름옷, 침낭, 에프킬라 따위가 어지러이 뒤섞여 있었다. '먹을 수 있을 때 먹고, 잘 수 있을 때 자는' 생활을 이어가다 보니 당뇨가 생겼다. 차 한구석에는 혈당 측정기와 인슐린 주사기도 놓여 있다. 김씨는 상·하차를 기다리는 화물차 안에서 하루 두 번씩 배에 인슐린 주삿바늘을 꽂는다. 종종 동료 화물차 기사의 부고를 듣는다. 몇 달 전엔 같은 25t 트레일러를 모는 동료 기사 한 명이 탱크로리 유조차 뒤를 받아 그 자리에서 숨졌다. 앞서가던 탱크로리 기사가 주행 중 갑자기 뇌경색이 와서 도로 위에 멈췄는데 그걸 제대로 발견하지 못하고 추돌한 것이다. 예전 덤프트럭을 몰 때 친해진 한 동료는 졸음운전을 했다. 순간 앞선 화물차에 실린 H빔이 운전석 앞을 뚫고 들어왔다. 그렇게 세상을 떠났다. 화물차 운전자가 운전자 서로를 위협하는 형국이다. 누구는 화물연대의 파업을 '집단 이기주의적 행동'으로 규정하지만, 그 파업은 두려움을 갖고 24시간 365일 운전대를 잡고 물류를 몸소 만들어내는 화물차 기사들이 세상에다 대고 말하고 있는 거다. 지금 내 일이 정상이 아니라고. 이대로 일하다간 내가 내 차가 시민들의 안전과 생명을 위협하지 않을 자신이 없다고. 너무 무섭다고. 그래서 안전하게 일하고 싶다고. 안전하게 일해서 안전한 세상을 만들고 싶다고. 다 같이 살고 싶다고. 시사인 "화물차가 달린다, 멈출 수 없어서" DTG 데이터 탐사보도① 2022.11.23. 참고

내 아버지가 혹은 내 남편, 내 아들이 이와 같다면 과연 화물연대 파업을 향해 이기적이라 말할 수 있을까! 정부의 대처에 손들어 줄 수 있을까! 우리는 숨겨진 희생자들에 대해 너무 무지하고 무정하다.

5월 5일. 어린이날. "왜 안 받는 거야?" 남편이 열심히 페이스톡을 하다가 투덜거린다. 이렇게 손자를 향한 구애가 거절당하고 있다.

5월 7일. 린하와 그 남편이 왔다. 얼마 전 결혼했는데, 점심을 사준다고 함께 왔다. 보리굴비 정식을 사달라고 했다. 이런 대견한 것들 같으니라고. '요즘 젊은것들' 하며 혀를 쫏쫏 차는 이들이 있다. 그러나 나는 그 누구의 도움도 없이 온갖 어려움을 굳세게 마주하며 당당하게 잘 살아내는 젊은것들을 자주 본다.

5월 8일. 엔도 슈사크는 긴 입원 생활을 해야 했고 결과를 알 수 없는 수술도 수차례 받았다. 병문안 오는 지인들에게 애써 웃음 지었지만 고통스러웠다. 억지를 부려 구관조를 샀다. 인간 언어의 의미를

모른 체 흉내만 내는 구관조에게는 가족들에게는 털어놓지 못하는 본심 속 불안을 말할 수 있었다. 가축 아닌 친구 혹은 형제 같았다. "죽지는 않겠지? 이번 수술로?" "그래도 어쩔 수 없으려나?" "그만둘게." 그러나 그의 말을 들은 구관조는 아무런 대꾸도 없다. 어느 날 구관조가 느닷없이 "안녕"이라고 했다. 백화점의 새 매장에서 배웠을 것이다. 그리고는 "하.하.하.하."로 엔도가 하는 말에 리듬을 맞췄다. "산다는 건 힘이 드네." "하.하.하.하.하." "이번 수술도 괴로울까?" "하.하.하.하.하." 가래가 목에 걸린 듯한 그의 웃음소리, "하.하.하.하.하."에 엔도의 마음이 편안했다. 이윽고 수술하는 날이 다가왔고, 수술엔 오랜 시간이 걸렸다. 의사의 필사적인 노력으로 그는 목숨을 건졌다. 이틀 가까이 마취 상태로 누워있다가 사흘째 정신이 들자 구관조를 찾았다. 구관조가 죽었다. 엔도의 병구완에 정신이 없어 엔도의 아내가 새장을 추운 베란다에서 안으로 옮겨놓는 일을 잊어버린 것이다. 엔도의 심정이 어땠을까! 구관조는 추운 베란다에서 떨며 어떤 심정이었을까! 내 가슴도 아팠다.

『엔도 슈사크의 동물기』엔도 슈사크|정은문고를 읽으며,『작별하지 않는다』한강|문학동네에 등장했던 두 마리의 새가 겹쳤다. 주인을 기다리며 새장에서 굶어 죽어가는 동안 얼마나 두려워하며 안절부절못했을까. 엔도 대신 죽은 것일지 모르는 구관조엔도는 그렇게 생각했다. 우리

가 즐기겠다고 죽게 한 작은 것들. 스스로 살아갈 수 없도록 가둬진 것들. 세상에 작은 것들. 어려서, 늙어서, 소유가 없어서, 건강하지 못해서, 남들과 달라서, 인간이 아니라서 작은 것들.

계속 태어나기

5월 9일. 확신에 찬 생각들, 차고 날카로운 눈이 되어 판단하기를 즐기고, 마음이 딱딱하게 굳어 슬픔을 모르게 될까 두려울 때, 소설을 빌린다. 박완서 선생님을 다시 생각한다. 사람 사는 모습. 경제와 풍속, 체제 변화 속 개인의 혼란, 가부장제와 여권 운동의 충돌과 허상, 중산층의 허위의식과 계층 분화 등 사회상. 제한 없는 소재. 진실에 천착하는 집요한 작가정신. 모든 구속과 드러나지 않는 음모와 싸우는 자유의 기운. 파내고 파내어도 늘 샘솟는 듯 살아있는 이야기. 예스러우면서도 그보다 적절할 수 없는 세련된 표현. 재미있는 글과 활달한 언어. 아름다운 문학의 풍경. 긴장함과 유머. 재미와 뼈대가 함께 담긴 소설. 글 쓰는 이의 외로움과 그보다 더한 사랑을 온전히 물려주고 떠난 준엄함과 따뜻함.

박완서 선생님의 『나목』을 읽었다. 나를 믿지 못하는 나는 작품해설을 반드시 읽는 편이다. "과거로부터 지금까지 동시에 횡행하는 점령과 학살의 불화가 이어지는 세상을 인식하는 그는 '계속해서'

태어난다."라는 해설을 읽으며 나는 그 역을 생각했다. '우리가 만일 과거로부터 지금까지 동시에 횡행하는 점령과 학살의 불화가 이어지는 세상을 인식하지 못한다면, 우리는 영원히 잘못 선 채, 그 자리에 머문다.' 사람이 나이가 들어가며 신체와 함께 정신이 함께 자라나지 못한다는 것, 잘못된 삶에 머무른다는 건 참 무서운 일이다.

며칠 후면 5.18이다. 이 상흔은 계속 이어지고 새로운 형태의 상흔들이 세상을 아프게 한다. 나를 비롯해 여전히 왜곡되어, 많은 이들이 5·18의 진실을 알지 못한다는 사실이 안타깝다. 79년 10월 26일에서 시작된 1980년 5월 18일, 그리고 5월 24일을 생각하며 『5.18 다시 쓰기』다수의 필자들|오월의 봄 와 『1980년 5월 24일』조성기|한길사을 샀다. 내가 몰랐던 당시 사람들의 고통과 증언을 읽으며 내 나이가 해야 할 일이 무엇일까 생각했다. 기억하기와 속지 않기! 1980년 5.18, 그리고 2016년 4.16, 그리고 2022년 10월 29일 이태원 참사는 알려준다. '자고로 역사는 승리자들, 학살과 점령자들이 기록한다.' 그 기록에는 진실이 담겨 있지 않다. 그래서 문학과 예술이 있다. 박완서 선생님의 『나목』에서는 고가가 무너지고 새로 지어진 이층양옥집에 은행나무가 서 있다. 모든 기억을 간직한 채 노오란 은행잎을 내고 또 떨어내는 은행나무가.

노년과 소설

5월 30일. 지난 25일 레미제라블을 읽으며 페이스북에 올린 글을 『복음과상황』이범진 편집장이 읽고 "노년 고전 소설 읽기"를 시도하면 어떻겠냐고 물어왔다. 은퇴해 일선에서 물러난 분들이 함께 고전을 읽는다면 좋을 것 같다고 했다. 좋은 생각이다. 낯선 분들을 만날 기회가 되는 것도 좋다. 홍보 키워드를 정했다. '노년.' '고전.', '읽기.', '쓰기.'

'노년'과 '소설'에 대해 생각했다. 그 둘 다 경직성 아닌, 유연성이라는 특징이 있다. 누군가는 노년의 특징 중 하나로 경직성을 말한다. 바로 그 경직성이 노년이 사랑받지 못하고 외면당하는 이유다. 경직성이란 한정된 시대에 살며 제한적일 수밖에 없는 개인의 경험과 거기에서 비롯된 앎과 행동을 "나 때에는 말이지~"하며 일반화하는 엄청난 오류다. 그렇다면 과연 노년의 경직성은 당연할까? 살아온 날수에 따라 쌓인 풍부한 노년의 경험은 젊은 시절보다 더 유연하고 풍성한 삶으로 인도할 수 있을 수 있어야 한다. 어떤 이는 소설을 허구라며 낮게 평가한다. 과연 그럴까? 소설은 드러난 사실 만으로는 표현할 수 없는 진실, 통용되는 도덕, 윤리, 제도 등에 의해 억압되어 어쩔 수 없이 죽은 시늉을 하며, 도리어 사람들을 위태롭게 흔들어대는 억압된 감정과 의식의 흐름을 겉으로 드러낸다. 소설 속에서 우리는 있는 그대로의 자신을 들키지 않고 만나 숨겼던 감정을 풀어놓는다. 우리를 흔들어대던 무의식을 자유롭게 풀어주며, 휘둘리지 않게 된다. 혹 노년이 소설을 만나 계속해서 태어날 수 있기를 기대한다.

전쟁 사절! '절대' '절대' '절대'

5월 31일. 작은딸이 카톡을 보내왔다. "합참에서 알려드립니다. 북, 남쪽 방향으로 '북 주장 우주발사체' 발사." 안전안내문자를 받았고, 사이렌 소리에 놀라 잠이 깨었고, KBS 외에는 어느 방송에서도 발표가 없었고, 네이버는 다운되었었단다. 대피하라 했지만, 어디로 어떻게 대피하라는 안내도 없었단다. 나는 아무런 안내를 받지 못했다. 얼마나 놀라고 무서웠을까! 나중에 들으니 무력감에 두려워 엉엉 울었단다. 나는 실제로 들은 게 아니고, 상황 종료 상태에서 아이한테서 들었으니, 아이가 느꼈을 공포와 무력감을 알 수 없다. 그러나 가끔 같은 상황을 떠올리곤 한다. 가족이 함께 있을 수 없는 게 제일 두렵다.

네이버로 뉴스를 검색했다. NCS가 소집되었는데, 대통령은 '상황에 따라' 참석한단다. 그야말로 엉망진창이다. 그런데 아이가 받은 안전안내문자는 '오발령'으로 인한 거였단다. 합참에 따르면 이날 북한이 발사한 우주발사체는 실제 백령도 서쪽 먼바다 상공을 통과했다. 다만 발사체가 낙하 예고 지점에 도달하지 못하고 레이더에서 사라진 것으로 파악되며, 합참은 관련 상황을 분석하고 있다고 했다. 이 와중에 더 강경하게 나가자고 한다면 그건 기만이다. 더 강경하게 나간다면 전쟁이 있을 뿐이다. 그런데 전쟁을 불사하겠다고? 우리에게는 딸과 아들이 있고, 어린 손주들이 있고, 사랑하는 이들이 있다. 혼자서는 자기 몸을 건사할 수 없는 어린것들과 노인들이 있고, 건강하지 못해 신체가 부자유한 이들이 있다. 부지기수다. 어떤 일이 있어도 전쟁은 안 된다.

내게도 증언할 책무가 있다. 어쩌면 우리 모두의 책무다

6월 3일. 박완서 선생님 자전적 소설『그 많던 싱아는 누가 다 먹었을까』를 이제야 읽었다. 사상의 자유가 있다는 건 말뿐, 지금도 빨갱이 몰이를 하는 나라다. 8·15광복 후 일본은 이 땅에서 물러갔지만, 해방 후 공간은 어떤 면에서 일제 강점기에서보다 더 참혹했다. 나라 돌아가는 사정을 아는 지식인 중 공산주의에 대한 매력을 느낀 사람이 많았다. 살아계셨다면 아흔아홉이 되셨을 우리 엄마, 정권에 순응하는 편이었던 엄마도 "돌아보면 말이다. 똑똑한 사람들은 대개 좌파였단다"라고 내게 말했다. 좌우가 문제가 아니고, 우리가 아는 바가 전부가 아니라는 뜻으로 한 말이었다. 6·25 전쟁이 일어나면서 많은 사람이 빨갱이로 낙인찍혔고, 처형당했다. 소설 속, 화자의 오빠도 그렇게 될 수 있는 상황이었다. 상황이 어떻게 바뀔지 모르는 격동의 시절이었다. 자유 없이 살면서 자신이 벌레처럼 느껴졌다. 박경리 선생님의 자전적 체험이 담긴 소설『시장과 전장』역시 6·25 전쟁을 배경으로 당시 사람들이 겪어야 했던 역경과 혼란을 보여준다. 공산주의와 자유주의라는 이념의 잣대로 한 민족이 나뉘고 전쟁이 일어나고 평범했던 사람이 시신이 되어 거리에 나뒹굴었다. 죽이고 죽이는 범죄가 사소해지다 못해 정당해졌다. 5년을 사이에 두고 태어난 박경리 선생님도 박완서 선생님도 이 난리 통에 가족을 잃었다. 가족 중 누군가를 잃는 게 다반사였다. 엄마도 시어른을 잃었고, 아버지도 황해도 감옥에 갇힌 채 소식을 알 수 없었으나 국군의 폭격으로 무너진 벽의 구멍으로 탈출할 수 있었다. 어쩌면 우리 아버지가 살아 되돌아오지 못했다면, 나도 빨갱이 자식이 될 수 있었다. 물론 그랬다면 나는 세상에 나올 수도 없었지만 말이다. "어느 쪽이 이기든 지든 간에 자식놈 하나 잃게 돼 있으니 기찰 노릇이지." 『시장과 전장』 2부 2장, 늙은 농부 중

감쪽같이 소멸할 방법이 있다면 그러고 싶은 게 소설 속 화자의 심정이었다. 다쳐서 몸도 자유롭지 않은 오빠를 찾아 손수레에 싣고 온 서울, 천지에 인기척이라곤 없었다. 차고 푸른 비수가 등골을 살짝 긋는 것처럼 소름이 확 끼쳤다. 천지에 사람 없음에 대한 공포감이었다. 그때 화자에게 찰나적으로 문득 사고의 전환이 찾아왔다. 막다른 골목까지 쫓긴 도망자가 획 돌아서는 것 같은 사고의 전환이었다. '나만 보았다는 데 무슨 뜻이 있을 것 같았다.' '우리만 여기 남기까지 얼마나 많은 고약한 우연이 엎치고 덮쳤던가. 그래, 나 홀로 보았다면 반드

시 그걸 증언할 책무가 있을 것이다.' '그거야말로 고약한 우연에 대한
정당한 복수다. 증언할 게 어찌 이 거대한 공허뿐이랴. 벌레의 시간도
증언해야지. 그래야 난 벌레를 벗어날 수 있다.' 사고의 전환이 언젠가
글을 쓸 것 같은 예감으로 이어졌다.

　그 예감대로 소설 속 화자는 글을 써 등단했다. 1970년 박완서 선
생님의 장편소설 『나목』이 『여성동아』 현상모집에 당선되었다. 한국
전쟁으로부터 비롯된 섬세하고도 깊어진 내면의식이 우리를 그때 그
지점으로 이끈다. 나는 박경리와 박완서 두 분 선생님을 통해, 일제 강
점기와 해방 공간, 6·25를 만난 셈이다. 힘 있는 자들이 기록하는 역사
는 가르쳐주지 않는 것들을.

　'사람을 파리처럼 벌레처럼 살게 한 것들'에 대항해 그 '벌레 같은
삶을 벗어날 책무'를, '죽을지도 모르는 상황에서조차 정직하게 이야
기하는 소설의 책무', '도망자'에서 '증언자'가 되어야 하는 책무'를 감
당한 선생님께 많은 빚을 졌다. 『내 어머니 이야기』김은성|문학동네의 기
록이, 『태백산맥』조정래|해냄 안에 등장한 그 수많은 가련한 사람들이
겹쳐지며 가슴이 묵직해진다. 모두 내 엄마가 살았던 시대를 그렇게
살아낸 사람들의 기록이다. 그래서 더 가슴에 와닿는다. 자신 앞에 놓
인 개인적 민족적 책무를 외면하지 않고 죽어간 이들, 숨겨진 역사를

소설로 그려낸 게 박경리, 박완서, 조정래 선생님 등. 그분들의 책무가 있다면, 나의 책무는 어떤 것일까! 내게도 증언할 책무가 있다. 어쩌면 우리 모두의 책무다.

살아생전 미처 알지 못했던 부모의 아픔이 비로소 …

6월 5일. 지인들이 상주가 되는 경우가 많다. 나이를 먹은 게다. 당장은 부모님의 주검에 실감이 나지 않겠으나 결국은 '아픔'이라는 감정들이 다양한 방식으로 다가올 것이다. 그 아픔은 자기의 아픔이 아닌, 살아생전 미처 알지 못했던 부모의 아픔을 비로소 알아가는 데서 비롯된다. 잊히지 않는 과거의 장면들이 뒤늦게 살아 움직이는 것이다.

지인의 모친 장례식에 다녀왔다. 어김없이 엄마 생각이다. 바로 오늘과 같은 6월, 조금 더운 일요일이었다. 엄마를 집에 홀로 두고 나왔다. 딸과 사위를 만나 아이들이 입주하게 될 아파트를 보러 갔다. 저녁을 먹고 들어가자는 아이들의 말에 가슴이 두방망이질했다. '엄마가 그동안 넘어지지 않을까?' '지루하거나 외롭지 않을까?' 엄마 걱정이었다. 드러내지 않았다. 즐거운 듯 그러자고 했다. 엄마가 전화를 받지 않았다. 엄마는 귀가 잘 안 들려 자주 전화를 받지 못했다. 불안한 마음을 눌렀다. 먹는 둥 마는 둥 식사를 마치고 다른 식구들의 식사가 끝나기를 기다리며 남편과 아이들 뒤에 지저분한 방석을 깔고 누웠다. 허리가 아파 그래야 했던 내가 내 아이들의 잊지 못할 기억으로 남을지 모르겠다. 식사의 분위기를 어느 정도 망치고 있었다. 비가 쏟아지기 시작했다. 마음이 급했다. 집에 들어오자마자 엄마 방으로 들어갔다. 엄마의 낯빛은 진한 분홍빛이 되어있었고, 몸은 흐르는 땀으로 흥건히 젖어있었다. 그리고 켜진 TV 앞에서 불안한 몸짓을 하고 계셨다.

전화 소리를 듣지 못했다. 비가 쏟아지기 시작했고 창문은 열려 있었다. 창문을 닫으려 했지만 그럴 힘이 없었다. 비가 방안으로 들이쳤다. 걸레 몇을 가져다 들이치는 빗물을 닦아내느라 남은 힘을 다 썼다. 불편한 거동으로 최선을 다해!

지금도 그 모습이 눈에 선하다. 얼마나 당황했을까! 그까짓 비 들이치는 것, 내가 와서 치우면 되는데, 엄마는 절대로 절대로 그러질 못하는 성격이었다. 그런 성격 때문에 나와 같이 지내는 1년 남짓 기간, 도무지 마음 편히 지내지 못하셨음을 안다. 조금도 신세 지는 걸 용납 못 하는 분이 남편 잃고 자기 집을 떠나 사신 그 12년의 삶. 돌아보면 세상에 나와 어느 하루도 몸과 마음이 편했던 날이 있을까! 일제강점기에 태어나 보름 만에 아버지를 잃고 아버지 없이 살은 설움. 다행히 좋은 신랑 만나 꿈같은 날을 그리고 있을 때 터진 6.25. 피난 생활, 남편의 행방불명, 길에다 친정어머니와 시아버님, 그리고 돌 지난 아들을 묻은 일, 그리고 가난한 삶의 연속, 5남매를 길러 출가시키고, 그 5남매가 제자리를 잡고, 또 장손까지 키워 출가시킨 일. 그 장손이 제 자리를 잡고, 내 할머니인 엄마의 시어머님마저 돌아가시고, 비로소 부부가 처음으로 둘만 사실 수 있었다. 그 시절이 가장 행복했다고 한 엄마의 말이 귀에 쟁쟁하다. 그러나 오래 가지 않아 남편을 잃었다. 그리고 아무리 부정해도 틀리지 않은 말, 나는 입에 올리고 싶지 않은 말, '떠돌이의 삶'을 말씀하셨다. 그러나 그래도 당신의 삶은 감사한 삶이라고 언제나 말씀하셨다. 지독히 성실하게, 지독히 낭만적으로 삶을 살아내셨으니, 내가 생각하던 것보다는 덜 힘드셨다면 좋으련만. 그렇게 믿고 싶다.

린하의 대모험이 시작되는 날이다. 짧은 메모를 남긴다

6월 19일. '프랑스 요리학교 입학' '린하의 대모험이 시작되는 날' 이다. 짧은 메모를 남긴다. 린하라는 아이! 경제적으로 풍족한 삶을 살아온 적이 없다. 정서적으로도 안정될 수 없었다. 얼마든지 비뚤어졌을 수 있는 힘든 환경에서 어떻게 그리도 씩씩하게, 한결같이 옳은 방향으로 삶의 방향을 틀어 여기까지 왔을까! 돈을 가치로 두지 않고 살아왔고, 이제는 능력을 인정받고 돈 많이 받는 직장을 나왔다. 우울증을 극복하겠다는 의지로 채식을 시작했다가 이미 사찰요리 자격증을 땄고, 빵도 구울 줄 안다. 그러다 조그만 식당을 차려 건강한 음식을 나누는 삶을 살고 싶었고, 언젠가는 직장을 다니면서, 농사 학교에 들어가 곡물을 심기도 했다. 농사까지 지을 맘이었다. 그 아이를 보는 게 재미있고 신기했다. 그런 아이가 한동안 식당에 관한 말이 없어 포기했거나 잊지 못할 만큼의 꿈은 아니었나 싶었다. 그런데 드디어 아껴 저축한 돈과 남편의 지원으로 꿈을 향해 안전한 직장생활을 끝내고 도전을 시작한다니, 벌써 린하가 낼 식당에서 식사하는 상상을 한다.

아무것도 아닌 게 없는 사람

6월 27일. 『레미제라블』은 읽기에 쉽지 않다. 프랑스 역사를 알아야 할 것 같아, 『프랑스사』앙드레 모루아|김영사와 마침 출판된 『빅토르 위고』막스 갈로|비공를 함께 읽고 있다. 책을 읽으며 감성과 이성, 지성 어느 한구석 부족함 없이 예민해, 그리하여 세상에 '아무것도 아닌 것'은 없는 것처럼, 모든 일에 슬퍼하고, 아파하고, 아름다움에 경탄하고, 우정, 시기, 질투, 욕망, 허영심, 돈, 승부욕, 패배감, 포기, 포기 없음, 보이는 것, 들리는 세상, 노동자, 여자, 아이들, 그들의 비참, 말하는 것, 느끼는 것, … 모든 것에 대해 어느 한순간도 의식의 흐름이 멈추지 않아, 그 옆에서 일어나는 모든 사건을 머리에 각인하고, 가슴으로 품고, 비판과 찬사로 동시다발적으로 경험하는 사람, 빅토르 위고를 만났다. 『레미제라블』은 타인의 고통에 대한 민감한 그의 삶의 결과였다.

위험한 사람, 뭣도 모르는 사람

7월 20일. 잊히지 않는 예화가 둘 있다. 그만큼 공감한 이야기다.

하나. 네 부류의 사람이 있다. 지혜로우면서 부지런히 움직이는 사람, 지혜롭지만 움직이지 않는 사람, 전혀 지혜롭지 않은데 부지런하게 움직이는 사람, 지혜롭지도 않으면서 또한 움직이려 들지도 않는 사람이란다. 예화를 들려준 사람이 물었다. "이 중 가장 위험한 사람은 어떤 사람일까요?"

둘. 어릴 적 친구가 오랜 시간이 지나 나이가 지긋해져 만났다. 한 사람은 공부도 많이 하고, 사회적으로도 성공해 높은 직위에 이르렀고, 게다가 교회 장로였다. 반면 또 한 사람은 공부도 많이 하지 못하고, 그렇다 할 만한 사회적 지위도 갖지 못했으며 그래서인지 옷차림조차 소박하다 못해 남루했다. 장로인 친구가 남루한 친구에게 예수를 믿는지? 물었다. 다행으로 그 질문을 받은 친구는 얼마 전부터 예수를 믿게 되었다고 했다. 장로 친구가 몇 가지 질문을 했다. 일종의 교리에 관한 것이었다. 친구는 답하지 못했다. 장로 친구는 "그렇게 아무것도 모르면서 무슨 예수를 믿는다고 할 수 있겠나?"라며 면박을 주었다. 그러자 상대방 친구가 답했다. "그럴지도 모르겠네. 그러나 나는 그런 것들을 잘 알지는 못하지만, 예수 그분이 어떤 삶을 살았는지는 안다네. 그리고 나도 그분처럼 살기 위해 노력하고 있다네." 아무것도 모르는 사람은, 예수를 믿는 사람은 과연 누구일까!

비로 인해 나라가 쑥대밭이 되었다. G7 회의에 나가 있던 대통령은 예정에 없던 우크라이나를 방문했다. 호우에 관해서는 자신이 당장 서울로 와도 상황을 바꿀 수 없다고 했다. 우크라이나에 가서는 무엇을 바꿔놓을 수 있을까! 그 와중에 그의 여인은 열여섯 명의 경호를 받으며 5개의 명품관에서 쇼핑했고, 리투아니아 기자의 기삿거리가 되었다. 호객행위로 인해 그리되었다고 한다. 어느 명품 브랜드가 해외 순방 중인, 한 나라의 영부인을 대상으로 호객행위를 할까? 호우 피해가 속출하는 가운데 골프를 친 것으로 알려진 어느 도지사는 '공무원도 주말에는 자유'라는 그야말로 멋진 말을 했다. 구조작업에 경험도 없는 해병대 포병 일등병은 구명조끼도 없이, 인명 구조작업을 펼치다 물에 휩쓸려 목숨을 잃은 그 시간에 벌어진 일들이다. 지혜 없는 사람이 불필요한 일들에 부지런 떠는 것의 위험성. 뭐가 뭔지는 모르지만 적어도 인간이 죽어가는 현실에 절로 그 현장에 가는 인격, 뭐라도 하려 하는 인격. 그런 생각들이 과거의 두 예화를 기억하게 했다.

한심하기 짝이 없다. 우리 손으로 만든 원전인데

7월 21일. 기다리던 8부작 드라마 「더 데이즈」가 드디어 방영되었다. 2011년 3월 11일 일본 동북부 지방을 관통한 대규모 지진과 그로 인한 쓰나미로 후쿠시마현에 있던 원자력발전소에서 방사능이 누출되었다. 사고 수준은 레벨 7. 국제원자력사고등급INES 중 최고 위험단계다. 1986년 발생한 소련 체르노빌 원전 사고와 같은 등급이다. 이 드라마는 바로 그날, 그곳에서 책임자로 모든 상황을 겪었던 요시다씨가 한 증언으로 만들어졌다. 그는 암을 선고받고, 자기 삶이 끝나기 전 이 일을 증언할 책임을 느꼈다. 이 사건에 대한 그의 설명이 드라마 끝에 자막으로 나온다. 요시다씨가 이 일을 증언할 책임을 느꼈다면, 나는 이 드라마를 본 사람으로 이 드라마의 내용과 내가 느끼는 점을 알리는 게 자그마한 내 책임이라 생각하며 그 자막을 옮긴다. 모두가 알기 바라는 마음으로.

"한심하기 짝이 없다. 우리 손으로 만든 원전인데, 폭주를 시작한 그 녀석을, 어떻게 하면 좋을지 모른 채, 우리는 그저 물을 계속 넣었다. 배관을 통해 원자로 내부에 물을 붓고, 상공에서 물을 뿌리고, 건물 밖에서도 물을 뿌렸다. 오로지 그것만 반복했다. 이 모든 일의 시작은 무엇이었을까? 1950년대 제2차 세계대전의 패배를 딛고 엄청난 경제성장을 이룬 일본은 대량의 에너지가 필요했다. 핵연료인 우라늄-235 1g이 생산하는 에너지는 석탄 3t과 맞먹는다. 300만 배의 에너지 덩어리다. 경제성장이 영원할 거라고 믿은 일본 국민은 '미래의 에너지'에서 희망의 빛을 봤다. "원자력, 밝은 미래의 에너지" 우리는 언덕을 무너뜨리고 바다에 방파제를 세워 후쿠시마현 초자하라의 풍부한 자연에 토지를 개간하고 원자력발전소를 세웠다. 미래의 에너지를 만들어내는 발전소. 그리고 40년 후 우리는 그 발전소를 해체하는 나날을 보내고 있다. 건설 당시 누가 상상이라도 했을까. 미래의 에너지가 만들어지는 희망의 발전소를 이런 식으로 부수는 날이 오리라는 것을. 완전히 해체하는 데에는 삼사십 년이 걸린다고 한다. 수소 폭발로 흩어진 잔해는 고선량선량이란 물질이나 생물체가 받은 방사선의 양. 방사선 속의 물리적인 세기를 말한다의 방사선을 방출하고 인간의 앞길을 막는다. 지금도 아직 손대지 못한 핵연료가 원자로 안에 남아 있다. … 폐연료라고 알려진 방사성 물질의 총량은 수백 톤, 물론 사람은 접근할 수 없다. 그뿐만 아니라 무시무시한 방사선은 로봇으로 안을 들여다보는 것조차 허용하지 않는다. 추정되는 방사선량은 시간당 70Sv. 70mSv가 아니라 70Sv다. 어느 연구에 의하면 히로시마에 투하된 원자폭탄의 경우 폭심지에서 1.5Km 지점의 방사선량이 1Sv라고 한다. 2호기 격납 용기 내에 1시간을 머무른다면 그 70배에 달하는 방사선을 쐬게 되는 셈이다. … 추출 해낼 방법도 보관 방법도 알지 못한다. 최종 처리 방법이 결정되는 건 아주 먼 미래일 것이다. 폐로 작업은 언제 끝날지 알 수 없다. 후쿠시마현 하마도리 사람들은 살아온 집을 버리고 어쩔 수 없이 고향을 떠나게 되었다. 11만 7,000명이 고향을 떠나 수만 개의 집이 빈집이 되었다. 가축들은 주인을 잃고 거의 전멸했다. 한편 야생동물들은 활기를 되찾은 것처럼 보였다. 그들은 1966년 원자력발전소의 건설 개시 이래로 인간에게 빼앗겼던 터전을 되찾았다. 40여 년 전 우리는 산을 무너뜨리고 바다에 콘크리트 벽을 쌓아 야생동물한테서 집을 빼앗았다. 이번엔 인간이 터전을 잃었다. 자동차가 줄어서 공기가 깨끗해진 덕인지 밤하늘은 청명하고 별이 전보다 아름답게 빛난다. 예전 후쿠시마의 모습을 되찾은 건 아닐까? 하지만 그렇지 않다. 거대한 과거의 허물이 가로놓여있다. … 발전소 터에 있던 천 그루가 넘는 벚나무도 오염원이 될 것으로 판단하여 대부분을 잘라냈다. 4백 그루 정도만 남았다. 내가 앞으로 무엇을 할 수 있을까. 남겨진 시간에… 남겨진 시간? 사고 후 내 몸에 암이 발견되었다. 단계는 3기 치료는 어려울 것이라고 한다. 매스컴은 사고로 피폭된 탓이라고 원전 사고와 연관 지어 보도했지만 나는 사고 대응 스트레스와 담배를 너무 피운 것이 원인이라고 생각한다. 대책을 세운다면 면진중요동을 금연 구역으로 바꿔야 할 것이다. 남은 시간에 내가 할 수 있는 일은 그 재난을 후대에 알리는 것으로 생각한다. 물론 할 수 있는 말은 많지 않다. 내가 후쿠시마 제1 원자력발전소에서 경험한 것을 기록으로 남길 수 있다. 나는 그날, 그곳에 있었다. 그곳에서 일어난 일을 봤다. 냄새를 맡았고, 공포를 느꼈다. 오직 그곳에 있던 사람만이 전할 수 있다. 이것은 사고관련자가 져야 할 책임일 것이다. 그래서 나는 알려야만 한다. 절대로 지금 죽어서는 안 된다. 나는 조금만 더 살아보고자 한다."

토오 전력의 후쿠시마 제1 원전의 요시다 마사오 소장은 사고로부터 2년 후인 2013년 7월 9일, 58세로 사망했다. 사고 후 요시다의 증언은 '요시다 조서'로 발표되었다. "후쿠시마 원자력 사고 조사 보고서"와 함께 세계에 유례없는 원자력 사고의 귀중한 자료로, 검증이 계속되고 있다. 저널리스트 카도타 류쇼는 그날 후쿠시마 제1 원전에서 사고 대응을 했던 관계자 90여 명과 직접 인터뷰를 했고, 『죽음의 문턱을 본 남자』라는 서적을 출간했다. 이 드라마는 "요시다 조서"와 "후쿠시마 원자력 사고 조사 보고서" 『죽음의 문턱을 본 남자』를 바탕으로 그날 그곳에 있던 사람들의 갈등, 공포, 책임을 최대한 충실하게 그려냈으며, 디테일 및 캐릭터를 각색하여 이야기를 구성했다. 2023년 현재 후쿠시마 제1 원전 사고는 여전히 수습되지 않았으며 폐로 작업은 오늘도 계속되고 있다.

인간은 인간에게 주어진 귀하디귀한 상상력으로 책임질 수 없는 일을 하고 있다. 우리 모두 핵, 원자력발전소의 위험을 모르지 않는다. 인류를 멸망시킬 수 있음을. 그러나 미래에 대한 책임을 지는 대신 당장은 아닐지 모른다는 안일한 생각, 혹은 인류, 국민과 시민의 안전보다는 자신의 권력을 유지하려는 욕망으로 이 위험천만한 일이 안전하다고 속인다. 어떤 이들은 당장 이런 권력으로 인한 자기 재산 관리를 위해 스스로 속이고 이에 찬성한다. 여기에 더 새로운 기술이 없으면 세상에서 도태될 수밖에 없게 하는 자본주의의 숨겨진 민낯이 동시에 작용한다. 우리 아이들의 미래가 맞이할 위험이 마냥 쌓여간다.

자식에게 부모가 줄 수 있는 최고의 마음?

7월 3일. "혼자 해결하기 어려우면 아빠한테 꼭 말해달라"고 했다는 어느 아빠의 글을 페이스북에서 읽었다.

딸을 기를 때 있었던 일들이다. 순둥순둥한 큰딸이 가끔 친구, 혹은 선생님과의 관계에서 있었던 억울함을 이야기하곤 했다. 나는 교육이라는 차원에서, 혹은 진짜 그렇게 생각하기도 해서, '네가 그런 일을 당할만하게 행동한 건 아닐까?'라는 식으로 말했었다. 어린 게 얼마나 속상했을까. 엄마마저 자기편이 되지 않는다는 게. 시간이 한참 지나서야 나는 나의 무지와 몰인정을 깨달았고 딸의 편이 되어주기로 했다. 딸이 고등학생이 되었다. 규율부장 선생이 딸을 잡았다. 염색도 하지 않은 딸의 머리가 염색한 머리라고 우기며, 다시 검정으로 염색하고 오라고 했다. 억지다. 학교에 전화했다. 믿지 않으려 했다. 분명 염색한 머리라는 것이다. 찾아가겠다고 하며, 규율부장에게 맞섰다. 결국, 사과를 받아냈다. 딸의 고3 담임은 미술대를 지원할 딸에게 야간 자율학습을 끝내고 미술학원에 가라고 했다. 그때면 이미 학원 수업은 끝나 있다. 심지어 치과 치료 중인 딸에게 치과 치료까지도 자율학습 끝내고 가야 한다고 했던 분이다. 그때면 이미 치과는 문을 닫은 시간이다. 이런 억지가 이어졌다. 담임을 찾아갔다. 내게 '순종이 제사보다 낫다'라며 말을 들먹였다. 말도 안 되는 말에 맞섰다. 선생님은 파르르 떨면서 학생 생활기록부에 좋게 쓰지 않겠다고 했다. 나 역시 "그렇게만 한다면 나도 선생님을 그냥 놔두지 않겠다"라고 했다.

내가 철이 좀 든 다음에 태어난 작은딸에게는 처음부터 엄마가 언제라도 편이 되어줄 수 있다는 걸 각인시켰다. 초등학교 저학년 때였다. 어느 날 딸의 짝꿍이 딸의 뺨에 따귀를 날렸다. 짝이 책상 위에 영역 표시로 줄을 그었다. 작은딸이 그 영역을 의도 없이 침범했다는 게 이유였다. 순간적으로 당한 일에 딸은 아무 말도 하지 못했다. 선생님께 말했지만 아무런 관심도 받지 못했다. 딸의 마음이 몹시 상했다. 몇 날 동안 나와 딸이 이 일을 놓고 대화를 주고받았다. "엄마가 어떻게 해줄까?" "아니. 나 둬봐." "엄마가 그 아이를 혼내줄까?" "선생님이나 그 애 엄마에게 말해줄까?" "아니. 나 둬봐." "엄마한테 말해봐. 어떻게 해줄지를." "나 둬봐." 그렇게 몇 날이 지나 딸은 스스로 문제를 해결했다. "너 다음에 또 그러면 가만 놔두지 않겠어!"라고 내가 그 애한테 말했어. 가슴이 막 뛰면서. 이제는 됐어. 편해."

딸은 내 앞에서 자신의 답답함을 얼마든지 말할 수 있었다. 나는
단지 '엄마는 네 편이고 너를 도울 수 있어'라는 메시지만을 보냈을 뿐
이었다. 딸은 스스로 자기의 일을 해결했고, 자신감을 얻었다. 나는 여
전히 딸들 편이다. 마음이 그렇다. 실제 내가 해주는 건 거의 없다. 그러
나 내가 줄 수 있었던 어떤 것보다 그 마음이 제일이라고 여긴다. 언제
까지일지는 모르겠다. 세상에 불변하는 건 없다.

민중을 위한 전쟁이란 없다

7월 12일.

"독립을 위한 전쟁을 제외하고, 전쟁은 폭력에 불과하다. 죽고,
죽이고, 죽는다. 그곳에서 사람의 살이 반죽이 될 뿐이다. 연기
를 뿜는 피, 넘쳐나는 묘지들, 눈물을 흘리는 어머니들이 있을
뿐이다. 민중을 위한 전쟁이란 없다. 하늘의 뜻을 거스르는 것이
다. 어떤 승전 후에는 야만적인 국민이 생긴다."

『레미제라블』에 드러난 전쟁의 얼굴이다. 가난한 사람들은 굶
어 죽어가는 동안 수없이 대포와 총을 마구 쏴댄다. 우리나라의 경우

2023년 기준 국방예산은 57조로 전체 국가 예산의 14.6%에 가깝다. 평화를 위한 비용이라지만, 도리어 전쟁을 위한 비용이 된다. 전쟁이란 그런 것이다. 전쟁을 불사하고 북한과 맞서겠단다. 무엇을 위해? 국민을 위한 전쟁은 없다. 결코! 전쟁을 불사하겠다는 그에게 뚝심이 있다고 좋아하는 미련한 이들이 있나 보다.

개인의 사랑, 고통, 삶의 이야기가 사라지면,

남은 이들의 인간성마저 함께 사라진다

7월 16일. 모든 사람이 시대적, 개인적 환경 안에서 삶을 살아낸다. 나는 내가 경험하는 것을 알 뿐이다. 그것조차 왜곡된 경험이다. 모르는 게 너무 많다. 평전, 전기, 구술 문학은 내가 모르는 것을 채워준다. 그래서 좋다. 지난 서울국제도서전에 가서 『조선으로 간 일본인 아내』하야시 노리코|정은문고를 샀다. 전기, 구술 문학은 아니지만, 인터뷰를 토대로 엮은 사람들의 이야기, 포토 다큐멘터리다. 책에는 어쩌다 일본에 가게 된 조선 사람들, 그와 사랑하게 된 일본인 아내, 북으로 갈 수밖에 없었던 힘겨운 시절. 그곳에서의 그런대로 살만했던 시절, 그리고 고향을 향한 그리움. 북한에 수많은 사연을 가진 채 살아가는 일본인들 이야기가 있다. '주적', '북한'과 같은 단어, 의식 안에는 이들의 사랑, 고통, 삶 전체가 흔적도 없이 사라진다. 이들의 이야기가 사라지면, 남은 이들의 인간성마저 함께 사라진다. 세상은 갈수록 거칠어지

고 바로 그 세상에서 언젠가 같은 방식으로 사라질 것이다.

국가주의는 인류의 퇴보다

7월 18일. 글이, 그 일기 소설의 주인공이 나를 닮았다고 했다. 서울국제도서전에 함께 간 박수경 집사가 소설 『체리토마토파이』베로니크 드 뷔리|청미와 책 표지로 디자인한 머그잔을 함께 사줬다. 내가 어떤 사람이길래? 나를 알기 위해 흥미롭게 책을 펼쳤다. 소설에서 쟌은 90에 일기를 쓰기로 했고, 봄의 첫날 3월 20일부터, 일기를 썼다. 나는 늘 죽음을 앞에 두고 산다고 생각해왔지만, 나이 들어가는 과정, 앞으로 내게 찾아올 일흔, 여든, 아흔에 이르기까지의 구체적 변화에 대해서까지는 그렇지 못했다.

독서 모임을 위해 『레미제라블 2』를 다시 읽는 중이다. 세 번째다. 읽을 때마다 상황이 조금은 구체적으로 그려진다. 도망에 지친 코제트를 장발장이 업어줬다. 아! 어릴 적 엄마를 잃게 된 후 단 한 번도 따뜻한 사랑, 따뜻한 품을 느껴보지 못한 코제트의 감정이 어떤 것일지 상상해본다. 코제트는 말하지 않았다. 어쩌면 그런 경험을 표현할 수 없었을지 모른다.

분명 사랑하는 엄마가 있었으나 업힐 수 없어 죽게 된 다섯 살배기 아들과 두 살배기 딸이, 그리고 같은 식으로 죽어갔을 어린 것들이 겹쳐 떠오른다.

"둘 다 하루 자고 일어났더니 눈도 못 뜨고 죽어버린 거예요. 너무 오래 걸어서 발이 퉁퉁 부어있었거든. 작은 발들이 거무죽죽해서는 … 오는 도중에 몇 번이나 업어달라고 보챘는데 … 정말로 가여웠습니다." 『조선으로 간 일본인 아내』 하야시 노리코ㅣ정은문고 193, 194

1950년 6·25가 터졌다. 본래 함흥에 살던 사람의 2배가 넘는 2만 5,000명이 함흥으로 피난길을 떠났다. 함흥시 성천강 구역에 있던 수용소 3층쯤에 있는 작은 방에 루리코 씨 가족 다섯이 들어갔다. 이튿날 아침에 눈을 뜨니, 계모의 다섯 살배기 아들과 두 살배기 딸이 죽어있었다. 업힐 수 없어서. 작은 발들이 거무죽죽해졌다. 그리고 죽었다. 전쟁의 한 일이다.

'국가'라는 개념이 강조되면, 그 안의 한 사람 한 사람, 개인은 비인간화된다. 어린 것들이 무참히 짓밟힌다. 살기 위해 북으로 혹은 남으로 이리저리 옮겨야 했다. 어쩔 수 없었다. 반동과 반공 사이에서 낙인이 찍힌 채 죽었거나, 혹은 숨기고 살아가고 있다. 평화와 반전을 외친 존 레넌은 노래 imagine으로 평화를 외쳤다. 빅토르 위고는 "위대한 민족성을 통해, 우리는 세계를 조국으로, 인류를 민족으로 살기를 기대했습니다." 『성주들』 라고 썼다. 태초에 조국은 세계였고, 민족은 전 인류였다. 언제부터 국가의 개념이 생겼던가! 국가주의는 인류의 퇴보다.

음식 이야기, 삶의 이야기다

7월 22일. 즐겨 먹는 음식은 몇 안 된다. 딸아이가 엄마는 음식을 지나치게 가려먹는다고 할 정도다. 샐러드, 순두부, 비빔밥, 김밥, 갈치, 칼국수, 두부 요리 등이 전부일지 모른다. 집밥을 더 좋아한다. 외식이라면 갈비탕 정도. 최근에야 추어탕을 먹을 수 있게 되었다. 거의 외식을 하지 않고, 음식을 담기 위한 그릇들엔 관심조차 없으면서도 365일 음식 생각이다. 먹기 위해서가 아니라 구경하기 위해 빵집에 들어가 둘러보고, 넷플릭스에서는 음식을 주제로 한 영화를 찾아보기도 한다. 나는 그런 사람이다. 그렇게 먹기 좋아하고, 먹기에 관심이 많다. 어제만 해도 멕시코 음식 타코에 관한 다큐멘터리를 보며, 혹 타코를 즐겨 먹게 될 수도 있다고 생각했다. 좋아하는 음식이 뻔~해도, 그 음식에 들어가는 재료는 얼마나 다양한가. 비빔밥과 샐러드에 들어가는 재료만 해도 그렇다. 거기에 거의 온갖 나물의 종류가 얼마나 많은가! 샐러드의 재료는 다양한 채소부터, 육류와 곡류까지 얼마나 다양한가! 요리인에 따라 달라지는 요리는 그야말로 예술이다. 이동식 대표가『음식의 말들』김도은│유유을 또 선물로 보냈다. 나는 책을 사 볼 여유가 있으니 내게 보낼 책이 있으면 다른 분에게 드리라고 부탁한 바 있다. 책 제목을 보니, 내게 책을 보낸 이유를 알 것 같다. 자주 거친 음식

사진을 올려대는, 음식에 진심인 나를 생각했을 테다. 실은 고맙다. 책을 펴자 눈에 보이는 단어와 문장이 있다. "취향에 관한 얘기." "365일 먹는 것을 생각." "엄마의 도시락과 간식."

책을 펼치며 엄마가 해준 음식과 도시락, 정성이 담긴 갖가지 음식들, 여전히 딸들이 그리워하는 '외할머니의 장떡' '나의 할머니가 만들어준, 내가 흉내 낼 수 없었던 호박 만두'가 눈앞에 보이고, 혀는 맛을 느낀다. 엄마와 할머니의 음식에 대한 기억이다. 음식 기억은 엄마와 할머니와의 함께 했던 나날들을 불러온다. 음식은 다만 음식이 아니다. 기억이다. 향수다. 사람과 이야기에 대한 기억과 향수다. 저자는 말한다. "막상 원고를 쓰기 시작하니, 마치 엉키고 얽혀 있던 실타래를 풀어나가듯 음식에 대한 기억의 실이 끝도 없이 술술 풀려 나왔다." 사실이다.

음식 이야기는 여러 모양의 삶의 이야기로 이어진다. 저자는 단맛은 원초적이며 매력적이지만 쉽게 질려서, 짠맛, 쓴맛이 함께 조화돼야 음식을 맛있게, 오래 먹을 수 있다고 한다. 사람과의 관계에도 이런 점을 적용한다. 달기만 한 관계도 그렇단다. 단맛으로 시작된 관계에서 문득 예고 없이 쓴맛이 나타나면 더욱더 쓰디쓰게 느끼게 된단다.

나를 달게만, 좋게만 여기는 분이 불편하다. 누가 그렇게 썼듯, 사람은 복잡하게 나쁘고 나 역시 그렇다. 타인이 바라보는 내 이미지에 갇히고 싶지 않다. 한 사람을 만나, 처음에는 달게 느끼며 관계가 생긴다. 이후 그의 쓴맛과 짠맛을 본다. 시간이 더 지나 그 모든 맛이 그의 맛임을 알게 된다. 내가 만나는 사람들과의 관계가 그렇다. 웬만하면 쉽게 관계를 끊어내지 않는다. 나이가 들어가며 점점 누군가를 쉽게 판단하지 않으려 노력하게 된다.

오후에 인사동에 있는 노무현 시민센터에서 배은영, 최승주 선생님을 만났다. 배은영 선생님이 페이스북에 올린 글을 읽다가 조금 걱정되었다. 참 열심히 살아왔는데, 이제는 새로운 일을 해보고 싶은데 결정하기 어려운 것 같았다. 하고 싶은 일은 뭘까? 남편과 의논은 잘될까? 여자 셋이 그동안 살아온 이야기들을 나누며, 서로 공감하며 지지할 수 있었다. 나는 집으로 돌아가지만 두 분께 건강한 음식점 "밀과 보리"를 추천했다. 우리 밀 보리밥, 곤드레밥과 미나리 전이 일품이다. 그곳에서 기억에 남길만한 이야기가 꽃피면 좋겠다. 잠시 주춤했던 비가 다시 떨어진다. 이번 비로 이미 피해를 본 분들이 다시 내리는 비로 복구작업에 어려움을 겪을 것이다. 지인이 페이스북에 올리는 피해 복구에 관한 글을 챙겨 읽는다. 돕는 손길들이 있어 다행이다.

나와 다른 생각을 미리 차단하지 않는다

7월 24일. 남편을 위한 '유사' '오메가3폭탄밥'을 만들어 대령했다. 요리가 뭐라고. 요리하는 삶이 재미있다. 과거 요리라면 질색했던 내가 이리될 줄 몰랐다. 과거 책과는 멀기만 했다. 손에서 책을 놓을 수 없게 될 만큼 책과 친하게 될 줄도 몰랐다.

내일 있을 『레미제라블』 모임을 위해 책을 읽으며 글을 쓴다. 질문이 글 대부분을 차지한다. 누군가 말했다. 책은 독자를 세뇌하는 게 아니라, 생각을 시작하게 한다고. 맞는 말이다. 책을 읽으면서 비로소 독자적 사유가 가능해진다는 뜻이다. 질문에 대한 즉답은 없다. 계속 책을 읽다 보면 생각했던 것 그 이상의 많은 답이 가능하다. 예수는 동정녀에서 태어났다고 성경은 말한다. 물론 나는 이걸 문자적으로 해석하지 않는다. 그러나 '왜 굳이 동정녀에서 태어나야 하지?' '과부라면? 과부가 어때서?' 물을 수 있다. 얼마 전 『고전에 맞서며』메리 비어드|글항아리를 읽게 되었고 이교도 안에서의 '처녀성'에 대해 읽었다. 결혼한 사람은 남편만을 받아들일 수 있다면, 처녀성은 그처럼 배타적이 아닌 모든 이를 받아들이는 수용성으로 해석한 글이 그야말로 신선하게 다가왔다. 이런 해석이 있을 수 있구나! 이교도의 신전, 그 안의 여인들에게 부여한 의미가 사실 신선했다. 기독교도인 내가 그런 생각을 하면 불순한가! 그렇다고 해도 내 생각은 내 생각이다. 나는 내가 생각하지 못했던 해석들을 별로 거부하지 않는다. 얼마든지 생각해볼 수 있는

것들을 미리 배제하지 않는 편이다. 모든 걸 받아들일 수는 없다. 일단은 이해해보기로 하고, 배제는 좀 나중에 하면 된다. 음침한 '제도' 안에 갇힌 '살아 있는' 생명의 생각들이 얼마든지 있을 수 있다. 예수! 거리에서 살았고, 죄인들 곁에서 함께 떡을 떼고, 마시고 마침내 십자가에서 죽은 예수가 나중에 알고 보니 그리스도이지 않았던가! 제도 안의 오류와 그 안의 개인, 시대의 큰 흐름 안의 다른 물줄기들, 국가^{국가}에 대해서도 누구를 위한 무엇을 위한 국가인가? 하고 나는 늘 의심한다. 안의 개인, 많은 경우 법을 '이용'하는 사법 제도가 말하는 정의 안의 불의! 생각하지 않는, 생각해야 할 것들이 너무 많지 않은가! 최근 드라마 『마당이 있는 집』을 시청하며, 나는 남편을 살해한 살인자와 남편을 살해한 또 다른 살인자. 공모자가 된 두 여자를 응원했다. 세상엔 그런 일들이 있다. 나는 앞으로도 내 생각을 가두고 싶지 않다. 재미있게 혹은 타당하다고 수용했던 것이 나중에 또 다른 상황을 만나 바뀔 수도 있다. 그렇지만 미리 가능성을 차단하지 않으련다.

7월 25일. 아침부터 정신을 번쩍 차리게 하는 글, "페이스메이커"를 읽었다. 7월 24자 경기일보 칼럼. "고향갑의 난독일기"다. 그 글을 읽고 마음에 새기는 것만으로 오늘은 충분하다.

"페이스메이커"

우리는 잊고 산다. 우리가 얼마나 빠른지. 얼마나 쏜살같은지. 우리는 잠시도 쉬지 않고 내달린다. 내달릴 때, 우리의 속도는 시속 11만km다. 총알보다 30배 빠른 속도다. 방향은 서쪽에서 동쪽으로, 1초에 30km를 달린다. 그것이 우리가 사는 지구라는 별이 태양의 주위를 도는 공전公轉 속도다. 그렇다고 앞만 보고 무작정 달리는 건 아니다. 총알보다 빨리 달리면서 뱅글뱅글 돌기까지 한다. 뱅글뱅글 돌 때, 도는 속도는 시속 1,667km다. 경주용 자동차보다 5배 빠른 속도다. 방향은 시계 반대 방향으로 1초에 460m를 내달린다. 그것이 지구라는 초록별의 자전自轉 속도다. 초록별에 붙어사는 온갖 것들은 그 두 가지 속도에 기대어 산다. 공전과 자전이라는 두 가지 속도 틈에서, 사랑하고 미워하고 기뻐하고 슬퍼하고 죽이고 죽는다.

우리는 느끼지 못한다. 우리가 얼마나 빠르게 날아가는지. 얼마나 쏜살같이 돌아가는지. 비행기에 탑승한 승객처럼, 지구라는 별을 타고 날아가는 우리는 속도를 느끼지 못한다. 느끼지 못해서, 지구라는 별이 품고 있는 두 가지 속도의 경이로움 또한 망각한다. 우리가 사는 지구가 공전公轉을 멈추면 지구에 사는 모든 것들은 죽는다. 총알보다 30배 빠른 속도로 날아가던 지구가 멈추면 지구에 붙어살던 모든 것들은 우주로 팅겨 날아가고, 멈춘 지구는 점차 태양으로 빨려 들어가 소멸

한다. 지구가 자전自轉을 멈춰도 죽기는 마찬가지다. 시속 1,667km 속도로 돌아가던 지구가 멈추면 지구에는 1,667km의 폭풍이 쉼 없이 몰아친다. 낮과 밤이 6개월마다 바뀌고 폭염과 혹한과 지진과 화산과 해일과 방사선이 지구를 삼킨다.

우리는 모르고 산다. 우리가 사는 별의 속도가 얼마나 경이로운지. 그 두 가지 속도가 잉태한 생명의 씨앗이 얼마나 신비로운지. 까마득히 잊고 살아서, 우리의 속도보다 턱없이 느린 것들을 부러워한다. 스포츠카와 5G와 고속 성장을 경외한다. 너나 할 것 없이 '빨리빨리'를 외쳐대며 속도 경쟁을 한다. 빨리 만들고, 빨리 먹고, 빨리 세우고, 빨리 소비하고, 빨리 버린다. 빠름이 기준인 세상에서는 연인들의 이별 통보와 직장의 해고통지조차 문자메시지가 대신한다. '빠름'을 먹고 자란 지구별에 넘치는 건 '많음'이다. 빨라진 만큼, 우리는 많이 만들고, 많이 먹고, 많이 세우고, 많이 소비하고, 많이 버린다. 앞다퉈 빨리 생산하고 많이 소비할수록 더디고 짧아지는 것이 행복인 까닭은 무얼까. 생각할수록 아이러니한 일이다.

우리는 눈 감고 산다. 지구별에 탑승한 행운아들이라서. 공전公轉과 자전自轉이 잉태한 생명의 경이驚異를 만끽하지 못한다. 우리가 사는 별에 생명이 깃들 수 있음은 공전과 자전의 엄청난 속도 때문이 아니다. 생명의 신비는 속도가 아니라 어우러짐에서 싹튼다. 태양의 주위를 도는 속도와 스스로 회전하는 속도가 절묘하게 어우러졌을 때, 어둠의 먼지 속에서 생명의 호흡이 꿈틀거린다. 그것이 지구라는 별에 우리가 살게 된 까닭이다. 그런 점에서, 지구의 공전과 자전은 지구를 살게 하는 들숨과 날숨이다. 지구라는 별의 심장을 뛰게 하는 페이스메이커pacemaker라고 해도 틀린 말이 아니다. 그렇다. 공전과 자전의 개별 속도는 넓은 의미에서 지구를 살아 숨 쉬게 하는 페이스메이커가 분명하다.

마라톤 경주에도 페이스메이커는 있다. 마라톤에 투입된 페이스메이커의 임무는 우승 후보의 기록 단축이다. 그들은 자신을 위해 달리지 않고 우승 후보가 될 누군가의 승리를 위해 달린다. 그렇게 선두에서 30km를 이끌면 그들의 임무는 끝이다. 타인을 위해 헌신한다는 점에서 마라톤 경주의 페이스메이커는 박수받아야 한다. 하지만 우리의 삶은 마라톤 경주가 아니다. 마라톤의 페이스메이커는 42.195km를 완주하지 않아도 되지만 우리는 주어진 삶을 끝까지 살아내야 한다. 끝까지 살아내기 위해서라도 우리에게 필요한 것은 각자의 페이스메이커다. 지구를 살게 하는 공전과 자전처럼, 나와 네가 어우러질 우리가 필요하다. 30km를 넘어 결승점까지 완주할 수 있는 각자의 페이스메이커가 필요하다.

당신이 준비한 페이스메이커는 무엇인가. 연인인가. 가족인가. 아니면 가치나 신념인가. 그도 아니면 거룩한 믿음인가. 그 무엇이든 인생을 함께 완주할 수 있는 페이스메이커가 있다면 당신은 행복한 사람이다. **빨리 가려면 혼자 가야 하지만, 멀리 가려면 함께 가야 하니까.** 경기신문 칼럼/고향갑의 난독일기23.07.24

리처드 버크의 『갈매기의 꿈』이 생각나는 글이다. 내가 느끼기로 고향갑의 글은 언제나 그렇다. 높이 올라가서 보고 바깥으로 나가서 보고, 깊이 들어가서 본다. 그의 글은 우리가 사는 현실을 관통한다. 우리의 현실은 높이 날아야 볼 수 있는데, 대부분 사람은 높이 올라보지 않은 채, 눈앞의 먹이를 놓고 피 터지게 경쟁한다. 위로 날아야 할 테지만 날기를 배우지 않고 오직 바다 표면에서 물고기를 차지하겠다고 서로 싸우는 갈매기 같다고 할까! 사실 리처드 버크가 봤듯, 그리고 그의 글을 읽고 내가 느끼듯, 어쩌면 갈매기는 우리 인간과 같지 않을지도 모르지만 말이다.

가슴에 난 불을 끄기 위한 음식도 있을까?

7월 26일. 『음식의 말』에는 내가 좋아하는 음식 이야기가 거의 없어 약간 실망이다. 강박적인 완독 성향으로 끝까지 읽었다. 덕분에 내 음식의 취향을 알게 되었다. 내 음식 취향은 『체리토마토파이』의 주인

공 쟌과 비슷하다. 확실히『음식의 말들』의 김도은과는 음식 취향이
다르다.

"그냥 유행의 문제일 뿐이다. 우리 딸이 맨날 자몽에 아보카도와
올리브오일을 곁들여 먹는 것도 유행일 뿐이다. 나는 그런 거 정
말 싫다. 그냥 자몽만 먹으면 얼마나 맛있는데."_쟌

"무인도에 가져갈 하나의 식재료가 무엇인지 묻는다면, 망설임
없이 감자라고 대답하는데, 감자 요리 중 특히 감자튀김을 좋아
한다. 감자튀김은 미국. 캐나다에서는 프렌치프라이, 영국·호주.
뉴질랜드에서는 칩스, 프랑스. 벨기에에서는 폼 프리츠 또는 프
리츠라고 부른다. … 감자튀김은 다양한 종류만큼 곁들이는 소
스도 다채롭다."_{김도은}

감자를 즐겨 먹지 않지만, 굳이 먹는다면 나는 삶은 감자가 제일
좋다. 그 외에 감자전, 감자볶음 정도. 이런저런 소스를 절대로 더하지
않는다. 원재료 그대로의 맛을 즐기는 편이다. 김도은은 진화의학자
권용철의 말을 빌려 말한다. 우리는 저마다 다른 유전자를 지닌다. 고
유의 유전자마다 선호하는 음식. 냄새. 적합한 양 등이 설계되어있다.
음식에 대한 신체의 반응을 단순히 개인의 기호로만 치부할 수 없다.

자신에게 맞지 않는 음식은 몸이 원하는 음식이 아닐 수 있다고 한다. 트렌드에 편승하거나 편협한 정보를 통해 얻은 잣대를 일반화하는 오류를 범하는 사람들이야말로 고정관념에 갇힌 우물 안 개구리일지 모른다고 한다.

그럴 수 있다. 그러나 나는 다른 생각을 한다. 어쩌면 그가 말하는 일부 요리와 음식 또한 트렌드에서 비롯된 건 아닐까?『어떻게 먹을 것인가』에서 캐롤린 스틸이 알려준 바와 같이, 우리를 보호하는 타고난 미각은 아이들이 편의점 음식에 길들어져 있듯, 이미 음식 산업이 목적한 바대로 길들어져 있을 수 있으니 말이다. 물론 내 좁은 소견이다.

큰딸은 갖은 양념과 요리 공정을 더하는 편이고 작은딸은 올리브유, 소금 등 단순한 재료에 요리 공정 또한 단순한 편이다. 나와 비슷하다. 태어나면서부터 선호하는 음식이 다르다는 것을 나도 느낀다. 적지 않은 사람이 경험하는 사실이다. 식품 산업에 길들지 않는 사람도 있다. 내 경우 단 음식이 싫다. 편의점 식품과 외식을 즐기지 않는 이유다. 그러나 큰딸의 음식에 대해 나는 약간 걱정한다. 열량을 늘리는 요리라고 생각한다. 가족들이 비만으로 갈 가능성이 있다. 과거 큰딸은 살이 쪄보지 않았다. 내가 음식 솜씨가 없고 요리를 싫어하면서도 비교적 기초식품 5군을 고려하며 식단을 짜긴 했다. 그런 아이가 고3, 1년 동안 무려 16킬로가 증가했다. 운동도 없이 종일 책상에 앉아 살던 시기, 방과 후 친구들과 함께 간식과 저녁으로 떡볶이, 순대, 피자를 즐겨 먹었다. 대학에 다니면 불어난 살이 다 빠질 줄 알았는데 대학에 다니면서도 먹는 음식들이 크게 다르지 않았다. 이미 문제가 되는 음식 맛에 길들어 있었다. 대학 졸업반에도 체중은 줄지 않았다. 나와 남편은 아이를 데리고 한의원을 찾았다. 한의사는 약을 지어줬고 꼼꼼히 식단을 점검했다. 아이는 약을 꼬박 챙겼고 날마다 식단을 기록하고, 심지어 학교까지 걸어 다녔다. 뭐든 한번 시작하면 끝을 보는 성격이었다. 불과 몇 달 만에 불었던 체중이 다 감소했고 한동안 크게 체중이 불어나지 않았다. 이후 약간 체중이 늘긴 했으나 심각하게 체중이 불어나지 않았다. 여전히 떡볶이 순대 피자를 좋아하지만, 식단에 신경 쓴다. 나는 음식이 건강에 매우 중요하며, 건강한 음식에 신경을 쓰는 것은 자신을 사랑하는 방법이라고 생각한다. 김도은 역시, 음식의 중요성을 말한다. "음식을 먹거나 요리하는 식생활에서 그 사람의 삶의 방식이 보인다. 만족감이나 서글픔, 우울과 기쁨 등도 식생활과 무관하지 않으며, 식생활로 인해 영혼이 충만해질 수 있다고 믿는다. 식사 방법이나 내용을 바꾸는 것만으로 몸과 마음, 나아가 삶이 달라질 수 있다. 식사의 양을 줄이거나 늘리고 간식을 먹거나 끊고, 먹는 시간을 바꾸거나 고정하고, 천천히 먹는 등 식사 방법을 변화하거나 음식의 종류나 조리법, 담는 법 등 식사 내용을 변화하면 몸이 달라지고 차차 마음도 변화한다." "나는 가장 쉽게 실천할 수 있으면서 무엇보다 빠르게 변화를 체험하는 방법은 식생활을 바꾸는 것이라고 믿는다. 내 몸과 기관은 생각보다 민감하기에 음식을 먹는 것만으로 생각보다 많은 변화가 일어난다. … 만약 내 영혼이 배고프고 힘들다면 내 식생활부터 점검해보자."

　나 자신뿐 아니라 가족과 지구의 건강을 생각하며 음식을 고른다. 내가 먹는 음식을 바꾼다면 덩달아 지구와 그 속에서 사는 생물들의 건강도 달라질 것이다. 오늘 아무런 약도 치지 않고 비닐 런칭도 하지 않고 농사짓는 농부님으로부터 그야말로 자연의 옥수수가 왔다. 큰딸이 내 생일에 올라와 거들을 내겠단다. 그 아이는 냉장고가 작고 김치냉장고도 없어 좋아하는 옥수수를 삶아 저장할 곳이 없다. 남편과 함께 껍질을 벗겨 삶아 냉동고에 두었다. 내 생일에 올 두 딸네 식구를 생각하며, 영롱하게 짙푸른 말린 시래기를 어떻게 할까? 벌써 어떻게 건강한 음식을 차릴까, 생각 중이다. 설탕 없는 고기찜, 시래기나물, 두부 등등. 생일이 아직도 먼 한두 달 전부터 나는 내 생일을 그렇게 기다린다. 아이들이 오면 잔치 기분이 난다.

　가슴에 난 불이 생일을 기다리는 즐거운 심정을 망쳤다. 이태원참사 촛불집회는 북한 간첩이 벌인 일이라는, 서이초초등학교 교사의 죽음은 좌파들로 시작된 학생인권조례가 문제라는, 호우 피해는 전

정권이 나눈 행정 관리 구역 때문이라는 소리가 들렸다. 가슴에 난 불을 끄기 위한 음식은 뭐가 있을까!

나는 요리하는 예술인이다

7월 28일. 열렬하게 애정하는 잡지 「복음과 상황」이 도착했다. 별 수 없이 딸의 글을 제일 먼저 찾아 읽는다. 그러니까 '엄마'인 거지. 인터넷 신문사, 잡지사, 딸은 출판사를 거치며 3번 퇴사하고 의류 판매장에 입사했다. 시급을 받지만 정규직원이다. "네가 다니는 곳이 어디라고?" "나 외쿡기업에 다녀." 삼촌이 물으니 그렇게 어깨를 으쓱하며 답했던 딸이라 엄마는 딸이 그렇게 힘든 줄 몰랐다. 딸아이의 글을 읽으며 매장에서의 일이 만만하지 않았다는 사실을 비로소 알게 되었다. 처음에 너무 힘들었다. 화장실에 갔는데 어지러웠다. 한참을 그곳에 머물며 기운을 차려야 했다. 익숙해지기까지 조심해야 했다. 순간 마음이 무너졌다. 그러니 엄마인 거다. 글은 또 다르게 움직인다. '산을 오르기보단 바다를 헤엄치는 모양으로' '스스로 발붙인 땅을 붙잡고 목표 지점까지 오르는 일보단 힘을 뺀 채 다가오는 파도에 몸을 맞추고' '다른 속도와 파형으로 다가오는 물살을 가르며 자기만의 영법을 익혀 유형하듯 큰 바다를 헤엄치고' '그런 일들과 함께 아득한 미래로' 간단다. '경력의 세계'에서 '직업의 세계'로 건너간 거라고 한다. 명랑하고 재미진 딸이 엄마인 나 모르게 살아내는 힘든 삶이 짠~하지만, 감사하다. 글을 읽고 카톡을 보냈다. "산을 오르기보단 바다를 헤엄치는 모양으로, 스스로 발붙인 땅을 붙잡고 목표 지점까지 오르는 일보단 힘을 뺀 채 다가오는 파도에 몸을 맞추고 있다고? 이 바다라는 세계에서 이전과는 다른 생을 터득한다니~ 고맙고, 대견하다." 돌아온 답이 멋지다. "산이나 바다나 다 좋은 거지." 다 자라 어른이 된 딸에게 엄마인 내가 해줄 수 있는 일이 없다. 4년을 함께 살고 나니 진정한 베프가 되었다는 사위가 곁에 있으니 한결 마음 놓인다.

그 딸이 집에 왔다. 천일염을 사 놔야 하느니, 미역과 다시마를 사재야 하느니, 앞으로는 김치를 사 먹지 말고 집에서 조금씩 겉절이를 해 먹어야 한다는 둥 음식 이야기를 하며 사다 놓은 시래기를 뜨거운 물에 불리고 삶고, 거기에 껍질까지 벗겼다. 껍질을 벗겨야 한다는 걸 그동안 몰랐다. 그동안 질긴 시래기를 먹었다. 아직 진정한 주부가 아니었다. 이번엔 너무 오래 삶아, 시래기가 흐물흐물해졌다. 다음에는 제대로 할 수 있을 것 같은데, 솔직히 벗겨낸 껍질이 아깝다. 다음엔 다시 껍질 째 요리하게 될지 모른다. 딸은 제집으로 갔고, 나는 내일 남편에게 줄 돼지고기 수육을 만들었다. 사진을 찍어 페이스북과 인스타에 당당히 올렸다. 『음식의 말들』에서 그야말로 멋진 글을 읽었다.

"매일 사라지기 위해 만들어지는 것이 음식이다. 우리는 이 한정적인 예술을 일상적으로 감상하고 만들고 소비한다. 음식과 다른 예술과의 차이점은 먹을 수 있어서 내 오감으로 느끼며 직접 몸으로 받아들일 수 있다는 것이다. 그렇기에 더 멋지지 않나. 우리는 매일 식탁 앞에서 찰나의 예술을 접한다. 일시적이며 한정적인 찰나의 순간을 제대로 즐겨 보자. 그리고 찰나의 예술이 사라지기 전에 이 순간을 사진으로 담아두는 것을 어색하거나 불편해하지 말자." 181

나는 예술인이다. 모든 엄마가, 요리하는 분이 예술인이다. 찰나의 예술이 사라지기 전에 이 순간을 사진으로 담아두며 민망한 순간이 있었다. 앞으로는 불편해하지 말자.

우리는 과식 동물?!

7월 29일. 인간은 채식 동물일까, 육식동물일까, 잡식동물일까? 남편이 보내준 유튜브를 보고 그동안 생각해보지 않은 말을 들었다. 인간은 과식 동물-열매를 먹는 동물-이란다. 그렇다면 고기는? 기호 식품으로 족하단다. 우리는 반드시 육류가 필요하다는 생각으로 살아왔지만, 우리가 알고 있는 모든 상식이란 게 그렇듯 그 생각 역시 문화의 영향을 받은 것이란다. 물론 동의하지 않는 분들이 많겠다. 나는 적어도 이렇게 생각한다. '우리가 과식 동물답게 살아왔다면, 아마존 열

대림은 보존되었을 테고, 지구도 지금처럼 뜨겁지는 않았을 것이다.'
'인간의 지나친 수요로 병들고 아픈 동물들의 고통이 지금과 같지는
않았을 거다.' '신은 결코 이들 동물의 무한 고통을 허락하지 않았을 것
이다.' 음식과 관련한 인간의 육류섭취에 대해 나는 나폴레옹의 워털
루 전투 패배에 대한 빅토르 위고의 생각을 떠올린다.

"나폴레옹이 이 전투에서 이기는 것이 가능했을까? 나는 아니
라고 대답한다. 왜! 웰링턴 때문에? 불뤼허 때문에? 아니다. 천
운 때문이다. 보나파르트가 워털루의 승자가 되는 것, 그것은 더
이상 19세기 법칙에는 없었다. 다른 일련의 사실들이 일어나려
하고 있었는데, 거기에는 더 이상 나폴레옹의 자리가 없었다. 여
러 사건이 오래전부터 그에게 악의를 나타내고 있었다. 이 거대
한 인간도 실각할 때가 온 것이다. 인류의 운명에서 이 한 사람
의 과도한 무게는 평형을 깨뜨리고 있었다. 이 사람은 혼자 한
몸으로 전 인류보다 더 큰 비중을 차지하고 있었다. … 연기를 뿜
는 피, 넘쳐나는 묘지들, 눈물을 흘리는 어머니들, 이런 것들이
그것을 웅변으로 옹호한다. 대지가 너무 무거운 짐으로 시달릴
때는, 어둠의 신비로운 신음이 있어서 그것이 심연에서도 들린
다. 나폴레옹은 무한 속에서 고발되어 있었고, 그의 추락은 결정
되어 있었다. 그는 하늘의 뜻을 거스르고 있었다. 워털루는 결코

하나의 전투가 아니다. 그것은 세계의 얼굴을 바꾸는 것이다. …
그것은 운명이 소치였다. 그날 인류의 미래는 바뀌었다. 워털루
는 19세기의 돌쩌귀다. 그 위인의 소멸이 위대한 시대의 도래에
필요했다. 하나님이 지나간 것이다.”『레미제라블 2』빅토르 위고|민
음사 54~55, 70

인간이 현재만큼 육류를 소비하는 것이 가능할까? 자연과 대결하
는 게 가능할까? 나는 아니라고 대답한다. 더는 그런 법칙이 작동해서
는 안 된다고 지구가 아우성친다. 만물의 영장으로 무한한 가능성을
가졌다고 뻐겨온 인간이 지구에서 너무 큰 비중을 차지하고 있다. 가
축과 동물의 피가 넘쳐흐르고 울음소리가 사라지지 않고 자연이 파헤
쳐지는데 아랑곳하지 않는다. 하늘의 뜻을 거스르고 있다. 모든 피조
물은 지금 인간을 고소하고 있고, 그로 인한 인간의 추락은 이미 가까
웠는지 모른다. 이미 지구의 움직임이 수상하다. 어쩌면 인간의 소멸
을 위해 하나님이 지나갈지 모를 일이다. 지나친 생각일까!

낭만이 필요한 시대

7월 30일. “… 행위를 정부에 대해 도전하는 행위로 보겠다.”라는
말이 신문과 TV 뉴스로 자주 눈에 보이고, 귀에 들린다. 시민, 혹은 시
민단체들이 정책에 반대하는 행위를, 정부에 도전하는 행위로 본다고

표현하는 게 참 낯설다. 정권을 잡기 전 국민을 위한, 오직 국민을 위한 국민의 머슴이라고 말했던 그들 아닌가! 이건 그야말로 자신의 주인인 국민에게 머슴인 정권이 도전하는 행위다. 나만 그렇게 느끼는 건 아닐 테다. 현 정권에 대한 지지율이 바닥이다.

『오토라는 남자』에서 톰 행크스가 역을 맡은 오토라는 그 남자. 사사건건 그냥 넘어가는 게 없다. 까칠하고 잔소리가 지나치다. 그런데 꼰대 같은 그 남자가 하는 말과 행동이 결코, 틀리는 법이 없다. 그런데도 헛웃음이 나온다. '왜 저럴까?' 안타까웠는데 의문이 풀린다. 자발적인 은퇴인 줄 알았는데 밀려난 거였다. '저 성질머리하고는' 했는데, 얼마 전 사랑하는 아내를 잃었다. '그래서 그랬구나' 이해가 된다. 그래도 원래 성질이 더러우니까 그렇다는 생각을 지울 수 없다. 까칠하지만 올바른 그는 그 어느 날에도 정확한 아침 시간, 자신이 사는 주택단지 순찰을 돌고, 집으로 들어와 어딘가에 전화를 걸어 성질 더럽게 딱딱거리더니, 전화를 끊고 전기를 끊는다. 방금 한 전화는 전화 통화 후 바로 끊은 전화와 전기 요금 정산을 위한 것이다. 과연 그답다. 이제 천정에 목숨을 끊으려는지 밧줄을 맨다. 집을 정돈하고 바닥에 신문지를 깔고, 하는 짓이 무슨 대단한 결단을 한 것 같지도 않은 듯 그냥 일상의 일을 하듯, 죽으려 한다. '설마? 진짜로 목숨을 끊을까?' 싶었다. 진짜로 그 줄에 목을 끼웠다. 줄이 그의 목을 죄었다. 숨이 끊어져

가는 그의 눈앞에 과거 아내와 함께한 추억이 떠오른다. 그러다 줄이 끊어지고, 밖에서는 문 두드리는 소리가 난다. 새로 이사 온 이웃, 마르셀이 도움을 청한다. 죽을 사람이 밖으로 마르셀을 돕고 되돌아온다. 이런저런 행위가 도무지 이해되지 않는다. 이때부터 마르셀이 오토를 침범한다. 짜증나게 하는 그 마르셀로 인해 변화가 일어난다. 오토가 마르셀에게 자기에게 일어났던 일을 말한다. 사랑하는 아내 소냐를 만났다. 소냐와 함께 출산 전 여행을 위해 떠난 길에서 버스 추돌 사고가 났다. 뱃속 아기를 잃고 아내는 하체가 마비되었다. 그 아내를 위해 경사로를 설치해달라고 요청했다. 머저리 같은 인간들이 사유도 노력도 하지 않았다. 오토는 불만과 불신으로 가득 찼다. 그렇게 그는 꼰대가 되었다. 그러나 다른 이의 불행과 위험을 지나치는 법이 없던 그의 인간성은 진실이었다. 그걸 아는 이웃은 그의 곁을 떠나지 않았다. 특히 새로 이사온 마르셀 덕분에 오토가 다시 활기를 찾는다. 얼마 후, 선천적으로 커다란 심장으로 인해 삶을 마무리하고 그토록 곁으로 가고 싶던 아내 소냐 곁으로 갈 때까지. 영화는 오토가 변해가는 과정과 이웃들의 삶을 그렸다. 진실한 인간이 만난 불행, 장애를 갖게 된 아내에게 필요한 사소한 것들, '누군가에게 꼭 필요한 요구를 권력에 도전하는 행위로 보는' 크고 작은 권력들이 머저리 같은 권력이 사람들을 거칠게 만든다.

다행히도 영화엔 낭만이 있었다. 크고 작은 권력이 아니라 영화

속의 오토와 평범하기만 한 마르셀, 이웃들….

증여세 인구정책이라고?

7월 31일. 증여세 면제, 결혼자금 3억 증여세 면제, 증여세 면제 한도 1.5억에서 1.5억 상향이라는 기사를 읽었다. 저출산을 막고 결혼을 장려해 인구문제를 해결해보겠다는 정부의 방침이다. 조선비즈 2023. 7. 31 '결혼자금 3억 증여세 면제' 두고 청년들 갑론을박 "한도 높여야" vs "소수만 혜택" 참고 결혼하면? 출산하면? 일정 범위까지 증여세를 면제해주겠다는데, 억대다. 여당인 국민의 힘은 결혼을 전제로 한다고 하고, 야당은 출산을 전제로 해야 한다고 한다. "그럼 결혼했다가 이혼하면?" "그렇지, 그동안 증여세 면제 금액이 너무 낮았지"라는 댓글들이 달린다.

'증여세를 덜 낸다고 출산할까?' '그렇다면 아기는 저축 상품인가? 면세의 수단일까?' '그만큼 증여받을 사람이 다만 돈 때문에 출산을 꺼릴까?' '우리 부부는 퇴직 후 남편의 국민연금과 퇴직금으로 살아간다. 조금 있는 돈을 아이들한테 증여하고 나면, 먹고사는 일이 가능할까?' 머릿속이 복잡해진다.

내가 듣기로는 독일의 경우, 수영장 등 빈부 차이 없이 누릴 수 있는 공공의 장소가 많다. 수영장의 경우, 우리나라에서는 사비로 다녀야 하고 강습도 비싼 돈을 내고 받아야 한다. 공원 등 멀리 가지 않고 집 가까이 충분히 누릴 수 있는 장소가 적다. 특별한 지역주민에게만 그런 특권이 있다. 작년 작은딸이 계동으로 이사했다. 옛 정취가 물씬 느껴지는 그 동네를 고집했고 획일적인 아파트를 못마땅하게 여겨 오래된 빌라를 선택했다. 게다가 이 동네에는 도서관으로서는 우리나라에서 가장 매력적인 정독도서관까지 있다. 정원까지 있는 이 도서관 근처에 사는 걸 큰 행복으로 느끼고 있다. "우리나라에는 아이들을 데리고 다닐 곳이 거의 없어. 기껏 쇼핑몰, 키즈카페 등이야. 나는 우리 동네 정독도서관 어린이 관이 좋아진 걸 보고, 아이를 낳아볼까 싶어지더라니까. 아니면 다 돈으로 데리고 다니는 곳이고 좋지도 않은 곳들이잖아." 출산할 마음이 없는 딸이 어느 날 도서관에 갔다가 어린이 관이 꽤 좋게 바뀐 걸 보고 한 말이다. 동네 곳곳에 쾌적한 공공도서관, 비싼 돈 내지 않고, 사용할 수 있는 공공 체육시설, 쉴만한 공원이 조성된다면, 그리고 학교 교육안에 다양한 운동 프로그램이 포함된다면 나도 손주 욕심을 조금 더 낼 수 있을 것 같다. 돈밖에 모르고 돈으로 출세라는 걸 한 사람이, 뭐든 돈으로 해결하려는 습성이 인식의 한계 안에 갇혀있다. 그동안 수백조를 쏟아부어 놓고도 실패한 인구정책을 되풀이하려는가!

엄마, 나, 딸

8월 1일. 드디어 8월이다. 8월에 내 생일이 있다. "내 생일 빨리 왔으면 좋겠어!"라고 남편한테 노래를 부른지 오래다. "왜?" "애들이 오잖아. 그리고 돈도 주잖아." "당신도 내게 돈을 줄 테고 말이지." "올지 안 올지 어떻게 알아?" "왜? 작년에도 올라왔잖아." "그랬어?" "당신 생일에도 왔잖아!" "그랬나?" "응."

　여든이 넘은 나이. 우리가 가면 일거리가 많아지건만, 우리가 언제 찾아가도 귀찮다는 내색을 엄마에게서 보지 못했다. 혼자가 되어 큰 언니와 함께 지내다가 혼자 자유롭게 살아보고 싶다고 했다. 혼자 아파트 생활을 하시는 동안, 아프다는 이유로 오랜만에 가면, 앉은 채로 이것저것 반찬을 해놓고 밥에 설거지까지 당신이 하시려고 굼뜬 몸을 움직이려고 했다. 그런 엄마를 두고 오는 마음이 힘들었다. 엄마를 보고 싶었다. 그러나 엄마에게 가고 싶지 않았다.

　엄마와 1년 1개월을 함께 살았다. 작은딸이 아직 출가하지 않은 때라 함께 지냈다. 친할머니와 20년을 함께 살았고, 그래서인지 친할머니가 중풍으로 쓰러지신 후 대소변을 나와 함께 아무렇지도 않게 받아내더니, 외할머니와도 잘 지냈다. 할머니 심심하지 않게 일기 쓰시면 어떻겠냐고, 일기장을 사 왔고, 엄마는 힘이 빠진 손가락으로 삐뚤삐뚤 힘들게 일기를 썼다. 보통은 늦게 들어왔지만, 재잘거리며 이야기도 했다. 할머니는 손녀의 옷을 사고 손녀는 할머니한테 옷을 팔기도 했다. 재미있는 거래가 두고두고 마음에 남는 눈치다. "할머니가 먼저 산다고 했잖아." "그건 그래." 그랬던 작은딸이 요즘 부쩍 외할머니 이야기를 한다. 많이 보고 싶단다. 할머니가 조금 더 젊었을 때 해주던 음식이 생각난단다. 할머니 집에 가면 할머니가 밥을 담아줬던 스텐 밥주발, 스텐 대접들도 생각난단다. 이런저런 일들이 생각나고, 요즘 일하는 옷 가게에 오는 할머니들을 보면서 외할머니 생각이 더 난단다. 그 옷 가게에 오는 할머니들은 부자란다. 할머니는 평생 자기를 위해 뭔가를 해보지 않았는데, 이쁜 옷도 사주지 못한 게 걸린단다. 나는 거의 매일 수시로 무시로 엄마를 생각하지만, 가족들한테는 그런 이야기를 하지 않는데, 딸이 내 엄마를 그리워하는 게 그야말로 참 감사하다. 나중에 손주들이 할머니와 할아버지인 나와 남편을 기억해준다면, 내 딸들도 오늘 내가 그런 것 같이 그렇게 감사하겠지! 아니려나?

더러운 자들의 몰락을 기대하지만

8월 2일. 소비를 확 줄여야 하는 마당에, 사재기다. 진작에 천일염 2.5킬로를 샀지만 결국 20킬로를 추가 주문했다. 그동안 사 먹던 김치들도 어쩔 수 없이 오염된 소금으로 만들 수밖에 없을 테니까. 앞으로는 김치도 담아 먹게 된다면 소금 소비가 늘 것이다. 미역과 다시마를 어제 각각 1킬로씩 주문했다. 그러고 보니, 사둬야 할 게 소금과 미역, 다시마만이 아니다. 멸치와 황태포도 사놔야 할 듯하다. 사놓은 만큼 먹은 후에는 어쩔 수 없이 먹지 못할 테다. 우리 몸 안으로 들어가는 게 정말 중요하다. 기본이다. 소비자는 선택의 문제지만, 앞으로 어업을 근간으로 살아가는 분들은 어떤 어려움을 겪게 될까, 걱정이다. 어업과 양식업, 수산물 시장 상인과 식당 상인, 수산물 가공업을 하시던 분들에게 어떤 어려움이 올지 모르겠다. 정부는 이런 일을 심각하게 고민했을까?

소금은 오래된 게 좋단다. 간수가 빠지기 때문이다. 해가 지날수록 무게가 줄어든다. 요즘 수요가 많아 중국산을 사서 포대갈이하여 신안 천일염으로 속이는 사람들이 많다고 한다. 그래서 믿을 만한 생산자에게서 사는 걸 추천한다는 사실을 뒤늦게야 알게 되었다. 바다는 이제 어쩔 수 없게 되더라도, 땅만큼이라도 지켜야 한다. '살충제로 회복력을 잃어가는 땅'이 걱정이다. 농사짓는 분들이 땅을 보존하며 농사를 지어도 수지가 맞는 세상이 되어야 한다. 생각뿐이다. 『레미제라블 3』 "파리의 미분자"를 읽으며, 많은 돈과 긴 가방끈으로 권력을 잡은, '편견', '남용', '파렴치', '압제', '부정', '독재', '불법', '광신', '포학' 등의 이름이 붙은 더러운 자들의 몰락을 기대한다.

아픈 곳이 중심이다

9월 17일. 대체로 파업을 불편하게 생각하지 않는다. 파업은 대체로 약자들의 권리를 주장하는 방편이었다. 해방 공간에서의 노동자의 파업, 자신을 죽이고 노동자들의 실상을 볼 수 있는 눈을 뜨게 해준

전태일과 분신, 이어져 온 파업으로 오늘의 노동조건이 조금씩 나아졌다. 파업으로 인한 시민들의 불편을 이야기하지만, 파업하는 이들도 시민이다. 파업은 분명 누군가를 불편하게 한다. 언론으로는 자세한 내막을 알 수 없다. 시민은 당연히 파업을 지지하는 측과 반대하는 측으로 양분된다.

자신에게 조금의 불편이라도 돌아오면, 언론이 보도하는 대로, 더는 파업의 이유를 확인해보려는 아무런 노력 없이, 파업하는 이들을 향해 분노한다. '만일 자신들이 그들의 입장이었으면 어떨까?' 사람은 누구나 다 이기적이다. 얼마든지 분명한 대의명분이 있는 파업에도 개인의 이기심이 배제될 수는 없다. 그렇기에 언론은 자신의 편파적 정치성을 띠고 의도적으로 뉴스를 편집한다. 시청자 역시 자신의 이기심을 충족시키고 자신의 편파적인 정치성을 갖고 파업을 지지하거나 반대하며 거칠게 반응한다. 다른 입장의 사람을 배려하지 않고, 자기의 입장은 크게 주장해도 된다고 생각하며 목소리를 높인다.

모처럼 남편과 경주 여행을 계획하고 18일 오전 10시 11분 발 Ktx를 매표했다. 18일 아침 9시까지 파업이니 문제가 없으리라 생각했는데 아니었다. 운행이 취소되었으니 표를 반환받으라는 메시지가 왔다. 예약한 호텔도 취소하게 되면 손해가 크다. 짜증 내는 남편에게 다음 차로 예약을 하면 문제 될 게 없다고, 좀 늦으면 어떠냐고 했다. 다음 시간 열차표를 예약하려는 순간 남아 있던 좌석 3개가 매진되었고, 그다음 11시 57분 열차 역시 매진으로 떴다. 그런데 누가 취소했는지 없던 좌석이 다시 생겼다. 다행이다. 예약에 성공했다.

철도노조 파업 사실을 알게 된 건 3일 전인 14일, 전철을 타면서였다. 그때까진 알지 못하고 있었지만 '할만해서 하겠지!' 생각했다.『조선일보』1면은 언제나 그렇듯, "알고 보면 임금인상"이라는 제목으로 기사를 냈다. 이기심이 철도노조 파업의 이유라는 것이다. 당연히 그런 신문의 기사를 그대로 읽어서는 안 된다. 다른 언론사 뉴스를 봤지만, 딱히 제대로 설명하는 데가 없었다. 프레시안이 자세하게 설명하고 있었고, 오마이 뉴스와 경향신문이 다른 결을 갖고 있었다. 파업에 이기적인 면이 있겠지만, 중요한 명분도 있었다.

기독교회 대부분이 보수적이다. 파업하는 이들 편에 서는 교회는 소수일 것 같다. 교회는『노예 12년』의 상황과는 많이 달라졌지만, 또 달리 본다면 크게 달라지지 않았다. 미국 남부에서 12년 동안 노예로 생활했던 솔로몬 노섭의 자서전『노예 12년』열린책에는 주일마다 노예들에게 성경을 읽어주는 백인 주인이 있다. 어느 주일 노예들에게 누가복음 12장 47절을 읽어준다. "주인의 뜻을 알고도 준비하지 아니하고 그 뜻대로 행하지 아니한 종은 많이 맞을 것이요" 그리고 말한다. "주의하지 않는 깜둥이들, 자기 주인 나리에게 순종하지 않는 깜둥

이들, 그런 깜둥이들은 매를 아주 많이 맞을 거야. … 채찍 40대, 100대! 150대란 말이야. 성서에 그렇게 나와 있어!" 『노예 12년』, 「복음과 상황」 No 394. 130에서 재인용

오늘도 교회에서는 일요일마다 성경을 읽어주며, 자신의 편파적인, 생각을 주입할 수 있다. 영화 『노예 12년』의 작가 솔로몬 노섭이 경험한 과거의 노예 시대와 다를 바 없을 수 있다.

"천천히 순하고 뜨끈하게"

오후에 클로징 콘서트 시간에 맞춰 이지상 가수의 사진 전시회, "천천히 순하고 뜨끈하게"에 다녀왔다. 오랜만에 그의 노래를 듣고 싶었다. 그를 처음 만난 것은 그의 책 『스파시바』 북 콘서트에서였거나, 세월호 사건 후 촛불집회에서였다. 그리고 페이스북에서 서로의 글에 '좋아요'를 누르던 정도로 관계를 지속하다 몇 년간 그런 교류조차 없었다. 그러다가 얼마 전 누군가의 페북의 포스팅을 읽게 되었다.

"2010년 충남의 한 철강업체에서 29세 청년 노동자가 섭씨 1,600도가 넘는 쇳물이 담긴 용광로에 빠져 흔적도 없이 사망한 기사에 시 형식으로 댓글을 다는 게 시작이 된 댓글 시인 제페토의 시를 비주류 가수 이지상의 노래로 지난 독서캠프서 직접 들었다." 그가 남긴 말 "아픈 곳이 중심이다."

이지상이 불렀다는 댓글 시인, 제페토의 시, 노래 가사를 찾았다.

그 쇳물은 쓰지 마라

- 제페토 -

광염에 청년이 사그라졌다

그 쇳물은 쓰지 마라

자동차를 만들지 말 것이며

가로등도 만들지 말 것이며

철근도 만들지 말 것이며

바늘도 만들지 마라

한이고 눈물인데 어떻게 쓰나

그 쇳물 쓰지 말고

맘씨 좋은 조각가 불러

살았을 적 얼굴 흙으로 빚고

쇳물 부어 빗물에 식거든

정성으로 다듬어

정문 앞에 세워주게

가끔 엄마 찾아와

내 새끼 얼굴 한번 만져 보자, 하게

너무 따뜻한 가사에 놀랐다. 섭씨 1,600도가 넘는 쇳물, 용광로에 빠져 흔적도 없어진, 29세 청년 노동자! 그를 그렇게 몰고 간 세상에 대한 시, 노래 가사에, 비수로 원수를 찌를 것 같은 복수의 감정은 어디로 간 건가! 노래를 들으며, 가해자를 향한 분노 아닌, 자식 잃은 어미 마음이 되어버렸다. 가해자 못지않게 거칠고 포악해질 뻔한 마음은 더 나은 세상을 향한다. 이제까지 그나마 세상을 아름답게 만들어온 이가 누구인가? 생각한다. 차별받는 이들, 억울하게 죽어간 이들의 유가족들이다. 시간이 걸리는 일이지만, 밉고 원통한 마음을 마침내 자신 혹은 사랑한 이가 겪었던 고통이 더는 계속되지 않는 사회를 만들어가려는 의지로 승화시킨다. 그게 자신들이 겪은 고통을 의미 있게 하는 일이니까. 세상에 희망이 없다고 생각하면서도, 그분들을 생각하면 희망을 버려서는 안 될 것 같다. 지치지 않고, 격하지 않게, "천천히 순하고 뜨끈하게".

여행 중 병원 입원이 웬일?

9월 20일. 18부터 철도와 버스로 경주 나들이를 했다. 젊고 건강했던 시절 거제도까지도 운전해서 갔다. 이제는 건강과 나이가 운전을 꺼리게 한다. 차를 주차한 곳이 어딘지 기억하지 못할 정도로 운전을 하지 않는다. 장거리 운전은 부담스럽다 못해 포기할 정도다. 게다가 Ktx는 평일 30% 할인. 경로우대다. 떠날 때는 택시를 탈 수도 있다고 생각했다. 평생 택시를 탄 게 겨우 열 손가락쯤 되고 보니, 생각은 그저 생각일 뿐이다. 결국, 버스를 탔다. 탁월한 선택이었다. 철도가 생기고 고속도로가 생기며 기차, 고속버스, 승용차로 움직였다. 마을로의 접근성이 떨어진 게 아쉬운 적이 있다. 버스를 타고 가며 내리고 싶은 곳에 내렸다. 도보로 혹은 지역 버스로 여행하는 맛이 좋았다. 경주 성동시장의 유명한 한식 뷔페에도 갈 수 있었다. 단돈 8,000원으로 옛날 엄마가 해주던 온갖 나물을 한자리에서 맛보았다. 온갖 나물을 넣고 비벼 먹는 밥, 평생 이런 비빔밥을 먹어도 질리지 않을 거다. 이런 건 현금으로 계산해야 한다. 마침 순주, 금련 언니가 인터넷 쇼핑을 부탁하고 준 현금이 지갑에 있으니 딱 맞춤이었다.

서울로 올라오려고 신경주역으로 가는 길에는 중앙시장을 지났다. 시장을 좋아하는 내 눈이 동그래졌다. 다음에 경주에 온다면 중앙시장에 가야겠다.

나이가 들어서인가? 패키지여행이 선사하는 호텔 조식 외에는 호텔에서 식사하는 법이 없었는데, 이번에는 저녁도 호텔 포차에서 먹었다. "이젠 우리도 이런 곳에서 먹어도 돼." 나보다 알뜰한 남편이 한 말에 나도 덩달아 좋아한다. 고르곤졸라 피자 8조각 중 남편이 5.5조각을 먹었다. 치킨에 참나물 샐러드도. 곁들여나온 방울토마토 피클 맛이 일품이다.

남편의 입원이라는 예상치 못했던 일이 일어났다. 여행지에서 이틀 중 하루를 호텔 방과 병원 입원실에서 부부가 따로 지냈다. 남편의 20년 지기 안과의사를 만났다. 간 김에 여러 검사를 진행했다. 황반변성이라는 진단을 받은 지 이미 오래고, 정기적으로 검진을 받고 있다. 얼마 전부터 녹내장이 진행되었다. 서울의 안과에선 조금 더 지켜보자고 했다. 경주의 병원 의사는 '다발성말초신경병증', '녹내장과 시신경 이상', '재생불량성빈혈', '갑상샘기능저하증', '간 상태' 등등에 대해 각각의 증상으로 볼 수도 있지만, 간을 제외한 질병들이 혈관성 질환이라는 점을 볼 때 다른 이유가 있을 수도 있다고 했다. 수면무호흡증으로 자는 동안 산소를 공급받지 못해 생기는 현상으로 생각할 수 있다며 수면다원화검사를 제안했다. 믿을 만한 서울 병원으로 소개하겠다고 했다. 나와 남편은 기왕에 이곳에 왔고, 진료받은 이곳 안과에서 입원해 검사받기로 했다. 남편은 나를 호텔에 데려다주고, 다시 병원으로 갔다.

약할 때 서로에게 애틋해진다. 이미 캄캄해진 밤, 나는 호텔 앞 버스 정류장에서 병원으로 가는 남편을, 남편은 고작 5분도 안 되는 호텔까지 걸어 들어가야 할 나를, '매우' 염려하는 마음으로 상대를 보냈다. 5분 뒤에는 호텔에 들어갔는지? 30분 뒤에는 병원에 도착했는지? 서로 확인했다. 남편이 짊어졌던 배낭 위치를 옮기며 그 무게에 놀랐다. 아이들 준다고 경주빵과 찰보리빵을 샀고, 그것을 짊어지고 다녔는데, 여간 무거운 게 아니었다. 늙어서 낑낑거렸다. 그동안 가장으로 그 빵들만큼이나, 아니 오히려 그보다 무거웠을 정신적인 무게를 어깨에 짊어지고 살아온 그의 삶을 떠올렸다. 남편이 곧 검사에 들어간다는 소식을 접하고야, 여행이면 늘 준비해가는 졸피뎀을 먹고 취침했다. 다음 날 새벽에 돌아온 남편과 함께 사우나와 식사를 한 후 호텔에서 나왔다. 버스를 타고 다시 중간중간 내려 걸었다. 병원에 들러 의사와 함께 점심을 먹고 신경주역으로 향했다. 그게 뭔지 모르지만, 검사 결과 수치가 27이라고 했다. 보통 사람의 경우 4~5란다. 해석하는 데 2주 정도 걸리고, 결과지를 보내준다고 했다.

"과거의 사람과 현재의 사람은 사실 완전히 다릅니다. 세포가 계속 새롭게 대체되는 거죠." 의사가 한 말이다. 노화는 자연스러운 거고, 그저 받아들이면 된다고 생각은 하지만, 남편에게는 아무래도 힘든가 보다. "그동안 말하지 않으려고 했는데, 나 이제 정말 늙었나 봐. 머리부터 발끝까지 성한 데가 없고, 머리도 잘 돌아가지 않고, 뭘 할 기운이 없어." "그래 늙었지. 힘주지 마. 힘을 빼고 살자." 나도 마음이 한풀 가라앉는다. 남편은 늘 힘을 주고 살아온 것 같다. 그렇지 않은 사람이 없겠지. 그러나 나와 달리, 가장으로, 게다가 어린 시절 매우 힘들게 보낸 남편이라 마음이 아프다.

악마성

9월 22일. 어제 21일 국회에서 한덕수 총리 해임안이, 이재명 체포 동의안이 가결되었다. 두 사건 다 우리나라 헌정 역사상 처음 있는 일이란다. 한덕수 총리에 대해서는 대통령이 거부할 것이라는 예측이다. 이재명 대표에게는 글쎄! 정치란 무엇인가? 회의적이지만 동시에 정치에 참여하지 않을 수도 없는 상황이다. 정치에 과몰입하는 사람들의 악마성을 본다. 분노에서 나 자신을 구하기 위해, 내 안의 악마성을 깨우고 싶지 않다.

9월 25일. 과일잼을 먹지 않는다. 몸에 좋을 것 같지 않다. 물론 몸에 좋지 않다고 하는 버터를 먹긴 한다. 사놓은 토마토 상태가 썩 좋지 않다. 도무지 식재료나 음식을 버리지 못하는 편이다. 토마토에 꿀을 조금 첨가해, 토마토잼을 만들었다. 토마토는 끓여도 영양소가 파괴되지 않는다고 들었다. 설탕도 단 것도 피한다. 꿀을 딱 한 스푼 넣었다. 기초 영양소 5군을 생각하고, 지구를 생각하고, 영양소가 보존되는 요리법을 택한다. 지구를 생각하며, 수영장에 가서도 비누질하거나 머리에 샴푸를 하는 동안 물을 반드시 잠근다. 사람들 열 중 일곱 여덟은 한 번 샤워 꼭지를 틀면 샤워가 끝날 때까지 잠그지 않는다. 그런 분이 돌아설 때, 내가 슬쩍 끄곤 한다. 오늘도 그랬다가 크게 당했다. "내가 쓰는 중인데 왜 꺼요?" 목소리가 너무 크고 격앙되어있었다. 나는 할 말을 잃었다. 다음에는 뭐라 할지 할 말을 준비할 거다. 앞으로는 약하게 나가지 않을 거다. 샤워 꼭지를 잠그는데도 용기가 필요하다.

9월 26일. 순주와 금련 언니. 수영장에서 만난 게 7년 전이다. 나이도 다르고 살아온 배경도 다르다. 교육 정도가 그야말로 다르고 성격은 더더욱 다르니, 나눌 수 있는 대화가 제한적이다. 그렇지만 그런 게 또 문제 되지 않는다. 수영장에서 나오면 함께 커피를 마시고, 장을 본다. 한 시간을 그렇게 보낸다. 두 언니를 만나기 전 그런 식으로 시간을 보낸 기억이 거의 없다. '매일 이렇게 시간을 보내는 게 괜찮은가?' 가끔 시간이 아까웠다. 이제는 그런 마음이 사라졌다. 그래 봐야 기껏 한 시간인데. 문득 감사했다. "언니, 내가 언니들을 만나지 않았다면 하루가 참 지루했을 거야." "그렇지. 너는 걷기만 하고, 순주 언니는 머리 아파서 얼굴을 찡그린 채 손으로 머리를 짚고. 나 만나서 말도 하고 그러지." 맞는 말이다. 그뿐만 아니다. 금련 언니는 여기저기서 받은 반찬거리로 반찬을 만들어 나눠준다. 언니가 준 가지와 콩나물로 만든 반찬이, 그리고 언니가 직접 볶아주기까지 한 깻잎나물이 우리 집 어제 상차림이었다. 새로운 만남으로 새로운 나눔을 경험하고 있다.

9월 27일. 새벽 한 시 너머 잠이 깼다. 더는 잠이 들지 않았다. 세 시가 넘자 이재명 대표에 대한 영장 청구 소송이 기각되었다는 뉴스가 떴다. 증거가 부족하고, 증거인멸의 위험이 분명하지 않다는 게 기각 이유다. 시장이 되고 도지사가 되면서부터 늘 수사의 대상이 되었다. 한 사람의 인생이 참 힘들었다. 그렇게 잔인하리만치 수사하는데도, 확실한 증거가 없다면 뭐가 어디서 잘못된 건가.

추석 풍경

9월 28일. 추석 전날이다. 작은 사위가 얼굴과 가슴에 찬물 수건을 얹고 있는 사진이 카톡으로 왔다. 목이 아프고 열이 많단다. 식도염 진단을 받고 약을 먹고 있지만, 열이 식도염 때문인 건 아닌듯하다. 편의점에서 산 코로나 자가검사키트 검사 결과는 음성이란다. 한편으로는 안심이고 또 한편으로는 열의 원인을 모르는 게 더 마음 쓰인다. 휴일이니 응급실로 가라고 했는데, 해열제를 먹고 좀 가라앉았다고 한다. 사위가 은근히 몸이 약하다. 큰사위도 아직은 젊은데 혈압약을 먹는다. 두 아이 다 수면이 질이 좋지 않고, 잔병치레가 많다. 내가 길게 아픈 경험이 있고, 손자도 아픔을 겪었고, 나와 남편 역시 더는 젊지 않고 노화 현상을 겪으면서 아이들 건강이 제일 큰 관심사다. 아이들 식습관과 생활 습관에 더 마음이 간다. 결국, 응급실에 가지 않고 밤을 지내려나 보다.

추석마다 코로나의 방문

9월 29일. 추석이다. 두 딸네는 내일 오기로 했다. 전적으로 작은딸 일정에 맞췄다. 양쪽 사돈어른들이 다 시댁 친정 가리지 않고 형편 되는대로 다닐 수 있게 해주신다. 며느리에게 마음 씀씀이가 넓으신 분들이다. 그러니 두 딸이 다 자신의 시댁 어른을 좋아한다. 아이들에게도 우리 부부에게도 복이다. 여전히 시댁, 친정을 차별하고, 며느리나 사위를 제 자식 아닌 남으로 여기는 경우가 허다하다.

미리 준비해놓은 식재료로 아이들 맞을 준비를 했다. 이번 추석의 주메뉴는 보리굴비. 일전에 동서가 보낸 보리굴비 맛이 일품이었다. 아이들을 먹이고 싶어 같은 곳에 다시 주문했다. 이렇게 크고 맛있는 보리굴비를 먹기는 아이들에게도 드문 일일 것 같다. 그리고 갈비찜 대신 부챗살로 소고기찜을 한다. 갈비에 비하면 값이 심하게 싸다. 그러나 값이 싸서만은 아니다. 기름이 거의 없다. 시래기나물, 무말랭이, 콩나물무침, 고사리 볶음, 토란국, 샐러드. 건강한 음식으로 준비하면 큰 비용이 들지 않는다. 아이들 갈 때 싸줄 만큼 넉넉히 한다. 갈 때 싸주려고 장조림도 마련했다. 아이들이 좋아하면 마음이 웃는다.

큰아이네는 시댁에 갔다 자기 집 세종으로 돌아와 있고, 둘째네는 시댁에 갔다. 열은 좀 떨어졌지만, 저녁 집에 가는 길에 국립중앙의료원 응급실에 갔다. 결국, 코로나라는 진단을 받았다. 가족 전부 생각이 복잡해졌다. 작은딸 시어른과 시동생이 걱정이다. 며칠 전 우리 집에 들렀으니 우리 부부에게 전염되지는 않았을지도 걱정이다. 우리 부부가 어떤지 모르겠으니, 큰딸 가족이 올라와도 될지. 작년에는 우리 부부가 하필이면 추석 바로 전날, 코로나 의심 상황이어서 상황이 복잡했다. 세종에서 올라오던 큰 딸네가 방향을 바꿔 제집으로 방향을 바꿨고 작은딸도 제 집에 머물렀다. 냉장고에 가득하게 준비해놓은 음식은 오로지 부부의 몫이 되었다. 코로나로 입맛을 잃었고, 음식은 제맛을 잃어갔지만, 끝까지 그것들을 해치웠다. 쌀 한 톨의 무게를 짐작하기에 버리지 못한다. 큰애네는 내일 그냥 오겠단다. 마음이 썩 편하지는 않지만, 은근히 좋다. 나와 남편은 혹시나 몰라, 집에 있는 아스피린, 비타민 C, 광동쌍화탕, 키토산 등을 먹고 일찍 취침하기로 했다. 최대한으로 예방하는 차원이다.

조금 별난 추석

9월 30일. 추석 연휴 2일째. 나와 남편의 자가진단키트 검사 결과는 음성이다. 그래도 마음이 놓이지 않았다. 작은애가 보건소에 가보라 했지만, 어차피 아이들은 오기로 했으니 검사하고 싶지 않다. 이른 아침 다시 비타민 C, 키토산, 타이레놀을 미리 챙겨 먹었다. 6시에 출발한 아이들이 8시가 채 안 되어 도착했다. 생각으로는 해도 달도 품지도 뽀뽀하지도 않겠다고 했는데, 막상 아이들을 보니 껴안고 말았다. 간단한 아침 식사를 하고 조금 쉰 후, 다 같이 전철을 타고 작은딸 집으로 갔다. 안국역 하차. 역 주변에서 나와 큰사위가 해와 달을 데리고 있고, 남편과 큰딸이 보리굴비, 고기찜, 나물들과 장조림, 그리고 큰애가 가져온 멸치 등을 갖고 빌라로 올라가, 문 앞에 내려놓고, 다시 밖으로 나왔고, 베란다에 등장한 작은애들과 얼굴을 마주했단다. 점심은 큰사위가 밖에서 점심을 샀고 집에 돌아와 저녁을 먹었다. 해와 달, 어린 것들이 보리굴비를 그리도 잘 먹을 줄 몰랐다. 싸 보낼 게 있어서 다행이다. 주는 기쁨이 확실히 받는 기쁨보다 크다.

누군가에 의해 깨어나는 존재다

10월 4일. 시간의 흐름에 둔감하지 않았다. 일, 월과 요일을 항상 인지하고 살아왔다. 그랬던 내가 얼마 전부터 오늘이 며칠? 무슨 요일? 한참 생각하는 일이 생겼고, 그런 날이 지속한다. 남편이 그런 경험을 말할 때, 나라면 있을 수 없는 일이라 생각했다. 뇌의 활동에 변화가 찾아온 것 같다. 자연스럽게 받아들일 일이다. 그래서 더 기록하기로 다짐한다. 읽는 책의 종류도 달라질 듯하다.

「복음과 상황」 No395를 어제부터 읽기 시작했다. 어쩔 수 없는 엄마라, 딸이 쓴 글부터 읽었다. '글이 좋지 않으면 어떻게 하지?' 쓸데없는 걱정을 한다. '의미 있는 글을 또 어떻게 재미있게 썼을까?' 하는 기대도 있다. 딸아이의 글에는 늘 재미있는 요소가 있는 편이다. "들어갈수록 산과 가까워지는 동네"라는 제목이다. '백사마을 재개발', '도심개발', '허허벌판', '맨손.' 맨손들이 함께 지은 '생의 이야기', '공가', '타인의 삶.' 무겁고 진지한 이야기가 등장했다. '건반이랑피아노', '본동미디어', '가지랑 청양고추', '자개 거울과 보랏빛 빨래판과 깔 맞춘 비누 선반', '고양이와 시바견.' 역시 재미있는 요소가 빠지지 않았다. 왁자지껄했을 옛 동네의 사람들이, 그들이 맨손으로 함께 지은 생의 이야기가 부드럽고 따뜻하고 정겹게 재미있게 다가왔다. 딸은 진지하지만, 역시 재미를 가득 담고 있는 아이다. 개발이라는 이름, 파괴되는 소중한 옛 것들, 잊어버렸거나 잃어버린 삶들, 과거 웃음이 있던 삶들이 함께 다가왔다. 딸의 글을 읽은 후 처음부터 차근차근 읽었다. 편집 글, "동교동 삼거리에서" 만나는 문장이 가슴을 두드렸다. '이슈로 이슈를 덮는 세상' '오늘의 화가 어제의 화를 밀어내는 세상' '잊히는 희생' '사라져가는 생명' '진실의 왜곡' '꼬리에 꼬리를 잡는 기도' '간토 학살 100주기' '바다를 살리려는 온몸의 기도' '세상의 아픔 앞에 선 기도.'

오늘의 사건이 어제의 사건을, 내일의 사건이 오늘의 사건을 덮어버리는 사회에서, 화를, 희생을, 생명을, 왜곡을 어느새 잊고 하하 호호하며 살아가는 나를 마주했다. 그리고 너무나 가슴을 울리는 문장, "기

도의 소재는 세상으로부터 주어지는 것."^{자끄 엘륄}

세상을 모르고, 세상을 외면하고 그리스도인들은 과연 무엇을 놓고 기도하고 있을까? 나는 어떤가? 매번, 매일, 누군가에 의해 깨어나야 하는 존재다. 늘 깨워주는 「복음과상황」이다. 편집장에게 감사 메시지를 전했다. 그곳 기자님에게도 마음 전해주기를 부탁했다. '정부의 독서문화지원축소' '독서공공도서관 운영지원금 전액 삭감' 'OECD 국가 중 연간독서량 최하위'를 기록하며 책 읽지 않는 나라가 되어가는 지금 한 달에 한 권 좋은 책 한 권, 좋은 잡지 한 권 읽는 이들이 늘어나기를 희망한다.

수영장에 다녀와서 고구마 줄기와 토란대 껍질을 벗긴다. 여전히 사람이 되어가고, 엄마가 되어가고, 어른이 되어간다. 뿌리고, 거두고, 캐내어, 공들여 먹이는 걸 아는 사람. 은근한 관심은 좋지만, 과도한 관심은 사절하는 쿨~한 나를 침범하는 사람, 금련 언니 덕분이다. 중학교 졸업장만 갖고 서울로 올라와, 공장을 다니며, 시댁과 친정 어른에게, 동생들에게 돈 부치고, 맘씨 착한 남편 만나, 아들딸 셋 낳고, 다 키워낸 후, 이제는 나에게까지, 이것저것 퍼 날라서 먹이는 금련 언니 덕분이다. 언니 성격이라면 할 줄 아는 게 별로 없는 날 위해 다듬고 아예 요리까지 해줬을 텐데. 이번 추석은 일도 많고, 시간도 체력도 다 모자랐을 것이다. "껍질 깔 줄 알지?" "비닐장갑 끼고 해야 해." 시범을 보이며 말했다. '지구 생각' 하며 비닐장갑 한쪽만 꼈다. 한 손이 흙빛으로 물들었다. 괜찮다. 차라리 한쪽도 끼지 말 걸 그랬다.

다시 태어난다면~

10월 5일. 나는 수영장으로 갔고, 남편은 혼자 대학병원으로 갔다. 오후에 안과에서 만나기로 했다. 안과에 도착했지만, 경주 안과에서 받아온 소견서와 CD를 집에 놓고 왔다. 아뿔싸! 이틀 뒤로 다시 예약하고 함께 치과로 갔다. 잇몸이 헐었다. 임플란트라면 평생 걱정하지 않아도 되는 줄 알았다. 착각이었다. 잇몸이 약해진단다. 본래의 잇몸이 웬만한 자극에 아프지 않은 손바닥 같았다면, 임플란트 후의 잇몸이 손등 같은 잇몸이 되어 작은 자극에도 아픔을 느낀다고 한다. 그 외에도 임플란트의 불편한 점들이 있다. 받아들일 것들이 늘어난다. 어떤 나이든 나이가 드는 건 새로운 일이 생기는 것.

저녁으로 김치, 콩나물, 두부를 한데 넣고 끓인 국을 맛있게 먹은 후, 2023년 에디티 에피옹 감독, 리차드 모페다미조, 아데 라오예, 셈 데데가 출연한 나이지리아 영화 「더 블랙 북」을 시청했다. 일을 끝내고 아버지를 보러 가는 길, 청년이 거대한 조직에 의해 누명을 쓰고 살해되었다. 조용히 종교에 심취해 존경받는 교회 집사로 살아온 아버지

에디마는 결국 자기 손으로 정의를 바로 세우고, 아들의 결백을 증명하기 위해 부패한 경찰들과 싸운다. 한편 부패한 국가 권력층을 심층적으로 취재하는 젊은 여성 기자가 청년의 아버지 에디마를 찾아온다. 아버지가 아들의 시신을 찾고, 여기자가 부패한 권력을 취재하는 과정에서 에디마의 과거 행적이 드러난다. 그는 마약 부패 장군의 용병으로 타의 추종을 불허할 정도였다. 부패를 밝히려던 여기자를 죽인 자였다. 지금은 부패 장군을 제거하고 미래를 바로 잡는 동시에 여기에 끼어든 여기자를 보호해야만 한다. 그녀가 과거 어둠의 시절 그가 죽인 여기자의 딸인 것이다.

영화를 보고 나니, 나이지리아가 궁금했다. 검색 결과에 조금 놀랐다. 나이지리아 연방공화국, 인구 세계 6위 213,400,000명 _{자료원:} EIU2021 출산율 1, 2위, 석유 강국, 세계 석유 보유량 10위, 천연가스 보유량 10위, 아프리카의 주요 경제 대국 중 하나다. 교육 수준이 높고, 아프리카의 '문학 강국'이다. 1986년 노벨 문학상 수상자 월레 소잉카, 여성의 삶을 그린 부치 에메체타,『야자 열매 술꾼』의 아모스 투투올라,『보라색 히비스커스』,『태양은 노랗게 타오른다』,『아메리카나』세 편을 쓰고 차세대 아프리카 문학을 이끌 유망주로 평가받는 치마만다 응고지, 아디치에 등이 있다. 사이언스 픽션과 판타지 쪽에서도 주목할 작가들이 많다.『빈티 시리즈』의 은네디 오코라포르,『피와 뼈의 아이들』의 토미 아데예미 등이다.

치누아 아체베가 쓴『모든 것이 산산이 부서지다』를 진작에 읽었다. 배경이 나이지리아다. 나를 깊이 울린, 인상 깊은 작품이었는데, 나는 왜 작품의 배경이 된 나이지리아는 이토록 모르고 있는가! 심지어 배경이 그저 아프리카의 어느 한 나라라고만 생각했다. 원래 작가, 가수, 배우, 원작, 원곡 등 기본 정보를 무시한 채 무턱대고 읽고 듣고 보는 성향이다. 읽고도 듣고도 보고도 그만큼 아는 게 없긴 하다. 그렇더라도 분명 아프리카에 대한 편견이 작동했다. 아프리카 국가 하나하나가 아니라, 그저 아프리카라는 통칭으로 모두를 묶어 생각했다. 내가 하는 말과 생각들과 그야말로 이율배반에 빠져있다. 편견을 깨고 싶다. 더 나은 존재가 되고 싶다. 나는 가끔 지금 생이 마지막이 아닐지도 모른다고 생각한다. 어쩌면 인간이 아니 다른 존재로 다시 태어날 수도 있다고 생각한다. 인간으로 다시 태어난다면 지금의 나와 무관하지 않을 것 같다. 그때는 지금의 나보다 나은 존재가 되어있기를 바란다.

남편의 엄살

10월 7일. "오늘 수영장 안 간다고?" "나랑 같이 병원 간다고?" 오늘 남편의 안과 예약이 11시, 남편이 함께 가고 싶은 모양이다. 남편과 함께 병원으로 갔다. 경주 안과에서 준 소견서와 CD를 건네주며 조심스럽게 경위를 말했다. 남편은 보통 만연체로 이야기한다. 간략하게 딱 필요한 말만 하라고 내가 핀잔을 줬다. "경주에 갈 일이 있어 아는 안과 의사에게 들러 진료를 받았다. 진료소견서를 받았다. 이렇게만 말하고 의사가 하는 말을 들으며 그때그때 필요한 말만 해. 알았지?"

의사는 그동안의 추적 검사 사진을 보여주며, 그동안 녹내장약을 쓰지 않은 이유를 말해줬다. 시야 검사에서 보이지 않는 부분의 위치와 넓이가 계속해서 변해왔다. 이미 나이가 있어 병의 진행이 빠르지 않다. 4년 동안 관찰해왔다. 그동안의 진행 속도를 볼 때, 크게 위험 상태까지 가지 않을 수 있다. 얼마 전부터 '보이지 않는 지점' 한 곳이 연속적으로 나타났다. 검사 기간을 6개월에서 3개월로 당긴 이유다. 앞으로는 약을 쓰려고 한다. 의사의 말을 듣고, 한 번 진료로 눈 상태를 알 수 없다는 걸 알게 되었다. 의사가 매우 신중하게 나와 남편 눈을 진료해오고 있다는 사실을 알 수 있었다. 의사를 믿을 수 있게 된 게 감사했다. 보통은 바쁜 의사와 설명을 잘 이해하지 못하는 환자 간의 불통이 치료 동역자로서 환자와 의사의 관계를 어렵게 할 수 있음도 알게 되었다.

"내가 약값 계산했다." 화장실에 다녀온 사이 약값을 계산한 내가 남편에게 점심을 사라고 했다. 남편이 자기는 쥐어짜도 돈 나올 곳이 없다며 엄살을 부렸다. 엄살이 아니라 사실이긴 하다. 약값은 6,100원, 점심으로 먹은 추어탕은 22,000원. 남는 장사를 했다.

대의 말고 사람

10월 10일. 요즘 MBC 드라마 「연인」에 몰입하고 있다. 남궁민이 출연하는 드라마라면 봐도 좋겠다고 생각해오다 며칠 전부터 본격적으로 보고 있다. 배경은 병자호란 시대. 당시에 통용되는 생각과는 전혀 다르게 생각하는 사람이 나타났다. "의병? 아니오. 나는 피난을 가려하오. 왕이 백성을 구하려 하지 않는데, 왜 백성이 왕을 구하려 하오?" 그렇다. 그는 국가를 위해서도 왕을 구하기 위해서도 전쟁에 참여할 생각이 없다. 그러나 의병으로 나가는 이들, 마을에 남은 사람을 지키기 위해 걸음을 옮긴다. 몸을 던진다. 사람을 위해서다. 「연인」에서 조선의 병자호란과 그 시대의 레미제라블들을 만난다. 대의가 아니라 그저 사람들을 아끼는 그 사람 이장현남궁민에게 절로 마음이 끌린다. 역사는 힘 있는 자들의 기록. 힘이 있는 자들이 기록한 산물이다. 반면 예술은 시대와 동떨어져 앞선 사람들, 어느 때, 어느 곳에나 있지만 드러나지 않는 사람과 생각과 사건들을 보게 해준다.

『레미제라블』 독서 모임에 6명이 완전체로 다 모였다. 주변 식당

"주막"에서 이른 저녁을 먹었다. 코다리찜, 주꾸미 볶음, 해물파전과 털레기있는 재료를 한데 모아 털털 털어 먹어치운다는 이북 말에서 비롯된 수제비를 주문했다. 주로 해산물이다. 마음에 거리낌이 없지 않다. 나이든 나야 괜찮겠으나 나이 어린 우리 해와 달과 해, 별, 산과 바다, 강과 들과 꽃들은 조심해야 하는데, 그 아이들은 이런 사실을 모르고 자라게 될 것이다. 거리낌조차 없이 먹게 될 것이다.

온갖 종류의 사랑

10월 11일. 카톡! "내 마음이야." 그 마음이란 콘드로이친이다. 아이들 수입이 많지 않으니, 경제적 부담을 생각하지 않을 수 없지만, 이런 선물을 기꺼이 받는다. "뭐야? 고맙게 시리." "내가 ^#^^*이지만, 엄마를 0순위나 1순위로 사랑해." 잠시 사위가 생각났다. '사위야! 부모를 향한 사랑은 연인, 아내, 남편 사랑과는 전혀 별개다. 전혀 다른 라인에 있는 거란다.'

약해져 있는 남편이 걱정이다. 불만이 많았지만, 온전히 내 그늘이 되어준 사람이다. 이제까지 나 혼자 힘들었던 관계를 생각했지. 그가 혼자 짊어지고 왔던 짐의 무게를 미처 생각하지 못했다. 남편에게 기억하는 대로 어릴 때부터의 기억을 더듬어 생을 기록해보라고 권했다. 겉으로 드러내지 않고 꿀꺽 삼켰을 이야기를 쓰는 건 우리 나이에 가장 중요한 일이 될지 모른다. 기록하며 그때의 자신을 만나며 스스로 치유할 기회일 듯하다. 남편이 그렇게 남은 시간을 자신과 마주하면 좋겠다.

남편과 산책하고 스타벅스 쿠폰으로 저녁 끼니를 해결했다. 샌드위치와 커피, 그리고 우유. 집에 돌아와 함께 지나간 드라마 「연인」을 시청한 후, 남편이 9시 뉴스를 시청하는 시간이 되었다. 나는 도토리묵을 썼다. 남편과 함께 뉴스를 보는 건 불가하다. 그는 TV. Chosun을 시청한다. 여러 면에서 섞일 수 없지만, 남편을 사랑한다. 남편도 마찬가지로 나를 사랑한다. 남편을 아는 사람도, 나를 아는 사람도 그렇게 다른데 어떻게 함께 사는지 묻는다. 사랑에는 여러 모양이 있으니 가능하다. 그렇게 되는 데 필요한 시간이 있었다.

싫어하는 사람이 있고, 누군가를 싫어할 때가 있다. 사람은 복잡하다. 그리고 그 복잡한 사람을 사랑하는 존재가 인간이다. 사랑에는 위험이 동반된다고 한 보스턴 칼리지 리처드 키니 교수의 말이 생생하게 다가온다. 사랑할 수는 없을 것이라고, 사랑해서는 안 된다고 쉽게 판단할 수 있는 사람은 없다.

"사랑에는 위험이 동반됩니다. 온갖 종류의 미친 사랑이 있을 수 있습니다. 중독된 사랑이나 포르노적인 것, 마조히즘과 사디즘도 있겠고요. … 우리는 미리엘 주교처럼 할 수도 있습니다. 장발장처럼 한 사람이 범죄자로 규정되고, 그가 음식과 물만이 아니라 은으로 장식도 훔치지만, 그 사람이 그리스도가 될 수 있다고 상상하며 그를 믿기 때문에 나는 그에게 선물을 줄 수 있다고 여깁니다. 이는 분명 유효한 일일 수 있습니다. 물론 아닐 수도 있지요. 장발장이 다시 돌아와 내 목숨을 위협할 수도 있습니다. 그래서 삶은 위험하며 사랑도 위험 가운데 있습니다. 그렇지만 **때때로 노출이 필요하지요.**" 리처드 키니, 『복음과 상황』, 395호

10월 13일. 페이스북으로 친구 신청을 받았다. 깜짝 놀랐다. 20여 년 전 전도사로 있었던 교회 장로님이다. 이렇게 연결될 줄 몰랐다. 놀라운 세상이다. 그때 2001년 911사태가 있었고, 그때 내가 팔레스타인의 입장을 아이들에게 전한 게 기억에 남아 있다고 하셨다. 국민 대다수가 미국에 호의적인 시대였고, 교회 역시 마찬가지였다. 뭘 모르던 시절, 겁이 없었다. 사랑을 믿었던 시절이었다. 갈수록 사랑할 자신이 없다.

주거권은 시민의 기본권이라면?

10월 15일. 주거권은 시민의 기본권이다. 정치는 시민의 기본권

인 주거권을 보호할 의무가 있다. 전세 사기 피해 사건이 있었다. 규모가 엄청나다. 서울시 강서구 지역의 경우 피해 금액이 10개월간 6,935억 원이다. 전국적으로 최대 규모다. 제도상 정보의 불균형이 있고, 세입자가 매물에 관한 자료 전부를 확인해도 위험 요소가 존재한단다. 개인의 책임이 아니라 제도의 문제라는 지적이 있다. 제도를 개선하지 않는 국가는 범죄 동조자인 셈이고, 누군가 전세 사기를 피했다면 그는 '운'이 좋았을 뿐이다.

전세 사기 피해자들이 집회를 열었다. 집회에 정치인들을 초대했다. 대전, 부산, 전국 각지의 피해자들이 왔지만, 집권 여당은 묵묵부답인 채 불참했다. 유일하게 불참한 정당이다.

딸이 페이스북에 올린 글을 읽었다. 작은딸이 그 집회에 참석했다. 근무 일정이 일정하지 않아 정말 오랜만에 시간이 되어 전국 전세 사기, 깡통전세 피해자 집회에 참여했단다. 집회에 참석하지 못하고, 연대하지 못하고, 나누지 못함에 대한 죄책들이 있다. 나 대신은 아니지만, 딸이 그곳에 있었다는 사실로 마음의 짐을 조금 던다.

뭔지 모를 부채감

10월 18일. "누구든 혼자 살 기회가 와!" "그건 아니지. 상대보다 내가 먼저 갈 수 있으니, 그런 기회가 누구에게나 오는 건 아니지." 남편을 보내고 홀로된 수영장 언니가 한 말에 어떤 설명을 하지 않고도 한참을 웃었다. ???!!!

온몸이 무겁고 아프다. 어제의 식탐이 불러온 일이다. 어제 남편과 홍대입구역 애슐리퀸즈에서 만나 점심을 먹기로 했다. 언제나 과식을 예상한다. 수영장에서 운동을 마친 후 약속 장소까지 걸어가기로 했다. 오랜만에 망원시장을 들렀다. 용과가 하나에 1,000원, 단감이 10개 5,000원, 청경채가 한 무더기에 1,000원. 눈이 번쩍 뜨였다. 그러나 모두 그림의 떡이다. 가방이 무겁다. 무게가 있는 책, 전철 안에서 읽기 좋은 가볍고 작은 책을 가방에 넣었다. 그게 다가 아니다. 금련 언니가 무겁지 않다며 사랑이 담긴 고춧가루를 쿡 찔러 넣었다. 물병도 있다. 그것들이 내 어깨와 허리를 사정없이 눌렀다. 사랑스러운 열매와 이파리들을 지나쳤다.

바짝 튀긴 양파를 너무 많이 먹었다. 집에 들어와 두 무릎에 파스를 붙이고, 그대로 누웠다. 8시 30분이 되어서야 일어나 쓰던 글을 마무리하고 10시 30분에 누웠다. 입면에 실패해 12시가 넘어 졸피뎀을 먹고서야 잠들었다. 4시에 잠이 깼다. 8시까지 뒹굴었다. 하는 일 없이, 너무 편하게 산다고 생각하지만, 이토록 늦게까지 누워 뒹군 기억이 거의 없다. 삶에 대한 막연한 부담감이 적지 않다. 뭔지 모를 부채감이다.

10월 19일. 화들짝 놀라 일어났다. 손자 해의 생일이다. 학교 가기 전 축하 통화하는 걸 잊어서는 안 된다. 이모와 이모부는 이미 통화했단다. 할아버지는 그야말로 뒤진 시대 사람답다. 아이들이 없는 가족 단톡방에 축하 메시지를 보냈단다. 나는 잊지 않고 있던 것처럼, 늦지 않게 생일 축하 전화를 했다.

노는 김에 할 일 하자고, 남편과 함께 독감 예방주사를 맞고, 정기적으로 받아오는 약들을 받아오고, 마트에 가려니 차가 요지부동이다. 키 배터리를 교체해도 아무런 반응이 없다. 긴급서비스를 받았지만 움직이지 않았다. 완전 방전이다. 견인차로 서비스센터를 찾아 완전히 방전된 배터리를 교체했다. 187,000원. 요즘 빈궁한 남편에게 100,000원을 쏴주고, 마트에 가서 장을 봐오니 벌써 컴컴하다. 별것도 아닌 듯한 일들로 꽉~찬 하루가 지났다.

10월 21일. 수영장에서 금련 언니가 마늘 10통을 줬다. 그렇게 일 좀 그만두라는 잔소리를 들어가면서도 결국 또 무김치를 담갔단다. 무청을 절이고 나왔는데, 그건 나를 위한 거란다. 내가 졌다. 어쩌겠나 그게 금련 언니인걸. 나는 "언니 나 그거 정말 좋아해~"라는 말로 보답

했다. 11월 11일에 병자호란이 있기 600년 전 있었던 「고려 거란 전쟁」
이 방영되고, 10월 26일에는 「싱어게인 3」이 시작된다고 한다. 반가운
소식이다. 사소한 즐거움이다.

10월 23일. 누군가 돌아가셨다. 아마도 아버지인가보다. 엄마를
부드럽게 꼭 안아드렸다. 그리고 떨어지지 않는 발걸음을 돌렸다. "엄
마. 나는 갈게. 잘 추슬러야 해." 엄마가 슬픈 얼굴로 고개를 끄덕였다.
집으로 돌아오면서, 왜 엄마를 그렇게 놔두고 왔을까? 후회했다. 눈을
떴다. 꿈이었다. 엄마가 돌아가신 게 벌써 4년 5개월이다. 그렇게 남겨
두고 온 것이 슬프지만, 엄마를 안았던 감각이 생생하다. 그 감각을 잊
고 싶지 않다. 왜 그런 꿈을? 혹시 엄마 생신인가? 싶어 날짜를 확인했
다. 엄마 생신은 11월 7일이다.

먹고 노는 날들의 연속이다. 아니다. 책을 읽고 글을 쓴다. 근데 왜
노는 일로만 생각할까? 몸으로 하는 일이 없어 미안해서다. 금련 언니
가 모처럼 손주를 보지 않는 날이라고, 집에 와 점심을 먹으라고 나와
순주 언니를 초대했다. 셋 모두 모두 나물 반찬 등 채소를 좋아한다. 늘
그렇지만 금련 언니의 상차림이 오늘도 대단하다. 갓 지은 밥은 기본
이고 비지찌개와 청국장, 찌개만 두 가지다. 게다가 시래기, 곤드레, 죽
순, 고구마줄기볶음, 감자조림, 콩나물, 더덕, 무생채, 상추와 오이무침

이 식탁에 펼쳐졌다. 볶은 나물들과 함께 생으로 무친 나물을 더해 입맛을 깔끔하게 했다. 고추장과 들기름을 청해 비벼 먹었다. 워낙 좋아하는 반찬들이고, 나는 그렇게 잘하지 못한다. 그 수북한 나물들을 다 먹어치웠다. '나물이란 게 어쩌면 이리도 종류가 많을까!' 이 많은 나물은 어릴 적 엄마가 해줬던 나물과 별로 겹치지 않는다. 어쩌면 세월의 흐름 속에 사라진 것들도 많겠다 싶다. 집에 올 때는 나를 위해 담근 무청 김치, 집된장, 곤드레나물과 시래기나물까지 싸 들고 왔다. 대단한 복을 누리며 살고 있다. 나이 70을 바라보는 내가 자기들 덕분에 호박잎 쌈도 만들 줄 알게 됐다며 금련, 순주 두 언니가 웃었다.

10월 24일. 오후에 레미제라블 읽고 쓰기 14번째 모임이 있었다. 급체인지 그 외의 다른 문제도 있는지 어지럼증으로 고생해서 나오지 못할 줄 알았던 김현주 선생님이 모임에 나왔다. 멤버 한 사람 한 사람이 친밀해져 그야말로 허심탄회하게 나누는 이 모임이 풍성하고 좋다. 모임을 시작하기 전 이미 한 번을 읽으면서 느꼈던 감동이 진했는데, 여럿이 모여 읽으니, 단순 감동이 아니라 많은 문제를 생각하고 나누게 된다. 처음 가졌던 감동에 더해, 이 진지한 낭만주의 소설의 성격에 대해, 저자의 탁월함과 함께 허점도 조금은 알아가게 된다. 사실주의 소설가가 이 소설을 비판했다는 데 그 이유도 알 것 같다. 번역가에 따라 장발장과 자베르에 대한 이해가 다르다는 걸 알게 되었다. 처음에는 이해할 수 없었는데, 또 결국 이해하게 된다. 도저히 누구도 따라잡을 수 없을 만큼 방대한 주제와 추구해야 할 가치를 제공하는 이 대단한 책을, 빅토르 위고의 인류애를. 자신의 생애를 건 이 노력을 혼자가 아니라 함께 나눌 수 있었던 건 행운이다.

병자랑은 유쾌하게

10월 26일. 아이들이 오는 날이면, 전날부터 당일 아침부터 마음이 들뜬다. 세종에 있는 큰딸네가 오는 건 쉽지 않다. 세종 아이들이 온다고 하면, 전날부터가 아니라 며칠 전부터 들뜬다. 특히 남편이 그런데, 그렇지 않은 듯, 태연한 척한다. '왜 아닌 척하지?' 오늘은 계동에 사는 작은딸과 사위가 온다.

"나 지병 있는 사람이야. 하시모토 갑상샘염 말이지." "너만 지병 있어? 나도 있어. 전정신경기능저하에 이석증도 있지." "엄마 쟤도 있어. 전립선염에 ○○, ○○ 우하하하 치질도 생겼어." "와 우리 남편, 너희 아빠는 재빈재생불량성빈혈에 갑상샘 기능 저하, 간염에, 다발성말초신경병증도 있잖아. 거기에 녹내장에, 수면무호흡증까지 있어." "야. 너희 엄마는 또 언제 쓰러질지 몰라." "아빠. 얘가 갑상샘이 유전이래. 아빠 땜에 내가 그렇대." "너 정말 왜 그래. 내가 언제 그렇게 말했어? 나랑 아버님 사이를 이간시키려 하네. 제가 요즘 유전자 이야기가 재미있어서 요즘 유전자 책을 읽고 있거든요. 그래서 한 이야길 저렇게 말하네요. 그럼 안돼." 집에 온 아이들과 식사하러 가며 각자의 병을 자랑했다. 갖가지 병으로 이렇게 유쾌하게 자랑하는 건 콩가루 같은 우리 집에서만 가능하지 않을까! 동네 남원추어탕에 갔다. 내가 최근에 먹기를 배워 그 맛에 빠졌다. 나와 딸은 부추와 청양고추를 남들의 4배 정도를 넣었다. 추어탕 집 주인 눈치를 보지 않을 수 없다.

인간이란 존재에 대해!

10월 29일. 달의 생일은 핼러윈데이다. 생일파티는 오늘 10월 29일. 10월 31일 핼러윈데이도 10월 29일도 결코 잊을 수 없는 날이 되었다. 2022년 10월 29일. 31일의 핼러윈데이를 앞당겨 즐기려는 젊은이들이 모인 이날, '이태원참사'가 일어났다. 딸과 사위가 조금 더 어렸거나, 손자들이 조금 더 컸더라면, 이 아이들도 잔치를 즐기려고 이태원에 가 있을지 모를 일이다. 나는 작년 오늘, 일이 터지자마자, 작은딸이 혹 그곳에 가지 않았는지 확인하기 위해 전화했다. 운이 좋아 피할 수 있었을 뿐, 누구에게도, 바로 나와 가족에게도 일어날 수 있는 일이었다. 충분히 혼잡이 예상되었다. 그러나 아무런 대책도 없었다. 몇 차례의 위험 신고가 있었으나 묵살되었다. 그리고 159명의 삶이 끝났다. 젊은이들을 행해 왜 그런데 놀러 갔냐고 오히려 질책한 사람들이 있었다. 이런 사람들은 언제나 있고, 이런 사람들은 상황에 따라 전혀 다르게 누군가를 옹호한다. 상인들과 어떤 훈련도 받은 바 없이 갑자기 현장에 투입되어 부상자를 돕고 시신을 수습했던 공무원들도 외상후스트레스장애로 고통을 겪고 있다. 그러나 진상조사도 이루어진 바 없고, 단 한 명도 책임지지 않았다. 오늘도 유가족들이, 그들과 함께하는 이들이 진상조사를 요구한다. 정부는 모르쇠로 일관한다. 아무 일도 하지 않는다. 타인의 아픔에 공감할 수 없는, 그렇게 모르쇠로 일관하는 이들이 국가를 책임지고 있다. 어떤 인간이길래? 인간이란 어떤 존재인가?

오래전 사놨던 『랍비가 풀어내는 창세기』랍비 조너선 섹스Ⅰ한국기독교연구소를 이제야 펼쳤다. 인간의 본질에 대한 통찰을 담고 있다. 마음에 감동을 주는 책이 많이 나오고 사람들이 열광한다. 마음이 따뜻한 착한 보통 사람들이 가끔은 특수한 사건 앞에서 잔인해지곤 한다. 나는 마음에 감동을 주기보다 우리의 앎을 찢고 확장하는 책들이, 결국은 우리의 열광하는 마음을 지속시키고, 행동을 변화시킬 수 있다고 생각한다. 한국기독교연구소의 출판물들이 내게는 그런 책들이다.

"오 아담이여, 우리창조주는 그대에게 고유한 모습을 보여주지 않았고, 그대의 고유한 재능도 적절하게 부여하지 않았다오. 이는 어떤 장소, 어떤 형태, 어떤 재능이든지 사전숙고와 선택, 그대 자신의 판단과 결정을 통해 그대가 가질 수도 있고 그대가 소유할 수 있게 하려는 것이라오. … 그대 자신의 자유의지에 따라, 우리가 그대에게 맡긴 보호를 통해, 그대 자신의 본성의 윤곽을 스스로 추적할 수 있다오. … 우리는 그대를 하늘이나 땅에 속하지 않고, 죽지도 않고 불멸도 아닌 피조물로 만들었다오. 그리하여 그대는 그대 자신의 존재를 자유롭고 자랑스럽게 형성하는 자로서, 그대가 선호하는 형태로 자신을 형성할 수 있도록 하였다오. 더 낮고 야만적인 삶의 형태로 내려가는 것은 그대의 능력에 달려있게 될 것이라오. 그대 자신의 결정을 통해, 삶이 신성한 상위의 위계로 다시 올라갈 수 있을 것이라오."피코델라 미란돌라의 "인간의 존엄에 대한 연설." 『랍비가 풀어내는 창세기』에서 재인용

유대인 랍비 조너선 색스는 15세기의 피코델라 미란돌라가 쓴 『인간의 존엄에 대한 연설』을 인용하며, 유대교가 소개하는 세상을 설명한다. 하나님에게는 형상이 없다. 형상을 만드는 것을 금지한다. 하나님은 한정되거나 정의될 수 없는 자유로운 분이다. "나는 내가 될 것이다. I will be what I will be" 하나님이 인간을 "그의 형상대로" 창조하셨다는 건 우리에게 그와 비슷한 자유를 주신 것이다. 우리 역시 스스로 창조할 수 있게 하셨다. 토라는 바로 그 인간의 자유에 관한 지속적인 탐구다. 자유는 하나님이 인간에게 준 가장 위대한 선물이자 가장 운

명적인 선물이다. '사람은 스스로를 창조해야 한다.' 이는 인간은 돌이킬 수 없을 정도로 부패하고 원죄로 오염되었다는 기독교 교리, 인류는 고정된 형태에 묶여있다는 플라톤 사상과의 단절이다.『랍비가 풀어내는 창세기』34, 35, 37 참고

타인의 아픔에 공감 없이 모르쇠로 일관하며 낮고 야만적인 삶의 형태로 살아가는 건, 어쩔 수 없는 죄인의 특성이 아니다. 자유로운 그 자신의 선택이다.

내가 만나게 될 엔도

10월 30일.『복음과 상황』의 강동석 기자로부터 부재중 전화가 와있었다. 순간, '혹시? 원고청탁?' 할머니에서 무명작가로 변신하는 나를 느끼며 전화를 걸었다. 예감이 맞았다. 올해가 엔도 슈사쿠 탄생 100주년이란다. 3편의 커버스토리 뒤에 붙일 작은 코너 '비하인드 커버스토리'로 6명의 글을 싣는단다. 500자 정도로 그중 하나의 글을 청탁받았다. 내가 엔도 슈사쿠를 좋아하는 것으로 알고 있다고 했다. 언제나 그랬듯, 무조건 수락했다. 글의 힘이 있다. 글을 쓰며 성장한다. 조금 성장하는 나를 다른 이들과 공유할 수 있다. 그런데 순간 '내가 과연 엔도 슈사쿠를 좋아하는지에 대해 자신이 없어졌다. 분명 그를 좋아한다. 게다가 그로부터 분명 큰 영향을 받았다. 그래서 답이 정해진 공부, 주입식 교육을 받는 중·고등부 학생에게 한 설교에서 그의 작품

『침묵』을 언급하기도 했다. 물론 닫힌 질문만 돌아왔다. "그래서요. 예수님 초상화를 밟은 게 잘한 거예요? 잘못한 거예요?" 정답만을 요구하는 교육에 내가 졌다. 2012년엔 그의 마지막 작품 『깊은 강』에 대해 글을 썼다. 그러나 좋아하는 만큼, 그로부터 영향을 받은 만큼 그를 알고 있는지 확신이 서질 않는다. 그를 검색했다. 역시 나는 엔도에 대해 제대로 모르고 있다.

엔도가 자신의 이미지가 진지하게 소비되는 모습을 싫어했으며, 그래서 커피나 맥주 CF에 우스꽝스럽게 출현하기도 한 익살꾼이었단다. 나는 그의 진지함만을 생각해왔다. 게다가 아주 최근에 『엔도 슈사쿠의 동물기』정은문고를 읽기는 했지만, 그때까지 그야말로 오랜 시간 엔도의 책을 읽지 않았다. 그의 마지막 작품 『깊은 강』을 읽은 2012년 이후 11년 만에 읽은 것이다. 일단 그의 책이 얼마나 되는지, 나는 그의 책을 얼마나 읽었는지, 알라딘에 들어가 검색했다. 『엔도 슈사쿠 단편 선집』, 『엔도 슈사쿠의 문학 강의』, 『침묵』, 『침묵의 소리』, 『지금은 사랑할 때』, 『사해의 언저리』, 『사랑, 사랑한다는 것은』, 『하얀 사람 외』, 『잃어버린 나를 찾아서』, 『전략적 편지쓰기』, 『삶을 사랑하는 법』, 『여자의 일생』, 『마음의 야상곡』, 『마지막 순교자』, 『바다와 독약』, 『예수의 생애』, 『그리스도의 탄생』, 『잠 못 이루는 밤에 읽는 책』, 『숙적1』, 『숙적2』, 『나를 사랑하는 법』, 『유쾌하게 사는 법, 죽는 법』, 『아버지』, 『인생에 화를 내봤자』, 『유모아 극장』, 『유머 걸작선』, 『사랑과 그리움으로 가득한 오후』,『모래꽃』,『날은 저물고 길은 멀다』,『스캔들』,『성서 속의 여인들』,『신의 아이^{백색인} 신들의 아이^{황색인}』,『마리 앙투아네트1』,『마리 앙투아네트2』,『내가 버린 여자』,『일본 기독교 문학선』,『전쟁과 사랑』,『나에게 있어서 하느님은』,『바보』,『사무라이』,『나의 예수』,『깊은 강』,『엔도 슈사쿠의 동물기』. 번역되어 우리나라에 소개된 책만 해도 대략 40여 권이 된다. 거기에 다른 이가 말하는 엔도에 대한 책으로『엔도 슈사쿠 연구』,『남편 엔도 슈사쿠를 말한다』,『엔도 슈사쿠가 빚어 만든 신』,『흔적과 아픔의 문학』4권이 있다. 그중 나는 8권『침묵』,『삶을 사랑하는 법』,『여자의 일생』,『바다와 독약』,『예수의 생애』,『그리스도의 탄생』,『깊은 강』,『엔도 슈사쿠의 동물기』를 읽었을 뿐이고, 그가 어떤 사람인지 잘 알지 못한다. 아무리 짧은 글이지만, 작품으로 만난 엔도를 쓰려면 적어도 최애 작품과 함께 엔도에 관한 다른 이들의 글을 읽어야 한다. 14일이라는 기간이 있다. 약간의 긴장이 즐겁게 다가온다. 어떤 책을 손에 잡을 것인가! 내가 만난 엔도가 아니라 내가 만나게 될 엔도를 상상한다.

내가 알고 있던 것과 달리 엔도가 익살꾼이었다는 사실이 반갑다. 동네 할머니, 때로는 욕쟁이, 때로는 기쁨조가 되곤 하는 가벼운 나의 변모를 편하게 인정해도 될 것 같다. 가끔은 진지하지만, 보통의 나 역시 익살꾼이다. 강 기자님과 전화 통화를 하기 바로 전, 수다쟁이 나는 익살스러운 동네 할머니였고, 통화 후에는 마치 진지한 글쟁이처럼 변신했는데, 그게 내 일상이다. 인터넷으로 내가 가는 삼송도서관과 마포중앙도서관에 들어가 엔도의 책을 검색했다. 고작 몇 권이다. 터무니없이 적다. 우리나라 도서관에 책이 참 적다. 안타깝다. 그러니 내가 읽은 책도 적었던 게다. 엔도에 관해 다른 이가 쓴 책은 마포중앙도서관에 단 한 권 있을 뿐이다. 몇 권의 책을 마포중앙도서관에 가서 빌려올 계획이다. 내게 큰 영향을 끼친 엔도의 책은 『깊은 강』이다. 그 안에서 내가 만난 엔도와 예수가 내가 생각한 그와 그가 만난 예수가 아닐지도 모른다는 생각이 들었다. 그가 쓴 『내가 만난 예수』를 읽어야 한다. 바로 주문했다. 나머지 『엔도 슈사쿠가 빚어 만든 예수』와 『남편 엔도 슈사쿠를 말한다』까지 읽을 수 있다면 더 정확하겠지만 도서관에 없고, 품절이다.

나 '엔도를 좋아하는 사람' 맞다

10월 31일. 수영장에 갔다가 마포중앙도서관에 가서 엔도 슈사쿠의 책 네 권을 빌려왔다. 『침묵의 소리』, 『인생에 화를 내봤자』, 『바보』 그리고 『깊은 강』 네 권을 빌렸다. 집에 오니 주문한 『나의 예수』가 와있다. 『침묵의 소리』는 침묵이라는 제목 때문에 오해받은 『침묵』에 대한 해명으로 『침묵』이 나온 지, 25년 만에 엔도가 쓴 글이란다. 나 또한 오해한 건 아닐까? 확인이 필요해 『침묵의 소리』부터 붙잡았다. 다 읽고 나면, 엔도 슈사쿠에 대해 조금 더 알게 되겠고, 엔도를 좋아하는 이로 불리어도 조금은 덜 민망하겠다. 500자, A4 1/3의 분량을 쓰는데 과거에 읽은 8권의 책에 이 정도 더 읽고 원고를 쓰면 내 양심에 거리낌 없을 것 같다. 어차피 읽을 수 있는 책이 많지 않다. 이제 나는 '엔도를 좋아하는 사람' 맞다.

수영장에서 마포중앙도서관으로 가는데 몸이 무거웠다. 내 느린 걸음으로 15분이면 걸어갈 수 있는데, 결국 전철 한 정거장을 타고 갔다. 무거운 책을 들고 왔으니 집에 와서는 아무것도 하지 못했다. 근육통을 치료하기 위해 한의원에 가서 침을 맞았고, 소화도 안 되어 힘들었고 일찍 누웠다.

8월 11일. 서울대 암병원 혈액종양내과에 다녀왔다. 병원 가기 하루 이틀 전부터 가슴이 콩닥거리는 건 어쩔 수 없다. 이번에는 남편의 눈 아래 핏기가 가셔있어서 더욱 긴장되기도 한다. 의사는 신중하면서도 친절하다. 신뢰가 간다. 좋아졌다고 하지만 여전히 호중구 수는 낮다. 호중구 참고 범위에 의하면, 경증이라기보다는 중등증이다. 진행이 더뎌서 평생 진행되지 않고 살아가는 사람도 있다고 했다. "머리부터 발끝까지 도무지 성한 곳이 없군"하고 말하면서도 남편이 웃는다. 그럼 된 거다.

여러 가지 사랑

11월 5일. 내일 남편이 친구와 둘이 동유럽으로 여행 간다. 어제 남편이 걸으러 나간 사이, 힘들어서 꼼짝도 하기 싫은 몸을 일으켜 청소기를 돌리고 물걸레 청소도 했다. 남편이 집에 없으면 어떤 일도 하기 싫다. "청소했네. 그렇지 않아도 내가 와서 청소하려고 했는데." 남편이 집에 돌아와 말한다. 그리곤 빨랫거리를 찾아 세탁기에 넣고, 재활용품과 일반 쓰레기를 분류해 각각 버리고 들어왔다. 비워진 쓰레기통에 새 비닐을 넣고 또 말한다. "나 없는 동안 이거면 충분하겠지?" 남편이 나를 아끼는 방식이다. 내가 먹는 약을, 날씨에 맞는 옷을, 길눈이 어두운 내가 약속 장소에 어떻게 갈지를 챙긴다. 자기가 여행에서 돌아오면 친구들과 일본에 갈 내가 이른 새벽 어디에서 공항버스를 타야 할지를 확인했다고, 곧바로 그 공항버스 정류장에 가보자고 한다.

남편은 여행을 위해, 제 짐은 제가 거의 다 싼다. 지나치게 꼼꼼해서 며칠 전부터 생각하고 정리한다. 그런 그가, 내가 자기 짐 싸는데 거들어주지 않는다고 칭얼거린다. 칭얼거린다는 표현이 맞다. 내가 뭘 해주기를 바란다기보다, 무심해 보이는 내 관심을 받고 싶어서 부리는 어리광이다. 나는 미리 앞당겨 움직이지 않는다. 머릿속으로는 앞당겨 생각한다. 티가 나지 않을 뿐이다. 전날 거실 한복판에 여행 가방을 열어놓는다. 머릿속에 정리한 것들을 하나하나 끄집어내다가 그 안에 던져놓는다. 그러고는 한 번에 확인한다. 이런 나와 살려니, 뭐든 미리 하는 편인 남편이 손해를 본다고 할 수 있겠다.

　오늘도 나는 이런 남편을 집에 두고 세종에서 올라올 딸, 작은 딸과 함께 데이트가 예정되어 있다. 남편이 안쓰럽다. 동시에 아이들 의견도 존중해야 한다. 둘 사이에서 고민하다 '점심은 집에서 먹자'고 딸들에게 제안했다. "아빠가 불쌍해서 그래?" 딸이 묻는다. 그렇다. 불쌍하다. 사랑이 그런 것이다. 버리지 못하는 것, 버리기 힘든 게 사랑이라는 글을 읽었다. 나는 공동체를 힘들어한다. 혼자 있는 시간이 충분해야 한다. 사람들을 떠나 조용히 거리를 둔다. 문제 많고 생각이 맞지 않는 이들을 떠나지 않고 어떻게든 꾸려가는 이들을 존경한다. 그런가 하면 단칼에 누군가를 끊어내는 이들을 의심한다. 나는 조용히 거리를 두고 멀어진 채 관계의 피로도를 해결한다. 그러나 완전히 떠나지 않는다. 언제라도 다시 만나게 되면 어제까지 만나온 사람처럼 느낀다. 가까이 섞이지도 완전히 연을 끊지도 않는다. 사이에 끼어있는 사람이다. 이것도 사랑이긴 하리라. 남편이 빨래를 돌리며 떠날 채비를 하고, 나는 이 글을 쓰며 남편의 사랑을 떠올린다. 남편은 이런 나를 느끼지 못하리라. 결국, 내가 나가는 대신 딸들이 집으로 왔다. 남편이 싱긋벙긋 말한다. "순리대로 됐군."

　작은딸은 버려지는 식물을 가여워한다. 딸아이의 식물 사랑이다.

그것도 사랑이다. 얼마 전 남편이 지나치게 자라나는 연필선인장 가지를 쳐 개천 변 풀 속에 버렸다. '방생'이라고 했다. 그 이야기를 들은 딸이 불쌍하다며 다시 데려오라고 했고 나는 그 자리에 다시 가서 가지 일부를 가져왔다. 나머지는 남편이 말했듯 방생이라면, 살아난다면 좋겠다. 남편이 그냥 화분 자체를 가져가라 했다. 딸도 사위도 망설이다가, 너희가 안 가져가면 그냥 버리겠다고 하는 말에, 사위까지 그럼 가져가겠단다. 불쌍했겠지. 남편이 그 아이들을 알고 있었고 그 점을 잘 이용했다.

작은딸은 어제도 화분을 집에 들인 모양이다. 딸이 일하는 매장은 식물이 많은 게 특징인데 앞으로는 매장에서 식물을 뺀다고 한다. 직원들은 화분을 가져갈 수 있다. 한밤중 퇴근하며 세 개의 화분을 들고 와 집에 들였다. 제 남편에게 트럭이라도 빌려 데려오면 어떻겠냐고 했단다. 나도 직원들에게도 외면받으면 버려질 그 식물 아이들이 가여워 일단 가져올 수 있는 대로 가져오고 되는대로 분양하라고 했다. 땅에서 자라는 것을 사람이 즐기려고 화분에 욱여넣고, 때로는 이런저런 줄로 옥죄어 분재로 만들곤 하다가, 또 마음대로 버리곤 한다. 나를 비롯한 사람들이 지구에 행사하는 폭력은 이리도 다양하다.

남편 없는 날들

11월 9일. 캄캄한 저녁 시간, 남편이 찬 바람을 맞으며 집을 나간 게 6일이다. 전철 승차선까지 배웅했다. 그날 공항에서 거리가 먼 친구와 합류해 공항 근처 작은 호텔에서 묵었다. 남편이 물가에 내놓은 아이 같다. 마음이 놓이질 않는다. 젊은 시절엔 없던 일이다. 나이도 나이려니와 식전, 식후로 먹어야 할 약이 많은데, 세 번째 대상포진에 걸렸다. 약이 늘었다. 이런저런 상황이 얼마나 번거로울까! 그런 형편이니 표현은 하지 않아도 몸에 대한 자신이 있을 리 없다. 내가 외출할 때마다 늘 하는 잔소리가 있다. "조심해. 알았지?" 이제 나도 같은 잔소리를 거듭한다. "조심해. 알았지?, 넘어지면 절대 안 돼."

오래전 폐렴으로 아버지와 엄마가 함께 병원에 입원했다. 아버지가 먼저 퇴원했다. 아버지는 엄마 병실에 남았다. 아버지의 건강이 염려되었다. 거의 강제로 우리 집으로 모시고 왔다. 아버지의 발걸음이 떨어지지 않았고, 아버지를 보내는 엄마의 눈가엔 눈물이 그렁그렁 맺혔다. 나도 남편도 같은 길을 걸어가고 있다. 해 안에 새것이 없다지만, 본인에게는 모든 게 새것이다.

떠난 지 3일 만에 남편이 카톡으로 사진과 소식을 보내왔다. 마일리지 중 20,000점을 사용해 친구와 함께 둘 다 비상구가 있는 넓은 좌석으로 옮겼단다. 공항 라운지는 혼자만 사용할 수 있어 그곳에서 아침 식사를 했단다. 한결 마음이 놓인다.

남편이 없는 동안, 원고를 쓰기 위해 빌려온 엔도 슈사쿠의 책들을 집중해서 읽었다. 역시 엔도는 놀라운 작가다. 정리하게 된 글이 꽤 많았고, 쓰고 싶은 내용도 많아 걱정했다. 과연 500자로 원고를 쓸 수 있을까? 독서 모임에서 누군가가 한 말을 떠올렸다. "'아기 옷을 내놓았다.'라는 짧은 문장은 아기를 잃음과 그 슬픔을 담을 수 있다." 549자로 써 보낼 수 있었다. 그동안 욕심으로 길게 쓴 글이 많았다. 원고를 썼으니 홀가분한 마음으로, 혼자서도 맛있게 저녁을 차려 먹었다.

나는 내향성 인간이다.

11월 10일. 어린 시절 남편이 숙직하거나 출장 가면 혼자 있는 게 싫었다. 젊은 시절, 남편이 일이 있어 집을 떠나면 그 시간을 즐겼다. 노년이 되자 남편이 오래 나가 있으면 잠깐은 자유로운 듯 좋지만 심심하다. 남편이 돌아오기를 기다리게 되었다. 이번엔 청탁받은 원고를 써냈고, 시간이 지루하지도 않다. 굳이 누군가를 만날 필요도 느끼지 않고 혼자 지내는 게 그야말로 좋다. 이런저런 약속도 줄줄이 이어진 것도 좋지만, 혼자만의 시간이 줄고 있는 게 아쉽기도 하다. 역시 내향성 인간이다.

MBC 드라마 「연인」을 시청하면서 백성들의 삶을 보며 마음이 아프다. 어디 인조 시대뿐이랴. 평등한 인간 사이에 계급이라는 게 생기고, 인류가 하나인데, 국가가 생기고 국경선이 그어지는 현실, 이스라엘과 하마스, 러시아와 우크라이나 간의 전쟁, 세계 곳곳이 불평등과 잔인한 전쟁으로 몸살이다. 과연 진보는 멈추지 않는다는 빅토르 위고의 믿음은 유효할까? 그에 답하기 전에 과연 '진보'란 무엇인가? 묻는다.

살만한 세상?

11월 12일. 전종휘 배은영 선생님 댁에서 몇몇 분이 모였다. 구선우 목사와 함께 그의 차로 이동했다. '공룡을 좋아하는 아이들' 이야기로 대화가 시작되었다. 나는 지금은 우리가 볼 수 없는 공룡과 같은 것을 상상하고 그것들과 이야기를 나누는 상상력이 우리 인간의 아름다움과 가능성일 거라고 했다. 그런 상상력으로 우리 자신이 아닌 다른 이와 다른 생물체들을 이해하고 조화를 이룰 수 있지 않겠냐고도 했다. "알았습니다. 아이들에게 공룡을 사줄게요." 구선우 목사의 말이 재미있다. '하긴 사는 대신 만들어보는 것도 좋겠군.' 나중에 한 생각이다. 뭐든 사는 세상은 별로다.

집으로 가는 길, 구선우 목사의 말이 인상적이다. "어떤 주제로 사람을 구별하는 대신 개인 한 사람 한 사람이 갖는 다양한 특질, 그야말로 다양한 한 사람 한 사람들로 구성된 세상을 봐야 하지 않을까요?" "세상엔 동성애자와 이성애자, 남자와 여자가 있다기보다는 조희선이라는 사람, 구선우라는 사람, 혹은 A, B, C, … 라는 수없이 다양한 사람이 있는 거죠. 그들이 갖는 독특함이 세상을 이루고 있는 거죠." 그의 말에 격하게 공감했다. 다양한 대화를 나눌 수 있는 사람들과 함께라서 세상이 여전히 살만하다.

배추

11월 15일. 결국, 배추를 샀다. "살까? 말까?" 망설이는 동안, 금련과 순주 두 언니가 카트에 배추를 실었다. "우리가 차에 실어 줄게." 카트에 실은 배추를 계산하자 두 언니가 배추 한 통씩 큰 시장 가방 세 개에 나눠 담았다. 그리고 내 차에 실어줬다. 내가 무거운 걸 들게 하는 법이 없다. 순주 언니네 들렀다. 언니가 담근 마늘 간장 장아찌까지 싣고 집으로 왔다. 한 통씩 배추를 갖고 올라왔다. 겉절이를 만들 거다. "다라이에 천일염을 풀어 배춧잎을 하나씩 떼어내 그 소금물에 담궈. 알았지?" 나이 70이 되어가는데, 배추에 바로 소금을 뿌려 절이고 있었다. 소금을 녹여 그 물에 배추를 절인다는 걸 처음 알았다. 언니들의 가르침 그대로 했다. 배추가 정말 예쁘다.

100% 땅콩버터

11월 16일. 작은딸이 집에 와서 같이 자겠단다. 아빠가 여행하고 집에 혼자 남은 엄마를 위한 배려다. 나는 사실 괜찮다. 함께 사진을 찍었는데, 이마의 주름을 전혀 숨길 수 없다. 거기에 백발에 가까운 흰머리는 그야말로 내가 완전 할머니라고 말해준다. 내가 예쁘다고 생각한 적은 없다. 다만 어느 정도 매력적이라고 스스로 느껴왔다. 그래서 화장품도 쓰지 않고, 아무런 관리도 받지 않을 수 있었다. 덕분에 완전 할망구가 됐다. 이젠 별수 없다. 이대로 살아야 한다. 물론 나도 예뻐지고 싶기는 하다. 가꾸고도 싶다. 화장하면 저녁 세수를 반드시 해야 하는 게 싫을 만큼 게으른 게 문제다. 차라리 더 늙으면 늙음의 매력이 나타날 수 있다. 아니다. 우리 엄마의 마지막 모습은 그야말로 안쓰러웠다. 그렇지만 기꺼이 받아들이자. 다시 젊은 날로 돌아가는 건 싫다. 정말 싫다.

집 앞 채소 가게에서 사 온 단무지를 썰고, 후딱 시금치를 무치고, 계란말이를 해서 김밥을 만들어 저녁으로 먹었다. 사돈이 몇 시간째 전화를 안 받아 딸과 사위가 걱정한다. '혹 집에 쓰러져 계신 건 아닌가?' '집에 가봐야 할까?' '괜찮을 거야. 원래 핸드폰 잘 안 보시잖아.' '피곤해서 잠드신 건 줄도 몰라.' '집안일 하다 보면 몇 시간 후딱 지나가' 라면서도 계속 신경을 썼는데, 사돈총각이 퇴근해 집에 가 연락했다.

보통은 그 시간이 주무시지 않는데 오늘은 주무셨단다. '아이고 하나님 감사합니다.' 나이가 들면 모든 게 마음이 놓이지 않는다.

딸이 100% 땅콩버터가 몸에 좋다며 만들어줬다. 아침에 사과와 땅콩버터 샌드위치를 먹으면 체지방을 분해해 준단다. 믹서의 컨테이너를 바꿔 물 없이 땅콩을 갈았다. '아. 진짜 되는구나!' 하는 순간 본체에서 타는 냄새와 연기가 피어올랐다. 세상에~ 땅콩버터 만들다 비싼 믹서기 잡아먹었다 싶었다. 그러나 100% 땅콩버터가 확실히 건강한 맛이다. 연기가 한참을 피어올랐음에도 두 시간 지난 다음 물을 넣고 돌려보니 믹서기가 작동된다. 멀쩡하다. 그래도 앞으로는 절대로 사서 먹는다.

한 사람이 중요하다

11월 17일. 딸과 함께 어제저녁 시청하다 남겨둔 「비공식 작전」의 남은 부분을 다 봤다. 1986년 실화를 바탕으로 한 영화다. 오마이뉴스에서 영화 배경을 찾아 읽었다. 1986년 1월 31일 레바논 베이루트의 한국공관 2급 서기관 도재승이 납치되었다. 그가 돌아온 건 1987년 11월 3일, 1년 9개월 만이다. 당시 언론과 전두환 정권은 도재승 서기관이 어떻게 돌아왔는지, 그사이에 어떤 일이 있었는지, 전혀 밝히지 않았다. 11년 뒤 1998년에 「신동아」가 익명의 제보를 근거로 석방 과정을 상세히 보도했다. 도 서기관의 비공식 구출 작전을 주도한 인물에 대해서는 정보기관 출신 미국인이라고만 밝혔다. 2013년이 되어서야 당시 비공식 구출 작전에 참여했던 미국인이 리처드 롤리스 미국 국방장관 고문 역이라며, 그와의 인터뷰 내용을 공개했다. 당시 롤리스는 세상을 떠들썩하게 만든 도재승 서기관 납치 사건에 알려지지 않은 내막을 털어놓았다. 이와 관련된 자료는 2047년까지 기밀로 분류되어 있다. 2023.08.03. OhmyNews "몸값 절반을 줄 수 없다"…'비공식 작전'의 숨은 이야기 참고

영화는 이 구출 작전 과정을 보여준다. 전두환 정권은 1986년에 납치된 도재승 서기관을 오랜 시간 방치했다. 납치되고 10개월 동안은 정보 부재로 어쩔 수 없었다고 해도 그 이후에는 롤리스와 같은 정보기관 출신 등의 도움으로 얼마든지 구출할 수 있었다. 그러나 해를 넘겨 1987년이 되어서야 갑자기 적극적으로 구조에 나섰다. 바로 그해에 대통령 선거가 있었기 때문이다. 사람을 구출하는 일에 정치적 계산이 끼어든 것이다. 구출 직전 중, 협상 금액의 출금을 금지해 구출에 참여한 외교관까지 죽을 위기에 처했다. 정치적 계산과 돈이 한 사람을 살리고 죽인다. 여전히 세계가, 한 국가가 개인의 삶을 사소하게 여긴다. 국가니 나라니 운운하며 개인을 이용하고 희생시키는 일이 그야말로 비일비재다. 『사도의 8일』조성기한길사을 읽고, 드라마 「연인」, 「고려

거란전쟁」을 시청하고 있다, 집중된 권력 구조, 권력 쟁취, 그 안에서
희생되는 개인을 만난다. 세상은 여전하다.

남편이 돌아오니~

11월 18일. 남편이 10박 12일의 여행을 마치고 집으로 왔다. 12일
간 혼자만의 생활이 괜찮았다. '조금 더 혼자 지내도 좋을 텐데.' 싶었
는데, 막상 그가 도착할 시간이 되니 공항버스 정류장으로 나가 맞이
하고 싶어졌다. 나가려고 아파트 문을 열자 그가 딱 문 앞에 서 있었다.
마중은 실패. 남편이 집에 돌아오니, 갑자기 집이 소란스러워지고 생
활이 복잡해졌다. 그동안 혼자만의 삶에 적응하고 보니, 함께 사는 삶
은 역시 복잡하다. '육아와 일을 병행하는 젊은이들의 삶이 얼마나 고
단할까?' 생각한다. 나 역시 과거의 삶이 그러지 않았나 싶다. 아침부
터 식탁이 복잡하다. 남편과 나의 선호하는 음식이 다르다. 작은딸이
만들어 놓고 간 100% 땅콩버터맛있네~와 내가 만든 키위-토마토 잼까
지 아침상에 늘어놓았다.

친구들과의 여행

11월 21일. 이번에는 내가 집을 비운다. 대학 동창 둘과 나, 셋이
일본에 간다. 여행이라기보단 패키지 관광이다. 언어와 경험이 짧고
체력도 안 되니 자유여행이 하고 싶지만 포기한다. 관광하기 전 대충

이라도 그 나라 그 지역에 대해 조금은 공부하고 떠나는 편이지만 이번에는 어디를 가는지도 기억하지 않고 그냥 떠난다. 공항버스는 새벽 5시 41분. 4시부터 일어나 남편과 티격태격했다. 나를 물가에 내어놓은 어린아이로 여긴다. 내 가방을 반복해서 열어보고 이것저것 챙긴다. 하긴 나도 이제는 나 없이 혼자 긴 날 떠나는 남편이 물가에 내어놓은 어린아이처럼 불안하니 할 말 없다. 나이 듦이든지, 사랑이든지. 뭐 그렇다.

대학 친구와의 여행은 그야말로 대학 졸업 후 처음이다. 최소한 44년 만이다. 6시 26분 공항 도착. 약속 장소로 가니 아무도 없다. 핸드폰을 보니 부재중 전화와 카톡이 와있었다. 핸드폰이 무음 상태라 약속 장소가 바뀐 걸 몰랐다. 조금 지나 친구를 만났다. 그동안 몰랐던 친구들 성격이 여기서부터 드러난다. 친구 중 하나는 진작 출국장으로 들어갔다. 남은 친구가 나를 기다리고 있었다. 대반전이 일어났다. 성격이 급해 먼저 출국장으로 들어간 친구로부터 전화가 왔다. 자기 여권이 아니라 출국장을 통과하지 못하고 있단다. 함께 발권하고 짐을 부친 친구, 나와 함께 있는 친구와 여권이 바뀌었다. 출국장으로 들어가지 못한 채 우리 둘을 기다리고 있었다. 전화 통화 전, 혹 자신이 여권을 잃어버린 건 아닌가? 혼비백산했단다. 쌤통이다. 출국장을 벗어나서도 이만저만 급한 게 아니다. 놀려먹기 좋다. 이런 친구가 있는 것도 한 재미다. 모든 게 좋은 경험이다. 입국심사서를 쓰는데 깨알 같은 글자가 하나도 보이지 않았다. 핸드폰으로 사진을 찍어 확대해 겨우 썼다. 이제 여행에도 돋보기가 필수다.

문득! 부어있는 얼굴이 불쾌하다. 그리고 푸석하고 붉은 기운까지 돈다. 손도 어느 정도 부어있지만, 얼굴이 그리된 게 오래다. '왜 그럴까?' 문득 깨닫는다. 그동안 상당히 짜게 먹었다. 원래 싱겁게 먹는 편이다. 수영장 두 언니 덕분에 먹을거리, 특히 내가 좋아하는 나물류가 많이 생겼다. 그것들을 한 데 비벼 먹으면서 고추장과 들기름을 잔뜩 넣어 비볐다. 고추장은 역시 듬뿍 넣는 게 내겐 제맛이다. 상당히 오랜 기간 그리 먹었다. 내 얼굴을 붓고 푸석하고 붉은 기가 돌게 한 주범은 역시 소금이다. 타고난 체질이라는 게 있지만, 내 경험으로는 역시 음식이 몸을 만든다. 한동안 큰사위가 절식한 적이 있다. 부어있고 푸석하고 붉은 기가 돌던 사위 얼굴에서 붉은 기가 사라지고 붓기도 사라졌을 뿐 아니라, 피부까지 촉촉해졌다. 지금은 원상 복귀했다.

운동 삼아 비행기 안에서 일어나 걸었다. 친구들과 비행기에 탄 사람의 태반이 자고 있다. 비행기를 타면 그렇게 잘 수 있다는 게 내겐 신기할 뿐이다. 나는 수면제를 먹어도 비행기에서 앉은 채로는 잠을 자지 못한다. 집에서라면 수면에 좋다는 갖가지 보조제를 먹고라도,

수없이 깨기를 반복하고라도, 때로는 졸피뎀 반 알을 먹고라도 잘 수 있다는 사실에 그저 감사하다. 뭐든 잃어보면 그 소중함을 알게 된다. 오랜 시간 불면과 통증을 겪고서야, 지금의 수면 상태도, 어느 정도 함께 사는 통증도 다 감사할 뿐이다. 저가 항공이라 좌석이 내게 꼭 맞지는 않지만, 그리 나쁘지 않다. 항공사마다 좌석 형태가 다르다. 다리가 저리고 어깨가 뻐근해지지만, 이 정도면 충분히 감사하다. "너랑 함께 여행하다니. 믿어지지 않는다." 친구들이 한 말이다. 그렇다. 나는 회춘했다.

11월 22일. 딱 세 번 자유여행을 했다. 1993년 남편이 연수차 일본에 있을 때였고, 2016년이었던가? 작은딸과 대만에 갔고, 2,000년대 언젠가 대학생들과 상해에 간 게 전부다. 보기 좋은 곳을 찾아다니지 않았지만, 그때의 거리, 그때의 기억이 인상적으로 남아 있다. 그곳 사람들의 인상, 그곳만의 거리와 문화. 그러나 패키지 관광이 자유여행보다 꼭 나쁜 건 아니다. 다만 그렇게 자유여행을 할 만한 능력 없음이 아쉬울 뿐이다.

이번 여행은 도쿄 시내와 하코네다. 그런 만큼 도쿄 시내를 활보할 시간이 좀 있었다. 길도 잠시 잃어보고, 쇼핑도 좀 했다. 나는 온열 안대를 싼 가격에 샀고 친구는 반테린 파스를 샀다. 반테린 무릎 보호대가 좋다. 경험상 좋은 제품인데 꽤 비싼 편이다. '무릎 보호대'를 뭐라 할지 모르겠다. '반테린코와'라고 말한 뒤 내 무릎을 탁탁 쳤더니 바로 점원이 알아듣는다. 품목을 말할 수 있으면, 그 품목을 말하고 "where?"이라고 하면 된다. 이곳에서 한 달 정도 살면 웬만큼 살아갈 만하겠다.

변비

11월 24일. 벌써 돌아오는 날이다. 아침부터 변의가 있었는데 해결하지 못했다. 평소에도 변비가 있다. 틀림없이 고생할 걸 예상해 변비약을 먹었다. 그런데도 해결하지 못했다. 원인 중 하나가 책이다. 여행 중 책을 갖고 다녔지만, 책을 읽기 힘들었다. 이번에는 단 한 권의 책 없이 왔다. 남편은 내가 책을 들고 화장실에 앉는 것이 변비를 악화하는 나쁜 습관이라고 하지만 그건 모르고 하는 말이다. 책을 읽고 있으면 변기에 앉아있는 시간이 아깝지 않고, 도리어 자연스럽게 배설에 집중할 수 있다. 그러나 책을 읽지 않으면 시간이 아까와 배설에 집중할 수가 없다. 결국, 해결하지 않고 나온다. 내가 느끼는 변의는 극히 약하기 때문이다. 사람이 이리 다른데 그걸 인정하지 않고 책을 갖고 화장실에 들어가지 말라는 남편의 잔소리는 무시당할 수밖에 없다. 내장이 뻗치는 느낌이 시작되고 전신에 통증이 퍼진다. 미리 파스를 붙였지만, 허리도 불편하다.

오늘 남편은 서울대병원 혈액종양내과에 간다. 혈액 검사 후 진료다. 나리타공항에서 남편에게 카톡을 보냈다. "호중구 수치를 꼭 물어봐." 면세점에서 그래도 뭔가를 사야 할 것 같은데 애써도 살 게 없다. 필요한 게 정말 없다. 면세점에서 6GF 자생 선크림이라는 걸 샀다. 아이들도 나도 쓸까 한다. 생전 바르지 않던 걸 과연 쓰게 될까! 벌써 후회가 된다.

비행기가 이륙하기 전 남편으로부터 카톡이 왔다. 다른 것들 수치는 괜찮은 편인데, 호중구 수가 약간 줄어 960에서 718이 되었단다. 호중구 수가 줄지 않으면 6개월마다 병원에 가기로 했는데 그럴 수 없게 되었다. 게다가 3개월 뒤에 가서 또 호중구 수가 줄었으면, 그때부터는 약을 쓰자고 했단다. 면역제를 쓰게 될지 모른다. 500 이하로 떨어지면 중증으로 분류되니 낙관할 수 없다. 착잡해지려는 마음을 정리한다. '질병과 함께 살아가는 것이다.'

일반 가격보다 비싼 비상구 자리가 다 비어있다. 그곳에서 한 시간을 서 있다 보니 몸이 한결 나아졌다. 착륙까지 얼마 남지 않은 시간 지루함을 없애려고 친구와 커피를 마시는 여유까지 생겼다. 집에 가면 변비를 해결할 수 있다는 희망이 있었다. 그러나 웬걸! 결국은 관장기를 사용했다. 아주 센 변의가 찾아왔다. 드디어 해결했는데 이번엔 화장실이 막혔다. 네이버에서 막힌 변기 뚫은 법을 찾았다. 나만 그런 게 아닌 게 확실하다. 빨래용 세제, 베이킹파우더와 식초, 뜨거운 물을 사용하는 법 등, 별의별 방법이 있었다. 모든 공작을 펼쳤다. 해결이 안 됐다. 쿠팡에서 후기가 매우 좋은 새로운 장비를 샀다. 가스총이다. 내일 도착이다. 이것조차 안 되면? 머리가 복잡하다. 화장실이 두 개라 다행이다. 신혼 시절, 화장실 한 개, 난방도 안 되던 집, 게다가 한겨울에 변기가 막혔다. 비눗물과 뜨거운 물을 붓고 친정으로 피신한 적이 있다. 다행스럽게도 다음날 돌아오니 해결되어 있었다. 이래저래 친정을 많이 의존했다. 생각이 꼬리에 꼬리를 물고 가다 보니, 돌아가신 엄마, 할머니, 아버지까지 생각난다. 늙은이의 특징이다.

"당신이 집에 오니 그야말로 집이 시끄럽군." 내가 했던 말을 남편도 한다. 내가 생각해도 소란스럽다. 변비, 화장실 폭파, 식탁에서 나는 소리, 기타 잔소리들. 이런 게 삶이고 활력제였음을, 행복이었음을 나중에는 뼈저리게 느끼게 되리라.

11월 25일. 드디어 가스총 도착. 두근거리는 마음으로 가스총 발사. 단 한 번에 성공. 락스를 푼 물로 온갖 사용한 도구들 소독. 이 작은 일 해결로 만사가 태평하다.

"두 번 겪으면, 두 배 두려운 게 전쟁이오!"

11월 26일. "두 번 겪으면, 두 배 두려운 게 전쟁이오!" 「고려 거란 전쟁」에 나온 대사다. 드라마 「연인」을 시청했고, 지금은 「고려 거란 전쟁」을 시청하고 있다. 인조와 현종이 비교된다. 자신의 안전에 대한 두려움과 백성의 안전이 걱정되는 두려움이 비교되고, 같은 충성심의 다른 견해들과 그 동인이 비교된다. 나이와 벼슬, 혈통과 무관한 사랑에서 지혜와 용기가 나온다. 전쟁의 참혹함, 전쟁을 겪어야 하는 백성들 한 사람 한 사람의 삶을 눈과 마음에 그릴 줄 아는 이가 '백성을 향한 사랑'으로 어떻게든 전쟁을 피하려 한다면, 이건 비굴함이 아니다. 대의와 명분을 내세우며 전쟁을 한다지만 그 대의와 명분은 무엇인가! 그야말로 입으로는 민생이요. 행동으로는 권력 놀이에 집중하는 듯한 정치에 허무함을 느끼지만, 지도자가 누구인가에 따라 상황이 달라지는 현실을 부인할 수 없다. 「고려 거란 전쟁」을 시청하며, 현종의 처사와 지혜, 무엇보다도, 자신의 안위를 위한 사심에서가 아니라 사람을 향한 열린 마음과 독립적인 사유로 탄탄히 이루어가는 리더십을 만난다.

11월 29일. 에세이 몇 권을 읽으며 엔도 슈사쿠가 오랫동안 질병에 시달렸다는 사실을 알고 있었지만 『남편 엔도 슈사쿠를 말한다』를 읽고서야 그가 얼마나 다양한 병으로 얼마나 오랫동안, 그리고 얼마

만큼이나 심각하게 아팠었는지를 비로소 알게 되었다. 제대로 마취가
안 된 상태에서 수술받은 적도 있고, 몸에 맞지 않는 약을 써서 가뜩이
나 고통스러운 중 견딜 수 없는 가려움증을 3년 이상 겪기도 했다. 그
러나 그가 받은 고통은 '마음 따뜻한 의료운동'을 벌이는 계기가 되었
고, 어느 정도 의료 환경을 바꾸기도 했다. 나 역시 한동안 통증으로 고
생한 덕에, 그의 아내 엔도 준코가 말하는 의료 현장 이야기를 들으며
내 상황과 오늘 의료 현장의 문제가 생생하게 다가온다.

"수녀님도 아시지만, 신장은 신장, 간장은 간장이라는 식으로
인체를 분류해서 각 전문가가 자기 분야만 진찰하고 약을 투여
하는 오늘날의 의료 체계는 몸 전체를 살피는 총괄적인 시각이
없는 것 같아요. 예를 들어서, 남편이 몸이 몹시 가려워서 견디
기 어려워하던 시기가 있었거든요. 의사의 입장에서 보면, 신장
병 환자가 가렵다고 호소하는 것을 어쩔 수 없는 일이라고 할 수
도 있었을 거예요. 그래서 가려움을 멈추게 하는 약을 처방해 주
기는 했는데 의사는 그 약이 효과가 없다는 것을 알고 있었지요.
별생각 없이 치료가 아니라 마음의 위안이나 되라고 약을 지어
준 거예요. 어떻게 가려움증을 없앨까 하는 생각은 전혀 하지 않
았구요.^{중략} "이건 틀림없이 약물 부작용입니다."라고 하시더군
요. 알레르기 반응 검사를 하고 나서 약을 바꿔 보자고 하시기에

그렇게 했지요. 그랬더니 3년 동안이나 남편을 괴롭히던 뾰루지 같은 것이 단 2주일 만에 싹 없어져 버렸어요." 『남편 엔도 슈사쿠를 말한다』, 엔도 준코·스즈키 히데코 | 성바오로출판사, 228, 229

엔도 준코의 말대로 오늘날의 의료 체계는 "몸 전체를 살피는 총괄적인 시각"을 결여하고 있다. 내게도 같은 경험이 있다. 신경에 이상이 생겼다. 신경과 진료를 받으며 척추로 인한 것일 수 있다고 말했지만, 의사는 고려하지 않았다. 남편이 지금 재생불량성빈혈인데, 호중구 수가 한 달 새 260개가 줄자, 혹 수면무호흡증이 원인이 될 수 있는지 물었다. 자신은 수면무호흡증 분야가 아니라는 답을 들었다. 지인 한 분은 가뜩이나 다양한 병으로 여러 과로 병원 출입을 하는데, 최근에는 증상이 달라진 게 없음에도 내분비과를 세분화한 병원 덕분에 내분비과의 의사 둘을 만나야 한다. 어디서든 무엇이든 분업체계가 움직인다. 생산 체계도 마찬가지다. 과거 한 사람이 완제품 하나를 만들 수 있었다면 오늘날은 완제품 중 특정 부분만 만들 뿐이다. 전체를 만들 수 있는 사람이 기계의 부품처럼, 부품 하나를 만드는 모양새다.

어릴 적 아버지는 부품을 사다가 TV를 직접 만들었다. 80이 가까웠을 때 희한한 방식으로 전기 없이 돌아가는 에어컨을 만들어 돌렸다. 모든 기계가 같은 원리인지 가전제품이 고장 나면 다는 아니더라도 어느 정도 당신이 고쳤다. 심지어 자동차가 고장 나도 어느 정도 스스로 수리했다. 그런 아버지의 모습을 보고 자랐다. 이제는 어디서도 그런 모습을 찾아보기 힘들다. 복잡해진 세상에서 완제품 아닌 부속을 만들며 바로 그 세상에서, 세상을 굴리는 한 부속처럼 살아가고 있는 것은 아닌지 모르겠다.

나는 기록으로 죽음을 준비하고 있다

11월 30일. 며칠 전, 지인이 할머니의 죽음 앞에서 조금은 어색하고 당황한 듯한 느낌을 전해왔다. 92년의 삶을 사셨고, 10년간 혈액암으로 고생하셨으며, 죽음을 예견하시고 준비했다는 내용과 함께. 나도 죽음을 준비한다. 언제 세상을 떠날지 모를 일이다. 그중 하나가 지금 쓰고 있는 일기다. 그렇다. 나는 이 기록으로 죽음을 준비하고 있다. 아이들에게 혹은 남편을 포함한 가족에게 공유할 수 있는 유품이 될 것 같다. 이 유품이 사장될 수도 있다는 생각이 들었고, 아이들에게 카톡을 보냈다.

"느닷없긴 하지만 알아둬. 우리는 한 치 앞도 못 내다보는 인생이니까. 엄마는 요즘 일기를 쓰고 있는데, 가능하면 출판하려고. 그건 아마 이미 쓴 두 책과 함께 너희들에게 남기는 공유 가능한 엄마의 유품일 거야. 그런데 그리되지 못할 수도 있으니 말이지. 미리 말해 놓는단다. 엄마 컴퓨터 바탕화면에 "책과 드라마와 영화, 그리고 사람들과 살아가는 하루들"이라는 제목으로 저장되어있고, 일부는 브런치와 블로그에 올렸어. 죽음을 생각하다가, 죽음을 준비하며, 문득 알려 놓아야 할 것 같아서. ㅎㅎ." 아이들이 방정맞은 소리 한다고 펄쩍 뛸까 봐 걱정했는데, 아이들이 잘 받아들여 줘서 다행이다. "에잇!!!! 울 애들 애 낳을 때까지 건강히 살어라." "난 애도 없는디 엄빠 죽으면 워쩐다냐."

12월 6일. 엔도의 책을 계속 읽고 있다. 가능하면 구할 수 있는 그의 책 전부를 읽고 싶다. 『사무라이』를 다 읽었는데, 아쉽다. 그런 드라마가 있듯, 끝내기가 아쉬운 책들이 있다. 한동안 다른 책을 들고 싶지 않다. 이 책을 읽은 여운이 오래 갈 것이다. 사무라이와 벨라스코, 볼품없이 초라하게 양팔을 벌린 채 십자가에 매달려있는 예수라는 사내와 요조, 그들의 서로에 대한 시각의 변화, 교회와 정치.

"주님에게는 그때 조직이 없었고 가야파에게는 조직이 있었지. 조직을 지키는 자는 늘 가야파와 마찬가지로-대다수를 지키기 위해서는 한 사람을 버리는 것이 어쩔 수 없다-그렇게 말할 거네. 주님을 믿고 있는 우리도 교단을 만들어 조직을 가진 순간부터 대제사장 가야파의 입장이 되고 말았지. 성 베드로조차도 교단을 지키기 위해 동료였던 스테파노가 투석형으로 죽임을 당

하는 걸 그대로 내버려 두지 않을 수 없었으니까." 『사무라이』, 엔도 슈사쿠|뮤진트리. 368.

누군가 엔도 슈사쿠의 『사무라이』를 읽는다면, 그는 『사무라이』를 읽기 전으로 돌아갈 수 없을 것이다. 기독교에 대해, 사람에 대해 전과는 다른 입장을 가지지 않을까 싶다. 그의 책이 다 그렇긴 하다. 2001년 『침묵』을 읽은 후, 대학도서관에 있던 그의 소설과 에세이를 다 찾아 읽었다. 물론 도서관에 있는 책이 고작 8권 정도에 불과했다. 그 작품 하나하나가 분명 내게 지울 수 없는 흔적을 남겼다. 오늘 나의 신앙은 그에게 크게 빚지고 있다. 그러나 그가 150여 작품을 썼다고는 전혀 알지 못했다. 원고를 쓰기 위해 『깊은 강』을 다시 읽으면서 내가 읽은 책 외에 번역된 책들이 더 있음을 알게 되고 여러 권을 더 읽었다. 그의 고통스러운 질병과 유쾌한 삶, 사랑과 깊은 사유. 그의 삶에 대해 생각한다. 그의 더 많은 작품이 소개되면 좋겠다.

12월 7일. 저녁 시간, 넷플릭스로 영화 「로망」을 남편과 함께 봤다. 부부에게 동시에 치매가 찾아왔다. 젊은 시절, 가난했지만 젊었고 서로 사랑했다. 그러나 연탄가스로 딸을 잃었다. 그 아픔을 제대로 해결하지 못한 부부의 삶은 이전과 달라졌다. 아내는 그저 양같이 순해졌고, 반면 남편은 거칠어졌다. 아버지의 거친 언사와 태도로, 당시 갓

난쟁이였던 아들은 마치 자신이 죄인인 것처럼 느끼며 살았다. 장성해서까지 거칠게 대하는 아버지가 미웠다. 양같이 순했던 아내는 치매가 오자 폭력적으로 변했다. 젊어서 잃은 어린 딸에 대한 아픔이 폭력성으로 터져 나오는 것 같다. 요양원에 맡겼다. 겉으로 드러난 것과 다르게, 남편은 아내를 깊이 사랑하고 있었다. 남편은 아내를 다시 집으로 데리고 오지만, 본인도 치매에 걸린다. 아직은 증상이 약할 때, 아들 내외를 집에서 내보내 분가하게 한다. 부부가 집에 남아 서로 사랑하고 다투고 어린아이처럼 놀기도 하며 죽음을 준비한다. 우리 부부에게 먼 이야기가 아님을 알기에 남편도 나도 눈물을 흘리며 몰입했다. 비록 부부애의 모습은 다르게 그려졌지만, 영화「아무르」와 그 끝이 다르지 않다. 모양은 다르더라도 살아가는 일이, 그리고 노화와 죽음으로 가는 일이 또한 크게 다르지 않은 듯하다. 남편에게 가는 마음과 생각이 예전보다 한결 부드럽고, 그 또한 내게 이전보다 다정하다.

유명무실한 중대재해처벌법

늦은 시간, 보고 싶지 않은 뉴스를 온라인으로 훑었다. TV로는 뉴스를 보기 힘들다. 글자로 보는 것조차, 쉽지 않은 게 뉴스다. 하물며 소리로 전달되는 소식들이란 몸과 마음을 그야말로 갉아낸다. 날마다 그런 소식들, 억울하고 부당한 소식들이 넘친다. 뉴스를 보고 싶지 않지만 그럴 수 없는 건 억울한 이들과 마음조차 연대할 수 없는 악인이 되는 게 두려워서다.

오늘은 2018년 충남 태안화력발전소에서 24살로 숨진 고 김용균 씨 사고와 관련해, 대법원이 원청업체와 대표에게 무죄를 선고했다. 대법원은 원청업체 한국서부발전 법인과 김병숙 전 사장에게 무죄를 확정했다. 1심에선 유죄였다가, 2심에서 무죄로 뒤집힌 권유환 전 본부장도 무죄가 확정됐다. 김씨가 숨진 태안화력 9호기, 10호기를 관리하고 감독한 10명은 유죄가 확정됐지만, 금고형이나 징역형의 집행유예로 실형은 없었다.

한국발전기술 소속의 24세 비정규직 노동자 김용균 씨는 한국서부발전이 운영하는 태안화력발전소에서 2018년 12월 10일 밤늦은 시간 태안화력 9·10호기 트랜스퍼 타워 04C 구역 석탄 이송 컨베이어 벨트에서 기계에 끼어 사망했다. 다음날인 11일 오전 3시 20분경이 되어서야 기계에 끼어 머리가 절단된 채 숨진 시신으로 발견되었다. 그의 유품으로는 면봉, 동전, 휴대전화 충전기, 지시사항을 적어둔 것으로 보이는 수첩, 물티슈, 우산, 샤워 도구, 속옷, 과자, 발포 비타민, 작업복과 슬리퍼 등 외에, 여러 종류의 컵라면과 고장 난 손전등, 건전지들이 있었다. 열악한 작업 환경을 여실히 보여줬다. 대전지방노동청은 태안화력발전소에 대해 특별근로감독을 벌여 12월 26일까지 과태료 1억

원에 해당하는, 40건의 산업안전보건법 위반을 찾아냈고, "김용균법"으로 불리는 산업안전보건법을 개정했다. 1990년에 있었던 원진레이온 사태 이후 개정된 지 28년 만이다.

2019년 1월 8일 태안화력발전소 청년 비정규직 고 김용균 시민대책위원회가 한국서부발전과 한국발전기술 관계자들을 검찰에 고소·고발함으로 이루어진 조사에 의하면, 규정에는 2인 1조 근무 규정이 있지만 지켜지지 않았고 김용균은 컨테이너 벨트에 홀로 일했다. 비상상황에 대비해 레버를 당겨 컨테이너 벨트의 작동을 멈출 수 있는 '풀코드'라는 장치가 있고, 2인 1조로 근무했다면 다른 근무자가 장치를 작동시켜 컨테이너 벨트의 작동을 멈추게 해 김용균의 목숨을 구할 수 있었다. 한국발전기술 측도 야간에 2인 1조로 근무하는 것이 원칙이지만 회사의 인력수급 문제로 1명씩 근무했다고 진술했다. 오래전부터 2인 1조로 근무할 수 있게 해달라는 근로자들의 요청은 무시되었다. 그리하여 중대재해처벌법이 만들어졌음에도 대법원 2부주심 이동원 대법관는 7일 업무상과실치사, 산업안전보건법 위반 혐의로 기소된 김병숙 전 한국서부발전 대표 등의 상고심 선고기일을 열고 무죄를 선고한 원심을 확정한 것이다.

1966년 원진레이온은 마을 사람들에게 '꿈의 직장'이라고 불렸다. 그러나 이 회사를 오래 다닌 사람들에게서 심상찮은 증상이 나타났다. 극심한 두통, 손발 마비, 정신 이상 증세까지 보였다. 수십 명, 수백 명이었다. 어떤 이들은 스스로 목숨을 끊었다. 역시나 노동부는 이런 사실을 외면했다. 심지어 이 회사에서 1981년에 첫 이황화탄소 중독 환자가 나왔는데도 노동부는 1986년에 25,000시간 무재해 달성으로 원진레이온을 표창했다. 역시나 피해자인 노동자들이 국회를 움직여 정부도 직업병 인정기준을 개정했다. 이번에도 노동자의 죽음이 중대재해처벌법을 만들었다. 그러나 국가는 이 모든 걸 유명무실하게 만들었다. 세상은 변하지 않았다.

12월 8일. 어제, 고 김용균 씨 사고와 관련해, 대법원이 원청업체와 대표에게 무죄를 선고함에 이어 오늘은 성소수자 인권 보호 활동을 이유로 종교재판에 넘겨진 이동환 목사가 출교당했다. 교단이 내리는 최고 수준 징계다. 재판위원회는 이 목사가 성소수자 축복식 등 동성애를 옹호한 것이 감리회 내부 규칙인 '교리와 장정'의 제3조 8항 동성애 찬성 및 동조에 위반된다고 판단했다. 재판위원회는 교회 모함과 인권단체 개설에 대해서는 무죄로 봤다. 오로지 동성애 옹호만을 이유로 출교라는 최고 수준 징계를 내린 것이다. 이 목사는 "오늘의 판결은 마땅히 분노할 만한 일이나 증오와 미움에 마음을 쏟지 말자."라며 "절망과 낙심으로 자신을 파괴하지 말고, 오늘 판결에 냉소하는 대신 함께 꿈을 꾸자"라고 했다. 이 목사는 향후 종교재판 항소와 사회재판에서 징계 무효 소송 등을 진행할 계획이다. 인천퀴어문화축제 공동조직 위원장을 맡았던 이혜은 씨에 의하면 2회 퀴어문화축제에서 축복식을 진행한 것은 1회 축제할 때 있었던 교회의 폭력에서 벗어나고 싶었기 때문이었다. 이 목사는 교회의 잘못을 덮고 이들의 마음을 위로하기 위한 것이었다.

『사무라이』에서 읽은 구절이 대조되어 생각난다.

"그분의 생애가 그랬습니다. 그분은 한 번도 마음이 교만한 자 풍족한 자의 집에는 가지 않으셨습니다. 그분은 추한 자 비참한 자 가엾은 자만을 찾으셨습니다. 하지만 지금 이 나라에서는 주교도 사제도 마음이 부유하고 흡족해 있습니다. 그분이 찾던 사람의 모습이 아니게 되었지요."

어머니가 작아지고, 하나님이 작아진 세상에서
우리도 너무나 작아졌다

12월 9일. "노년의 고전 읽기, 그리고 쓰기"에서 16회에 걸쳐 『레미제라블』 읽고 쓰기를 마쳤다. 함께 읽은 시간이 예상보다 귀했다. 여럿이 함께 읽은 덕분에 소설의 저자 위고에 대해, 시대 상황에 대해, 등장인물들에 대해 입체적으로 생각할 수 있었다. 참가자가 다양했다. 20대, 30대, 40대와 60대가 어우러졌다. 대학을 갓 졸업한 청년, 기자와 편집자, 정년 퇴임한 교사, 현직 목사와 은퇴한 목사, 여자 세 분과 남자 세 분이다. 서로 다른 분들인 만큼 각 권 각 장에서 같은 듯 다른, 나이다운, 직업과 전공다운 시각으로 서로의 생각을 보완하며 각자 생각의 크기를 키울 수 있었다. 나로서는 최고의 경험이었다. 다른 분들도 그랬을까? 다음 시즌을 이어가기로 했다. 폐쇄된 모임은 시각을 가두니만큼 모든 참여자가 새로운 분들을 초대하기로 마음을 모았다.

『레미제라블』5권, 2,489쪽, 그 안에 올바른 사람, 법과 경찰, 억울한 재판, 나폴레옹과 워털루 전쟁, 전쟁의 비참함, 군함, 버림받은 여자와 아이들, 수도원과 교육, 묘지, 파리와 파리의 건달, 부르주아, 불행의 효험, 남녀의 사랑, 지하의 악당들과 가난뱅이, 몇 쪽의 역사, 구원, 결말, 1815년, 1817년, 1832년 6월 5일의 폭동, 주점, 하수도, 가족관계, 양심, 왕, 진보, 혁명, 반란 등, 단편, 중편 장편소설로 된 무려 368개 장이 있다. 한 사람의 생애와 위험한 사랑이, 그토록 많은 368개 이상의 소재, 혹은 주제 안에서 면면히 이어진다. 우리의 삶이, 사랑이 그렇다. 어머니가 작아지고, 하나님이 작아진 세상에서 우리도 너무나 작아졌다. 너무 작은 우리는 삶을 제대로 보지 못하고 있다.

12월 19일. 교황청이 현지 시각 18일 축복의 의미를 밝히는 신앙교리부의 선언문 '간청하는 믿음'Fiducia Supplicans을 발표했다. '축복의 사목적 의미'라는 부제가 붙은 8쪽 문서에서 프란치스코 교황은 '축복'이란 용어를 광범위하고 폭넓게 정의했다. 신의 사랑과 자비를 구하는 이들에게 "사전에 도덕적으로 완벽해지길 요구해선 안 된다." "교회는 사람들이 다가오는 것을 막거나 금지해선 안 된다."는 내용이다. 동성 커플의 축복 요청 역시 거부해선 안 된다고 밝혔다. 프란치스코 교황은 지난달 트랜스젠더도 가톨릭 세례를 받고, 대부모·혼인의 증인이 될 수 있게 하는 신앙교리부 지침을 승인한 바 있다.

한편 '성소수자 환대 목회'를 이유로 출교를 선고받은 이동환 목사는 18일 감리회 경기연회로부터 1심 재판 패소에 대한 재판비용 청구서를 받았다. 해당 청구서에는 올해 2월 15일부터 12월 13일까지 18차례 사용된 재판비용 2,864만 2,532원을 청구한다는 내용이 담겼다. 10개월간의 재판에 무슨 비용이 그리 많이 들었을까! 도무지 이해되지 않는다.

오랫동안 질문했다. "만물과 나를 비춰줄 궁극적 진리는?" "내 출생의 기원과 삶의 목적은?" 누가 창조주 하나님을 말했다. 그 하나님은 나한테 맞지 않았다. 그래도 하나님이 필요했다. 내가 하나님을 만들었다. 전지한 분! 감출 수 없으니 감출 게 없었고 두렵지 않았다. 뭐든 물었다. 내 안에 계신 듯 답했다. 좋은 시절이었다. 3년 후 교회에 갔다. 많이 배웠으나 하나님이 작아졌다. 단순하고 투명하게 정리된 신, 배타적으로 타 종교를 혹은 비주류의 사람을 혐오하는 신. 내가 만들어낸 신과 교회의 신이 달랐다. 묻고 답하는 대화 아닌, 도깨비방망이 같은 기도가 나를 배신했다. 엔도 슈사쿠의『침묵』을 읽고, 고통을 없애 달라는 기도에 도리어 함께 고통받는 신을 만났다. 다른 작품들도, 『깊은 강』도 읽었다. 그 안에서 마침내 내가 그리는 신을 만났다.『깊은 강』의 오쓰가 만난 신. 그 이름을 뭐라 해도 좋을 양파. 사랑의 손길. 어쩔 수 없는 인간유다의 업을 수용하고 사랑하는 예수를. 누구나 무엇이나 받아주는 갠지스강은, 오쓰가 그 사랑을 흉내 내는 예수를 얼마나 닮았는지.이글은「복음과 상황」397호. "내가 만난 엔도 슈사쿠" 비하인드 스토리에 실렸다

뒤로 가는 교회

12월 22일. 이동환 목사와 몇몇 친구 목사들이 함께 만났다. 오늘까지 이동환 목사가 감리교 재판소에 3,500여만 원을 내야 항소가 이루어진다. 점심을 먹으면서 이동환 목사는 웃음기 없이 약간 긴장한 얼굴로 계속 이리저리 전화하고 전화를 받는다. 헤어질 때쯤 상황을

물었다. 항소가 이루어졌다. 가난한 목사에게 불가한 일이다. 많은 이가 후원했다. 세상은 그렇게 변하는데, 교회는 그렇게 뒤로만 멀어져 간다.

이동환 목사를 출교시킨 이들에게 묻고 싶다. "미수에 그치긴 했으나 아들 이삭을 번제로 바치게 한 하나님, 그 명령을 따라 아들을 죽이려 한 아브라함에 대해 어떤 고민을 해봤는가?" "아들을 죽이려고까지 한 아브라함이 믿음의 조상이 되어 칭송받았다는 점이 이해되는가?" "이삭을 죽이라고 한 하나님의 그 명령이 과연 옳다고 생각하는가?" "하나님은 과연 그럴 수 있는 분인가?" "노아 가족과 암수 동물 일부 외의 모든 생명을 멸하신 분이니까? 가능한가?" 아니라면 "아브라함은 하나님의 명령에 대해 착각한 것일까? 아니면 그렇게 명령한 하나님의 특별한 의도가 있을까?" "그렇다면 그건 무엇일까?" 하나님은 살인하지 말라고 한 장본인이다. 그렇다면 마땅히 했어야만 하는 물음이고 고민이다.

"과연 고민이란 걸 해봤는가?" "과연 질문이란 걸 해봤는가?"가 내 질문의 요점이다. 진지한 질문과 고민 없는 믿음이 곳곳에서 시끄럽다.

어떤 이야기라도 다 할 수 있는 그런 편한 사람?
나는 절대 그런 사람이 될 수 없다

12월 23일. 집 밖으로 나가는 일이 적다. 과거에는 일주일도, 열흘도 집에 그대로 있을 수 있었다. 그런 나를 불러 내주는 친구가 있다. 그런 친구가 늘어난다. 페이스북 친구가 내 책의 독자가 되고 오프라인 친구가 되고 그 친구가 또 다른 친구를 연결해준다. 오늘은 일산 음식 맛집, '효교'에서 새로운 친구 크리스 선생님을 만났다. 전종휘, 배은영 선생님이 주선했다. 크리스 선생님에게 내가 쓴 책 두 권을 드렸다. 전종휘, 배은영 선생님은 둘째 딸과 동행했다. 내 책 중『이 정도면 충분한』두 권과『몸을 돌아보는 시간』한 권을 꺼내 사인을 청하셨다. 지인께 드린다고 했다. 말할 수 없이 감사하다.

'효교'의 시그니처인 가지 탕수육, 멘보샤, 해물 쌀국수, 볶음밥과 공심채를 사주셨고, 약속이 있다며 일찍 자리를 떴다. 크리스 선생님과 쌀가루로 만든 케이크로 유명하다는 근처 카페로 자리를 옮겨, 책과 삶을 나눴다. 이곳에서는 내가 책을 선물했다는 이유를 대며 크리스 선생님이 차와 케이크값을 내셨다. 대화 도중, "어떤 이야기라도 다할 수 있는 그런 편한 사람이 되는 게 제 바람이었어요."라는 말이 나와버렸다. 그 말을 끝나고 얼마 되지 않아, 나는 더는 그런 사람이 아니라는 걸 깨닫고 있었다. 그런 사람이 되는 게 얼마나 어려운 일인지를 이미 경험했다. 나는 결코, 그런 사람일 수 없다. 게다가 아주 조금이라도 그렇게 할 에너지도 남지 않았다. 착각하지 말아야지. 더는 그런 말을 하지 않을 것이다.

저녁에 남편과 다퉜다. 오랜만이다. 서로 대화하는 법이 다르다. 43년하고도 11개월을 함께 살았는데도, 생각과 마음을 표현하는 법이 다르다 보니, 이놈의 다툼이 완전히 사라지지 않는다. 갈등을 유지하려면 많은 에너지가 필요하다. 결국, 몸이 반응한다. 얼른 내가 먼저 풀었다. 이게 삶의 지혜다. 몸을 망치면 안 된다. 어차피 서로를 미워하지도, 그 속을 알지 못하는 것도 아닌데 말이다.

나는 기도하지 않는다. 아니 기도한다

12월 24일. 지인이 계속 아프다. 상태가 심각한지 벌써 열흘이다. 워낙 긴 세월 건강한 적이 없는 분이다. 참 가혹하다. 기도하지 않는다. 내가 경험한 하나님은 기도를 들어주시는 분이 아니다. 억울한 일이 곳곳에 널려있다. 악인이 득의양양하다. 그러나 기도한다. 그분 때문에 마음이 아프다. 그게 내 기도다. 내가 통증을 더는 데 도움이 되는 천연 식품이 있다. 그 천연 식품을 몇 개 사 보내드렸다. 그분의 끔찍한 통증이 혹 줄어들기를 바란다. 이게 내 기도다. 지속할 수 없을 형편없이 초라한 기도다.

아들이 없어서인가? 남편은 늘 사위가 고픈가 보다. 마침 큰 사위에게서 전화가 왔다. 크리스마스 안부 전화다. 28일 서울로 출장을 온다는 소식에 남편은 신이 났다. 둘째 사위와 함께 셋만의 저녁 식사를 약속했단다. 정말 축하해!

손자 최고!

12월 30일. 올 연말연시는 해와 달, 그리고 두 딸과 작은 사위와 더불어 지낼 것 같다. 아직 방학 전이지만 손주들이 집에 온다. 내가 아이들이 오면 지나치게 흥분한다고 잔소리하지만 실은 남편도 들떠있다. 내가 나의 창조적 두뇌를 열심히 굴리며 당근 두부밥, 녹차 두부 연근밥, 보리빵을 만들고, 나의 부엌이 열 일을 하는 동안, 남편 역시 콧노래를 부르며 청소기를 돌리다, 옆에 와서 키득거린다. 작은딸 이야기를 한다. "어제 아침에 나한테 지은이가 전화했어. 나한테 미안하대. 그저께 나한테 소리 질러 미안하다고. 네가 언제 소리를 질렀는지 아빠는 모르겠는데? 너는 원래 그런 아이라 모르고 지나갔는데? 라고 했는데, 그래도 미안하다고 울었어." "그래? 철들었네." 작은딸이 변했다. 아빠가 늙어선가? 아빠가 병들어선가?

건강식이라며 정작 만들어 놓은 음식은 그대로 놓고, 여우김밥에 전화를 걸어 김밥 5줄을 예약했다. 12시 반에 김밥을 찾아 남편과 내가 고속버스터미널로 간다. 아이들을 마중하러 간다. EBS 프로그램 「왔다! 내 손주」에 나오는 할머니 할아버지처럼. 우리는 고속버스터미널에서 상봉했다. 라운지가 있어 그곳에서 사 간 김밥을 먹이고 전철로 집으로 왔다. 오는 중 딸이 말했다. "엄마. 정말 안 되겠어. 검은 뿔테 안경을 쓰고, 양귀비 1호처럼 아주 새까만 색으로 염색해!" 그러나 손주해는 말한다. "할머니. 저는 염색 안 하시면 좋겠어요. 자연스러운 게 좋아요." 손자 최고!

2024년

"아이고 동성 애인끼리 싸우는 거야?
부부란 게 원래 그런 거지. 뭐 어쩌겠어?"

1월 7일. 남편과 함께 미드 「굿 닥터」를 시청한다. 의사와 간호사 동성 커플이 있다. 둘 사이에 갈등이 생겼다. 꽤 심각하다. 파트너인 간호사에게, 검사로는 양성 반응이 나타나지 않는 에이즈가 있는데, 그 사실을 파트너에게 말하지 않았다. 말할 수 없었다. 그동안의 다른 파트너들이 그 사실을 알고 떠나갔기 때문이다. 파트너인 의사는 자신에 대한 신뢰가 없다며, 그렇게 중요한 일인 만큼 서로에서 진실해야 한다고 반발했다. 다행스럽게 갈등은 해결되었고, 서로 사랑한다는 고백과 함께 키스하는 장면이 나온다. 드라마 시청 중, 남편이 하는 말이 나를 놀라게 했다. "아이고 동성 애인끼리 싸우는 거야? 부부란 게 원래 그런 거지. 뭐 어쩌겠어?"

내가 쓴 책, 『이 정도면 충분한』을 남편이 읽을 때 살짝 긴장했다. 그 안에서 동성애 문제를 언급했다. 남편이 나와 생각이 다른 경우가 실제로 많아 그 점을 고려해 글을 쓸 때 매우 조심스러우면서 어딘가에 치우치지 않으려고 노력하며 썼다. 나와 생각이 다른 사람들도 글 내용에 거부 반응을 일으키기보다는 한 번쯤 다시 생각할 수 있기를 바라는 마음으로. 그래서였을까? 그 부분에 대해 남편이 한마디도 하지 않았고, 자기 친구들에게도 권했다. 어쩌면 내가 쓴 글에서 동성애에 관해 생각이 달라질 수도 있었을지 모르겠다.

「굿 닥터」가 다만 의료 문제만 다루는 데 그치지 않고 병원이라는 현장에서 실제로는 드러나지 않는 삶의 다양한 문제들을 들춰내고, 그 문제에 접근하는 법이 좋다. "진짜 좋다." 좋은 책, 좋은 영화와 드라마 등과 같은 문화가 사람들을, 때로는 종교가 감당하지 못하는 구원으로 이끈다.

가장 오래된 책고전, 자연

1월 9일. <고전 읽기, 그리고 쓰기> 시즌 2가 오늘 첫 모임이 있었다. 한 분의 말을 조금 변형시켜 말하면 '죽은 이들의 글을 마주하게 될 산 자들의 모임'이다. 아홉 분이 한결같이 쉽지 않은 책『고전을 만나는 시간』을 미리 읽고 성실하게 글을 써왔다. 덕분에 '기억을 허락하지 않을 정도로 정보가 쏟아져나오는 사회', '가속화 사회'에서 '과거의 현자들로부터 어떤 지혜를 얻게 될지?' 나눌 수 있었다. 책은 과거의 현자들로부터 도움을 받아 우리 인격의 밀도를 높일 수 있다고 한다. 생각해보면, '자연'이야말로 우리 인간 이전부터 존재해온 가장 오래되

고, 지구 크기의 가장 큰 고전오래된 책이자 현자다. 자연의 지혜를 듣는 일이 중요한 까닭이다. 이런 생각을 할 때마다 거듭 『빵 좋아하는 악당들이 사는 행성』곽재식|비채이 생각난다.

실로 인간 이전 수십억 년 전부터 있었던 가장 큰 고전은 자연이다. 인간이 의존해 살아온 지혜, 인간과 비교되지 않는 길고도 광활한 자연의 소리에 인간은 우쭐거리며 그 소리에 귀를 틀어막았다. 그의 소리를 듣지 못했다.

동물들이 신음한다. 그러나 우리 인간은 그 소리를 외면한다. 오늘날 세계에는 10억 마리의 양, 10억 마리의 돼지, 10억 마리 이상의 소, 250억 마리 이상의 닭이 있다. 지구에 존재하는 수가 사람 다음으로 가축화된 소, 돼지, 양의 순위로 대형 포유류가 있다. 자연스러운 숫자가 아니다. 일련의 야만적이고 매우 잔인하며 점점 더 잔인해지는 관행에 의한 결과다. 닭의 자연 수명은 7~12년, 소는 20~25년이지만, 사람은 가축화한 닭과 소를 몇 주~몇 개월 만에 도살한다. 생후 3개월이면 몸무게가 최대가 되니 더는 먹여 살릴 필요가 없다. 낙농 산업은 동물을 자기들 뜻대로 휘두르기 위한 수단들을 개발했다. 동물에게서 우유를 계속 얻으려면 젖을 빨 새끼가 있어야 하지만 새끼가 젖을 독점하면 안 된다. 출생 직후 새끼를 도살하거나 얼마 지나지 않아 어미에게서 떼어낸다. 암송아지는 젖소로 길러지고 수송아지는 육류산업에 넘겨진다. 어미로부터 분리된 송아지는 자기 몸보다 그리 크지 않은 우리에 갇힌다. 근육이 강해지지 않아 부드럽고 즙이 많은 스테이크가 된다. 대략 4개월 후다. 지난 반세기에 걸친 품종개량의 결과, 젖소 유방은 몸이 버티지 못할 정도로 많은 젖을 생산한다. 가능한 한 젖을 오래 짜기 위해 출산 후 60~120일 강제 임신을 당한다. 그래서 젖소는 거의 항상 임신 중이다. 새끼에게 먹일 것보다 훨씬 많은 젖을 생산하다 보니 35%는 생명이 위험할 수 있는 유방염을 앓는다. 몸에 비해 거대하고 무거운 유방을 지탱하다보니 젖소의 60% 이상이 다리를 절고 있다. 그러고는 보통 약 5년 뒤 도살된다. 죽음으로 비로소 신음을 끝낸다.

상업적으로 사육되는 닭 1/4 가까이가 지탱하기 힘든 가슴을 갖게 되었다. 저렴한 고기와 수요가 늘어나는 달걀 수를 채우기 위해 성장 속도가 2배로 빨라졌다. 뼈와 관절은 그 속도를 버티기 힘들어 고통스럽다. 산란이 유일한 역할인 배터리 케이지의 암탉들은 잠도 자지 못한 채, 1년에 250개 정도의 달걀을 생산해낸다. 암탉이 버틸 수 있다고 추정되는 양은 60개다. 무리해서 달걀을 낳다 보니 골다공증에 취약하다.

돼지의 다리는 체중을 지탱하기에는 너무 약해졌다. 돼지의 코에서 큼지막한 살덩이를 잘라내면, 킁킁거리며 냄새를 맡을 때마다 심한 통증을 느낀다. 냄새도 맡지 못해 먹을거리도 길도 찾지 못하게 된다,

그렇게 돼지는 전적으로 사람에게 의존하게 된다. 암돼지들은 지속적인 임신 혹은 보육 상태로 있다. 우리는 너무 좁아 제대로 설 수조차 없는 경우가 많고, 다음 번식 주기가 시작될 때까지 옆으로 누워있기도 한다.

농장 동물들은 흔히 타박상, 농양, 진물, 골절, 생식기관 이상, 만성 정신 질환을 겪는다. 당연히 구제역, 조류독감 등 질병에 약하다. 질병에 걸리면 병에 걸리지 않은 동물들까지 살처분된다. 국가나 지역에 따라 닭은 이산화탄소 가스로 안락사되고, 육계나 칠면조의 경우 물거품 속에서 질식사당한다. 죽기까지 3분~7분 정도 걸린다. 동물을 자기들 뜻대로 착취하기 위해 인간이 저지른 동물의 품종개량은 20세기 전반 야만을 대표한 우생학의 한 형태다. 장애인을 공동체의 짐으로 간주하며 가스실로 몰아넣고 단종을 시행하던 그 과학은 이제 거대한 산업이 되었다. 그리고 그 위에서 풍요로운 문명과 인권이 꽃피었다.

『사피엔스』, 유발 하라리|김영사와 『짐을 끄는 짐승들』, 수나우라 테일러|오월의 봄 참고

지구가 뜨거워진다. 우리가 저지른 일들이 우리를 향하고 있다고 지혜는 말한다. 그리고 여전히 그 소리를 듣지 않으려는 이들이 있다.

관찰?!

1월 13일. 동안교회에서 열리는 최승주 화백 전시회, <주님과 함께, 다시>에 다녀왔다. 최선생님의 전시회는 세 번째다. 전시회에서 처음 만났다. 그때는 그림을 모르는 내가 참 어색했고 선생님 그림도 단한 점이라 아쉬웠다. 기독교 화가들의 전시회였고, 참가자들이 각각한 점 혹은 두 점을 낸 것이다. 이후 전시회에서 다시 만났다. 그때마다느꼈다. 소탈하다. 숨기는 게 없는 투명함이 나를 무장해제시킨다. 함께 만난 크리스 선생님이 물었다. "왜 굳이 예수 얼굴만 그리세요?" 다른 그림을 그리려 해봐도 안 되더란다. 어리기만 한 18살 유학길에 오른 이유와 과정, 독일에서의 삶, 그때는 몰랐던 '발도르프 대학'을 제대로 누리지 못한 아쉬움. 그리고 귀국과 결혼, 30년간의 쉽지 않은 삶을들으며, 크리스의 물음에 대한 답, '아직은 다른 그림을 그리려 해봐도안 되더라'는 최선생님의 답을 어쩌면 이해할 듯하다. 내가 느끼는 소박한 보석 같은 느낌의 근거를!

최선생님은 현재까지 미술교습소를 운영한다. 크리스 선생님은과거 학원을 운영한 적이 있고, 지금은 논술 과외를 한다. 손자 해의 그림과 학업능력 이야기를 자연스레 풀어놨다. 해의 그림, 나 역시 예사롭지 않게 여겼는데, 요즘은 신통치 않게 느낀다. 그런데 얼마 전 페이스북에 내가 올린 해의 그림을 보고 최선생님은 "디테일과 표현력에

스토리까지 완벽합니다."라고 댓글로 칭찬하셨다. 오늘은 그 이유에 대해 알려주셨다. "디테일과 스토리가 있다는 건 '관찰력'을 의미합니다. 요즘 그림이 신통치 않은 건, 다른 사람들이 그린 그림을 보며 흉내 내는 데서 옵니다. 굳이 미술학원에 꼭 보낼 이유가 없는 아이들이 있습니다." 많이 배웠다.

크리스 선생님은 사교육 시장의 층위에 대해 말했다. "아이들을 가르친다는 건, 그 아이의 언어로 그 아이의 능력을 끌어내는 게 중요해요." "그건 아이를 관찰함으로 가능하죠." 그거였다. 관찰! 관찰은 관심이고 사랑이다. 그게 중요하다.

한때 사교육이 무용하다고 생각했다. 내 과거를 잊은 것이다. 나도 과외로 따라가기 힘든 수학으로 과외로 극복했다. 좋은 선생님들 덕분이었다. 큰딸을 내가 가르치다가 도리어 아이의 자존감을 떨어뜨리고 포기했다. 학원의 도움을 받았다. 놀 시간 없어질 해와 달, 교육비 부담될 딸, 모두 모두 가엾다. 손주들 학업에 열성을 보이는 할머니들이 이상하게 본 적이 있다. 너무 단순했을지 모른다.

집으로 오는 길, 3호선 전철을 타고 원흥역에서 하차해 엘리베이터 앞에 섰다. 얼마 전부터 에스컬레이터가 고장이다. 월드컵경기장역도 그렇다. 내가 이용하는 전철역 곳곳이 그렇다. 과연 언제까지 이런 문명의 삶이 지속 가능할까? 다행히도 엘리베이터는 가동 중이다. 그

앞에 서 있는데 뒤에서 누가 나를 잡아당겼다. 남편이다. 너무 다르지만, 배려하며 함께 사는 사람. 두 손 꼭 잡고 들어왔다.

쌀 한 톨의 무게

1월 24일. 린하가 프랑스 요리학교를 그만뒀다. "왜?" 물었다. 답이 왔다. "ㅋㅋㅋㅋㅋㅋㅋㅋ." 린하는 현재 버려지는 재료들이 아까워서 학교를 때려치고 아로마테라피 브랜드를 만들어 친구와 사업을 시작하였다고 한다.

버려지는 재료가 너무 많아서 학교를 그만두다니. 과연 린하다운 결정이다. 세상은 여전히 쌀 한 톨의 무게에 둔한가 보다. 나중에 강원도에서 펜션 민박집과 함께 식당을 할 거라니. 나는 그때 강원도 펜션에 가게 되겠지!

사랑이 답이다

2월 1일. 10여 년 전, 함께 일하던 분들과 광주의 어떤 행사에 참석했다가 5.18 광주 묘역에 이어 운주사를 찾았다. 조용하고 평화로운 그곳 사진을 찍어 소감과 함께 페이스북에 올렸다. "소박하고 평화로운 이곳, 교회도 이런 곳에 있으면 좋겠다. 저녁 시간, 교우도 목사도 각자의 일터에서 이곳에 와 편한 마음으로 이런저런 이야기를 허심탄회하게 이어갈 수 있다면 좋겠다. 목사도 교회 아닌 자신의 일터가 있다면 교우들과 함께 삶과 연관된 실질적인 이야기를 나눌 수 있겠다."

오래전부터 내겐 지금 교계에서 언급되는 소위 목사의 '이중직'을 자연스럽다 못해 바람직스럽게 여겼다. 물론 그런 구조가 되려면 개인의 이상과 노력만으로는 부족할 텐데, 그때의 나는 멍청한 낭만주의자였다. 조금 시간이 지나 내 페이스북 포스팅에 댓글 언쟁이 일어났다. 언쟁의 중심은 목사의 이중직이 아닌, 사진 속의 절터였다. "목사가 어디 절터를 올려놓고 그런 말을 하느냐?"라는 댓글이 달렸고, 다른 분은 "그게 뭐 어떠냐?"고 댓글을 달았다. 그렇게 옥신각신하다가 그런 논쟁을 벌여 미안하다고 한 분이 퇴장했고, 나는 얼마 후 포스팅을 내린 것 같다. 목사의 이중직도, 타 종교에 대한 시각도 사람마다 다르다. 나로서는 여전히 목사의 이중직이 문제 되는 현실을 이해하기 힘들다.

최근에 목회자의 이중직을 다룬 책, 『텐트메이커』최주광|뜰힘가 나왔는데 핫하다. 저자 최주광 목사는 알고 지낸 사이다. 늘 웃는 얼굴이었다. 그의 아내가 운영하는 비건 빵을 파는 북 카페 "동네책방, 괜찮아"에서 독서 모임이 있었고 그곳에서 처음 그를 만났다. 목수 일을 하다가 잠깐 짬을 내고 와서 우리에게 메밀 칼국수를 사줬다. <동네책방, 괜찮아> 한 켠에 꽂혀있는 책들을 보며, 목수 일과 목사 일을 겸하면서 어떻게 책 읽을 시간이 있을까 싶었는데, 그가 낸 책을 읽으니 다

양한 분야의 책을 탐독하며 고뇌하고 씨름하는 날들을 보냈다. 지구에 덜 해롭게 살 수 있는 삶, 사람뿐 아니라 다양한 생명을 포괄하는 지구까지 품는다. 모임을 마치고 최주광 목사의 말을 더 들을 수 있었다. 그는 어두운 길에 있었다. 그 길에서 돌이켜 지금의 모습이 되게 한 건, 절대적으로 새어머니의 헌신, 책에는 다 기록할 수 없는 어머니의 헌신과 수고, 그분의 삶이었다. 사랑이 답이다!

민주주의, 모든 민주주의

2월 2일. 어제 '청어람ARMC'에서 정경환 대표를 만났다. 2014년 5월 1일부터 11년째 군포시에 있는 "나들이데이케어센터"를 운영하고 있다. 어쩌다 법을 공부했고, 다시 어쩌다 신학을 하고, 어쩌다 목회를 하고, 어쩌다 치매전담형 주간보호를 운영하게 되었고, 어쩌다 (사)치매케어학회 회장을 맡게 되었다고 했다. 하지만 그의 표정과 입에서 나오는 말을 들으니 '어쩌다'가 아니라, '매 순간 치열'했다는 느낌을 지울 수 없었다. 집에 돌아와 그의 페이스북 포스팅을 살폈다. 디멘시아뉴스 황교진 국장이 정경환 대표를 인터뷰한 글이 있어 그의 꾸준한 연구와 노력, 결실을 알 수 있었다. 그는 2022년 9월부터 치매케어 이야기 모임을 시작해 매월 치매 가족을 지지했다. 치매 친화적 지역사회에 대한 바램으로 노동법을 공부하고 장기요양 법령을 찬찬히 일독하는 모임을 했다. 함께 공부한 '3기 장기요양 고위자 동문회'가 있어

『장기요양 실무법령집』노인연구정보센터, 2023을 출간할 수 있었다. 막상 천착해보니, 사업과 돌봄의 현장을 전체적으로 아우르는 장기요양을 아는 사람이 우리나라에 없지 않나 싶을 정도로 장기요양 관련 법령은 굳어져 있었다. 유연성을 잃어버리고, 법法이란 이름으로 겁怯을 주는 풍경을 봤다. 그는 대학생 시절 법학과를 다니며 읊조렸던 오든W. H. Auden의 詩, '법은 사랑처럼'Law, Like Love. 1939을 올려놓기도 했다. "법은, 사랑처럼 어디에 왜 있는지 모르고, 사랑처럼 억지로는 못하고 벗어날 수도 없고, 사랑처럼 흔히 울지만, 사랑처럼 대개는 지키기 어려운 것." 무슨 뜻인지 내가 물었다. 법의 취지와 바람은 사라지고, 조문의 구절 하나하나로 규제하는 모습에 맘이 아픈 현실을 나타낸 마음이라 했다.

며칠 전 읽은 『이방인』이 드러낸 법의 세계를 떠올렸다. 정해진 재판의 세계, 그곳에서 통하는 언어와 형식이 있다. 그 안에 피고인, 사건 당사자인 뫼르소를 욱여넣는다. 재판 당사자를 소외시킨 재판의 세계다. 과거에 읽은 카프카의 『소송』이 그려낸 법의 폭력도 그랬다. 일단 법이라는 이름으로 스포트라이트를 받으면 그가 누구든 진실과 무관하게 거기서 스포트라이트에서 벗어나지 못한다. 추락할 수밖에 없다. 그리고 당사자는 법의 폭력에 의해 철저히 소외된다. 정의보다는 강자, 권력에 가깝고 약한 자에게는 먼 그 세계를 우리는 당장, 이 현실에서도 만난다.

정경환 대표는 할아버지의 치매를 곁에서 경험했고, 따라서 자신도 결국은 치매를 겪게 될 것으로 예상한다. 그에 의하면 치매는 20년 정도에 걸쳐 진행한다. 자연스러운 노화로 80세가 넘으면 누구라도 결국은 치매를 마주하게 될 가능성이 크다. 그러나 치매 정책을 실현할 지자체는 관심이 부족하고, 치매안심센터와 국민건강보험공단은 협력이 부족하다. 현장에서는 '사람 중심'의 치매 접근이 부족하다. 치매인과 치매 가족의 돌봄권 주장은 개인의 몫이 돼 있다. 그래서 '나 자신이 치매라면'하는 감정이입으로, 요즘은 '돌봄민주주의'를 살피는 중이라고 한다.

돌봄권 주장이 개인의 몫이 된 곳은 치매만이 아니다. 질병에 걸리거나 거동이 불편한 가족을 돌보는 것 역시 오로지 가족의 책임이다. 2021년 5월 8일, 강도영 씨가 존속살인죄인 부작위 살인_{가족부양의 무를 다하지 않았을 때 적용되는 살인}으로 징역 4년을 선고받은 사건이 있었다. 2020년 쓰러진 아버지를 어떻게든 살리려고 했지만, 병원비와 퇴원 후 돌봄을 감당할 능력이 없었다. 아버지는 죽기를 바랐고, 강씨는 무력감으로 집에서 꼼짝도 하지 않은 채, 아버지 방에 들어갈 수 없었다. 일이 나서야 119를 불렀다. 여러 보도 매체가 이 사건을 기사로

다뤘고, 개인과 단체가 탄원서를 냈으나, 판결은 바뀌지 않았다.

　엄마가 요양원에 3년 동안 계셨다. 그곳에서 학대받은 적은 없지만, 나는 내 노년을 결코 그곳에서 보내고 싶지 않다. 하물며 치매 환자는 어떨까! 치매인에겐 인간으로서의 존엄이 아예 인정되지 않는다. 치매 이전 바로 그 사람은 그곳에 없다. 돌봄을 받는 사람과 돌보는 사람 사이에 유용한 단순한 기능의 스킬만이 있을 뿐이다.

　작년에 본 영화, 「스틸 앨리스」가 생각났다. 작가 리사 제노바가 하버드 대학에서 신경학 박사 과정을 밟던 중 알츠하이머병에 걸린 할머니에게서 영감을 받아 소설로 쓴 『내 기억의 피아노시모』세계사가 원작이다. 영화는 완벽한 삶을 영위하던 한 여인이 점점 기억을 잃어가는 여정을 애잔하고 담담하게 담아낸다.

　세 아이의 엄마, 사랑스러운 아내, 존경받는 교수로서 행복한 삶을 살던 앨리스. 어느 날 자신이 희귀성 알츠하이머, 특히 가족성이라 자녀들에게 유전될 수 있는 병에 걸렸다는 사실을 알게 된다. 행복했던 추억, 사랑하는 사람들까지도 모두 잊어버릴 수 있다는 사실에 두려움을 느끼면서, 앨리스는 가장 먼저 세 아이한테 사실을 알렸다. 각각 검사해서 자신의 상태를 알 수 있다. "미안해. 미안해. 정말 미안해." 아이들이 자신이 처한 상황을 직면하게 하고 그녀 자신 역시 그런 사실을 직면하며, 나름 철저하게 준비한다. 최악의 상태에 가게 되었을 때, 어떻게 할지. 자신을 위한 영상, '나비 파일'을 남긴다. 아무것도 기억할 수 없으면 노트북에서 '나비 파일'을 열면 된다. 나비 파일에는 이미 준비한 약이 어디에 있는지, 그 약을 어떻게 해야 하는지 기록을 담았다. 물론 그녀는 그것조차 기억해내지 못하게 된다. 딸이 보낸 파일을 열려다가 어떤 파일을 열어야 할지조차 모르며, 이런저런 파일을 불러오다가 그 나비 파일을 불러냈다. 그 파일의 지시를 한 번에 기억할 수 없다. 약병을 가지러 가기 위해 여러 번 오르락내리락 계단을 오르내리다가 노트북을 갖고 올라가 겨우 약병을 찾았다. 그리고 파일이 말한 대로 죽기 위해 약을 단번에 먹으려다 간병인이 오는 바람에 바닥에 쏟아 버리고는 실패한다. 다시는 그 일조차 기억하지 못할 것이다. 그런 그녀가 알츠하이머 환자와 그 가족 모임에서 할 연설을 준비한다. 유능한 언어학자였지만 꼬박 3일이 걸렸다. 한줄 한줄 차례로 읽어나가기 위해 노란 형광펜으로 줄을 치며 읽어야 했다. 그 연설이 잊히지 않는다.

"저는 조발성 알츠하이머 환자이지만 매일 상실의 기술을 배우고 있습니다. 내 태도를 상실하고 목표를 상실하고 잠을 상실하지만, 기억을 가장 많이 상실하죠. 전 평생 기억을 쌓아 왔습니다. 그것들이 제게 가장 큰 재산이었죠. 남편을 처음 만난 그날 밤, 저의 첫 책을 손에 들었을 때, 아이를 가졌을 때, 친구를 사귀었을 때, 세계 여행을 했을 때, 제가 평생 살아온 기억과 제가 열심히 노력해서 얻은 것들이 이제 모두 사라져갑니다. 짐작하시겠지만 지옥 같은 고통입니다. 점점 더 심해지겠죠. 한때 우리의 모습에서 멀어진 우린 우스꽝스럽습니다. 우리의 이상한 행동과 더듬거리는 말투는 우리에 대한 타인의 인식을 바꾸고 스스로에 대한 우리의 인식도 바꿉니다. 우린 바보처럼 무능해지고 우스워졌습니다. 하지만 그건 우리가 아닙니다. 우리의 병이죠. … 끝까지 놓기 싫은 한 가지는 오늘 이곳에서의 기억이지만 결국 사라지겠죠. 저도 압니다. 하지만 오늘 이 자리는 제게 큰 의미입니다. 세상을 다 가진 것 같네요."

치매! 지옥 같은 고통일 수 있다. 바보처럼 무능해지고 우스워진다. 그러나 치매에 걸린 그는 여전히 사람이며, 여전히 그 자신이며, 여전히 누군가의 당신이다. 정경환 대표가 그곳에서 데이케어센터 이름 '나들이'를 따왔다는 천상병 시인의 『귀천』 시구를 옮겨본다.

"나 하늘로 돌아가리라
아름다운 이 세상 소풍 끝내는 날
가서, 아름다웠더라고 말하리라"

누구라도 소풍을 끝내며 아름다운 날을 보내고 왔다고 말할 수 있는 세상이 오기를 바란다. 정경환 대표가 말한 '돌봄 민주주의'를 나도 가슴에 품어본다. 돌봄 영역만이 아니라, 모든 영역에서 누구도 소외되지 않는 정치 민주주의, 경제민주주의, 교육민주주의, 의료민주주의 등등. 그리고 이 민주주의 안에 사람만이 아니라 창조세계의 모든 피조물이 개입하기를. 사람이 다른 피조물의 소리를 들을 수 없지만, 아끼는 마음으로, 오래 살필 수 있다면 어쩌면 그들의 원함을 들을 수 있지 않을까!